文春文庫

横浜大戦争

蜂須賀敬明

文藝春秋

目次

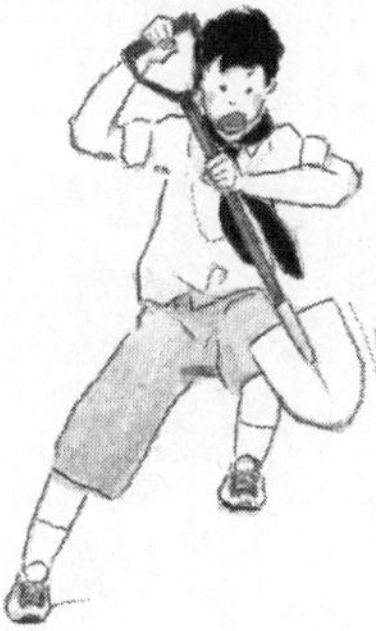

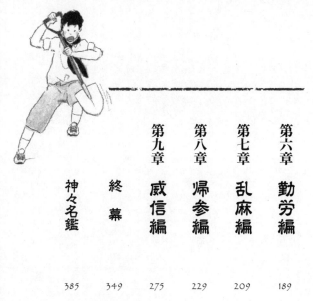

装画　はまのゆか

横浜大戦争

- Yokohama Wars -

序幕

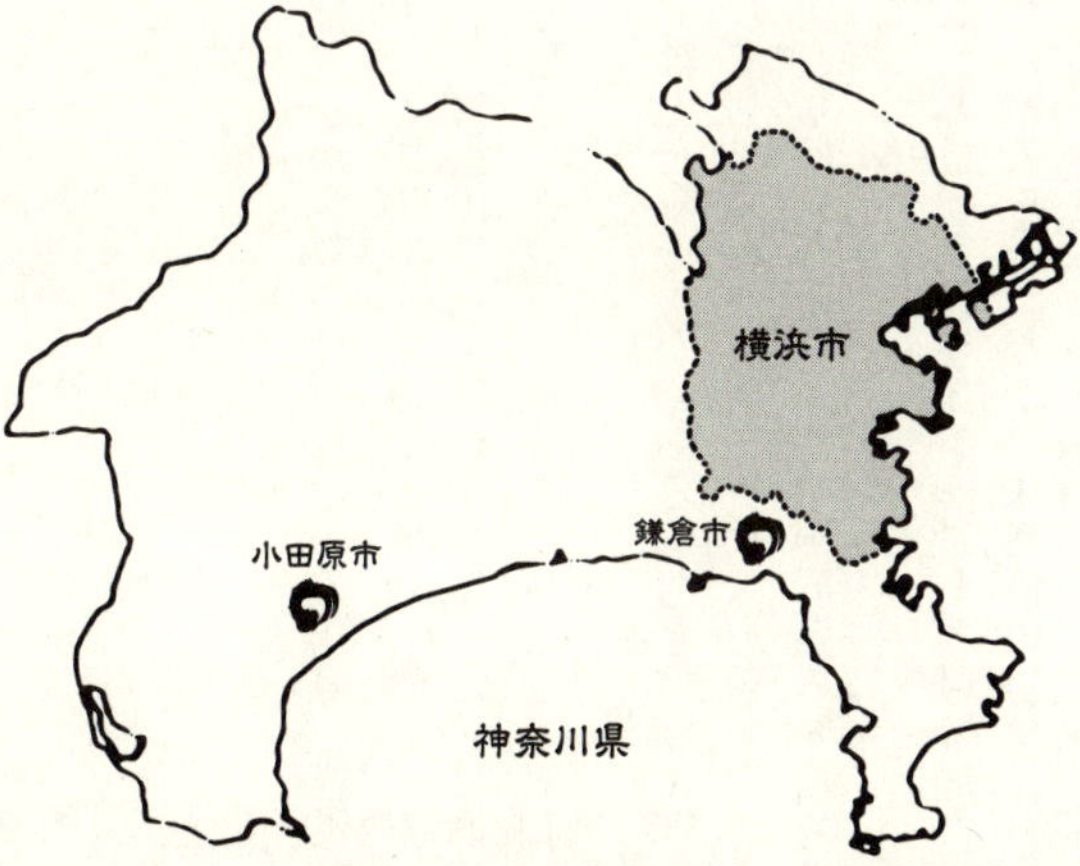

寒さで震える肌に、久々の暖かい日差しが照りつけた二〇一五年春、横浜[1]はみなとみらい[2]に屹立《きつりつ》するランドマークタワー[3]六十八階のレストランからは、西にそびえる富士の山が一望できた。せっかくの雪化粧した富士山に目もくれず、客人たちは酒で顔を真っ赤にしながら相手のグラスにワインを注ぎ、牛フィレ肉をむしゃむしゃと口に運んでいく。

会が始まった頃はみな襟《えり》を正して、紳士たるものかくあるべしと言わんばかりに食事を進めていたが、ワインの栓が抜かれてしまったが最後、クロスを敷いたテーブルの上には空になったボトルが乱立し、給仕たちは休む間もなく二十五名の客たちに美酒を注いで駆けずり回っている。

メインディッシュが供されても、客たちは貪欲にワインを欲し続けていた。レストランとしては早く食事を終えてもらいたいところだったが、未だ酒の勢いは衰えず、暴れ回りこそしないものの、宴会場のように大笑いしたり言い合いをしたりする様子は優雅な店に不釣り合いである。

毎年春になると怒濤《どとう》のように押し寄せてくる二十五名の客たちを、給仕たちは恐れていた。酷《ひど》い時などビールかけ並みに用意した酒をランチで空っぽにされてしまい、彼らが帰った後、料理長が卒倒したこともある。上客とは言え、ひっきりなしに注文をするこの要注意人物たちに対応するのは至難の業であり、彼らへの応対は昨年入社した給仕たちの最終試験にもなっていた。

裏でレストラン側が四苦八苦していることなどつゆ知らず、パーマのかかった白髪に口ひげを蓄えた和装の男はグラスを空にし、ため息交じりに言った。

「近年は鎌倉[4]も観光客に外国人が増え、いよいよもって観光立国が本格化している。年明けの八幡宮など、とても歩けたものではなかった。もはや英語を学ぶことから逃げる

---

1 **横浜市**　一八八九年市制施行。二〇一五年時点での人口は約三七〇万人。面積は四三五㎢。市としての人口は日本一。

2 **みなとみらい**　西区から中区の臨海部に広がる新興開発エリア。横浜ランドマークタワーやコスモクロック21（大型観覧車）、横浜赤レンガ倉庫、横浜ワールドポーターズなど数々の観光名所を有する。

3 **横浜ランドマークタワー**　西区に立つ高層ビル。一九九三年開業。高さは二九六メートルで高層ビルとしては国内二位。

4 **鎌倉市**　横浜市の南西に位置する市。一九三九年市制施行。人口は約一七万人。主な名所は鶴岡八幡宮、建長寺、鎌倉の大仏など。鎌倉郡時代は現在の戸塚区、栄区、泉区、瀬谷区の一部が含まれていた。

のは難しそうだ。そちらも忙しかっただろう、小田原よ」

白髪の男と向かい合うように酒を飲んでいた大柄な男は、窮屈そうなワイシャツの襟を緩めて、ウィスキーのダブルを片手にちびちびと酔いを楽しんでいる。浅黒い肌が酒で真っ赤になっており、目も据《す》わっていたが口調だけは平静を保っていた。

「客が増えるのはありがたいが、忙しすぎるのも考えもんだな。こちとら最近は気候の変動が急で、漁が以前より読みにくくなってやがる。震災から地殻や海流がおかしくなってるせいなんだろう。去年は御嶽《おんたけ》が噴火したが、箱根も他人事《ひとごと》ではないかもしれん。来年の今頃は、何もなくて張り合いのない年だったと愚痴っていたいもんだ」

二人がふと横に目をやると、グラスを握ったまま瞬《まばた》きもせず同じ場所を見つめて固まっている男の姿があった。中折れ帽を被り、あごひげを蓄えた男は一見するとロンドンを歩く老紳士のようであったが、微塵も動くことなく一点を見つめる姿は狂気を感じさせるものがあり、浴びるほど酒を飲んだのにまるで酔っ払う気配がない憔悴《しょうすい》しきった様子に、白髪の男は給仕にワインを注いでもらいながら同情するように言った。

「神奈川の人口は増加の一途をたどり、中でも横浜は大阪を抜いて日の本で二番目に民草を有する一大都市となったのだ。日の本だけでなく世界中から民がやってきては横浜に住み着き、様々な習俗や文化が混じり合い、街の特色が日に日に変わっていくのだから、その実態を調査するのは骨が折れるのも無理はない。この人口流入のインフレがこちらに飛び火しないか冷や冷やしているところだ」

小田原と呼ばれた男は、疲労がピークに達して忘我状態にある中折れ帽の男をしみじみ眺めてから言った。

「神も変われば変わるもんだ。海苔《のり》すくいのハマ助なんて呼ばれてたやつが、今じゃ東京に次ぐ都市の大神ときてる。ランドマークタワーは言うに及ばず、昔はそこに見える赤レンガ倉庫や大桟橋なんざ影も形もなかったんだ。寂しい寒村でよ、砂浜を歩いたって鼻水垂らしたガキが木の枝でわかめ突っついているような場所だったってのに、今じゃ若い人間たちが目一杯おしゃれして互いを突っつき合ってやがるんだから、分からないもんだぜ、まったく」

いつもなら小田原と呼ばれた男の毒を、白髪の男がたしなめて会話が進んでいくものだったが、酒が舌を滑らかにしていた。

「鎌倉の地に頼朝が幕府を開いた時も、小田原の地に早雲が居を構えた時も、家康が江戸に大工事を施した時も、横浜はずっと蚊帳《かや》の外だった。海苔くらいしか採れないちんけな砂浜の横は、蘆《あし》の生えた湿地帯が広がり、東海道から外れた山奥など物の怪《け》が潜んでいるとまで揶揄《やゆ》されていたのだ。アメリカの船がやってきただけでこうも変わるのだから、この男はよほどの幸運に恵まれていると見える」

5　**小田原市**　神奈川県南西部に位置する市。一九四〇年市制施行。人口は約一九万人。後北条氏の小田原城が有名であり、箱根への玄関口。

憔悴しきった男が目覚めることは二度とないだろうと踏んでいた二人は、酒の勢いに駆られて言いたい放題ぶちまけていた。

「随分と高く評価してくれるではないか、小田原の大神、鎌倉の大神よ」

その声に気付いた時はもう遅く、中折れ帽を被った男は目を血走らせながら、散々好き放題言っていた男たちを睨《にら》み付けていた。酷くやせこけた姿からは考えられないほど怒りに打ち震える視線に、小田原の大神は思わずウィスキーを噴き出してしまいそうになる。

「な、何だよ、起きてやがったのか。お前、酷い顔してるぜ。水でも飲んできたらどうだ」

「結構。舟で海苔を採っていた時に酔い慣れている」

片手で額を押さえ、小田原の大神はへそを曲げさせてしまったことを後悔する息を漏らした。すかさず鎌倉の大神が援護に回る。

「小田原の言う通りだ。外の景色でも見て気分転換した方がいい。横浜よ、神の政務に熱心なのはよいが、いささか働き過ぎではないか。現場の調査は配下の神々に分担させ、もっと息抜きの時間を設けるべきだ。大神たるもの、余裕がなければならない。今や横浜の大神と言えば、日の本に名高い土地神なのだ。いつまでも馬車馬のように働く悪癖が抜けなければ、しけた海苔で食いつないでいた田舎の神の頃とまるで変化がないと思われてしまうぞ」

「海苔を採っていたのは大昔の話だ！」

　横浜の大神が大声を上げたことで、和やかな雰囲気に包まれていた食事会の空気に緊張が走り、視線が集中する。横浜の大神はあくどい笑みを浮かべて言った。

「私は諸君らが羨ましい、小田原、鎌倉よ。毎年増え続ける民に労されることもなく、古い街にカビが生えないよう監視する閑職に早く回りたいものだ」

　あちこちから笑い声が上がり、横浜の大神の辛辣《しんらつ》な一言は場を一気に盛り上げた。酒と喧嘩と祭りが何より好きな神々にとって、今日一番の見世物が始まろうとしていた。

　ウィスキーのグラスをテーブルに叩きつけて、小田原の大神は啖呵《たんか》を切る。

「言ってくれるじゃねえか。お前がせっせと海苔を採る前から、小田原には箱根の湯治、武家の文化が成熟していたんだ。あの秀吉を苦しめた頑強な北条の城が、この小田原にあることをよもや忘れたわけではあるまい？」

「その北条は後に天下を取ったのか？　私が知る限り、江戸の幕府を率いていたのは徳川という名の一族だったと記憶しているが」

「てめえ！」

　殴りかかろうとする小田原の大神を、周囲にいた神々が大笑いしながら押さえつけた。

　まさかこの馬鹿騒ぎを繰り広げているのが、神奈川を代表する土地神たちだと知るよしもない新米の給仕は大の大人が本気で喧嘩をする有様に顔を青くしていたが、このやりとりを何年も見ているベテランの給仕たちは備品が壊されないよう花瓶やグラスをさっさと片付けていた。

「二人とも落ち着かれよ。せっかくの慰労会がこれでは台無しだ。ささ、ここは一つ蹴《け》鞠《まり》でもして楽しもうではないか。和歌を詠むのも悪くない。『箱根路を……』」

「お前の公家かぶれにはうんざりだ！」

期せずして横浜の大神と小田原の大神が同じ怒号を飛ばしたことで、またしても一同は大笑いする。八つ当たりをするように横浜の大神は暴言を吐いた。

「上から場をいさめようとするのは悪い癖だ、鎌倉よ。鎌倉の玄関口である大船駅の上半分は、我が司《つかさど》る横浜の地。ひとたび横須賀線の終点を大船にしてしまえば、鶴岡八幡宮を訪れる客も激減し、観光客が増えた気苦労を減らしてやれるかもしれんぞ」

「それはやめろ！」

ここで鎌倉の先に位置する逗子[6]の大神と横須賀[7]の大神から切実な抗議の声が上がる。またしても神々は意地悪な笑いで盛り上がるが、鎌倉の大神は常に落ち着き払っており、諭《さと》すように言った。

「横浜の大神よ、お主は疲れておるのだ。戦後から今に至るまで横浜ほど変化に富んだ街も珍しい。目が回ってしまうのも必定《ひつじょう》だ。お主が疲れているのは、横浜のどこに重きを置いたらいいのか分からなくなってしまっているせいだ。街には、必ず中心が存在している。我が鎌倉ならば八幡宮、小田原ならば北条の城、横須賀なら海軍基地、藤沢[8]なら江ノ島と、街は軸となる場所を得て発展していく。かたや横浜の中心とはどこだ？

日の本で最も私鉄が乗り入れている横浜駅か？　あるいは、我らが今いるみなとみらい？　県庁がある関内も中心と言える。横浜で最も人が住む港北ニュータウンも民の集合する場所で、田園都市線の沿線にも沿岸部とは異なる横浜の文化が芽生えている。お主を悩ませているのは、横浜の中心が定まらず、分裂しながら進化しているせいだ。もはやお主一人ですべてを知ることができるほど、狭い場所ではなくなってしまった。だからこそ、お主はもう配下の神々を利用して報告を待つ立場になってもいいはずだ。発展する街を司る土地神に、これらの変化はつきものだ。歴史とはそういう積み重ねを繰り返すことで紡《つむ》がれてきた。古い街を司る神ならば、みな通ってきた道だ。たかだか街の歴史が二百年にも満たないことを恥じることはない。そうやって、土地神に箔《はく》がついていくのだから」

「……そうか」

横浜の大神の返事に満足そうな笑みを浮かべ、グラスを掲げながら鎌倉の大神は言う。

6　逗子市　横浜市の南に位置する市。一九五四年市制施行。人口は約六万人。海水浴場やリゾート施設に恵まれ、高級住宅街を有する。小説家・川端康成が最期を遂げた逗子マリーナも有名。

7　横須賀市　横浜市の南に位置する市。一九〇七年市制施行。人口約四〇万人。古くから軍港として栄え、戦後は駐留するアメリカ海軍の影響から、スカジャンなど独自の文化を生んだ。

8　藤沢市　神奈川県の中南部に位置する市。一九四〇年市制施行。人口は約四二万人。湘南エリアを代表する地であり、鵠沼海岸、江ノ島、新江ノ島水族館、遊行寺など名所多数。

「分かってくれたか！　ならばまたみなで飲もうではないか！　持ち回りとは言え、忙しいお主に今回の慰労会をセッティングしてもらい、みなも感謝しているぞ。さあ、小田原の大神とも和解の握手をして、飲み直そう」

　渋々握手に応じようとする小田原の大神をよそに、横浜の大神は鎌倉の大神に手首を摑《つか》まれたまま俯《うつむ》いていた。様子がおかしいことに気付いた小田原の大神が顔を覗き込もうとした時、横浜の大神は先ほどよりいっそう目を血走らせて、天井に向かい叫び声を上げた。

「そうか！　中心がないのなら、中心を決めてしまえばいいのだ！　そうだ、なぜこんな単純なことに私は気付かなかったのだ。いつまで経っても私の仕事が楽にならないのは、すべてあやつらが職務をないがしろにしているせいだ。民も民だ、土地神の苦労も知らずに好き勝手に区を増やしおって。こうなったら……」

　突然大声を上げたかと思えば、急に身を屈めてぶつぶつと独り言を言い始めた横浜の大神を見て、おふざけを愛する神奈川の神々もさすがに沈黙を余儀なくされた。

「おい、大丈夫か、お前」

　喧嘩をしていたことなどすっかり忘れて、小田原の大神は心配そうに声をかけた。すっかり自分の考えに取り憑《つ》かれてしまった横浜の大神は、小田原の大神の両肩に手を置き、焦点の定まらない視線で満面の笑みを浮かべながら相手を恐怖に陥れて言った。

「決めた、決めたぞ、小田原よ！　諸君らも刮目《かつもく》せよ！」

狂神と化した横浜の大神を止められる神はもはやおらず、ランドマークタワーに集《つど》った神奈川を代表する二十四の土地神たちに見守られる中、中折れ帽を被った神は右手の拳《こぶし》を高らかに掲げ、こう宣言したのであった。

「横浜大戦争の幕開けである！」

第一章 立志編

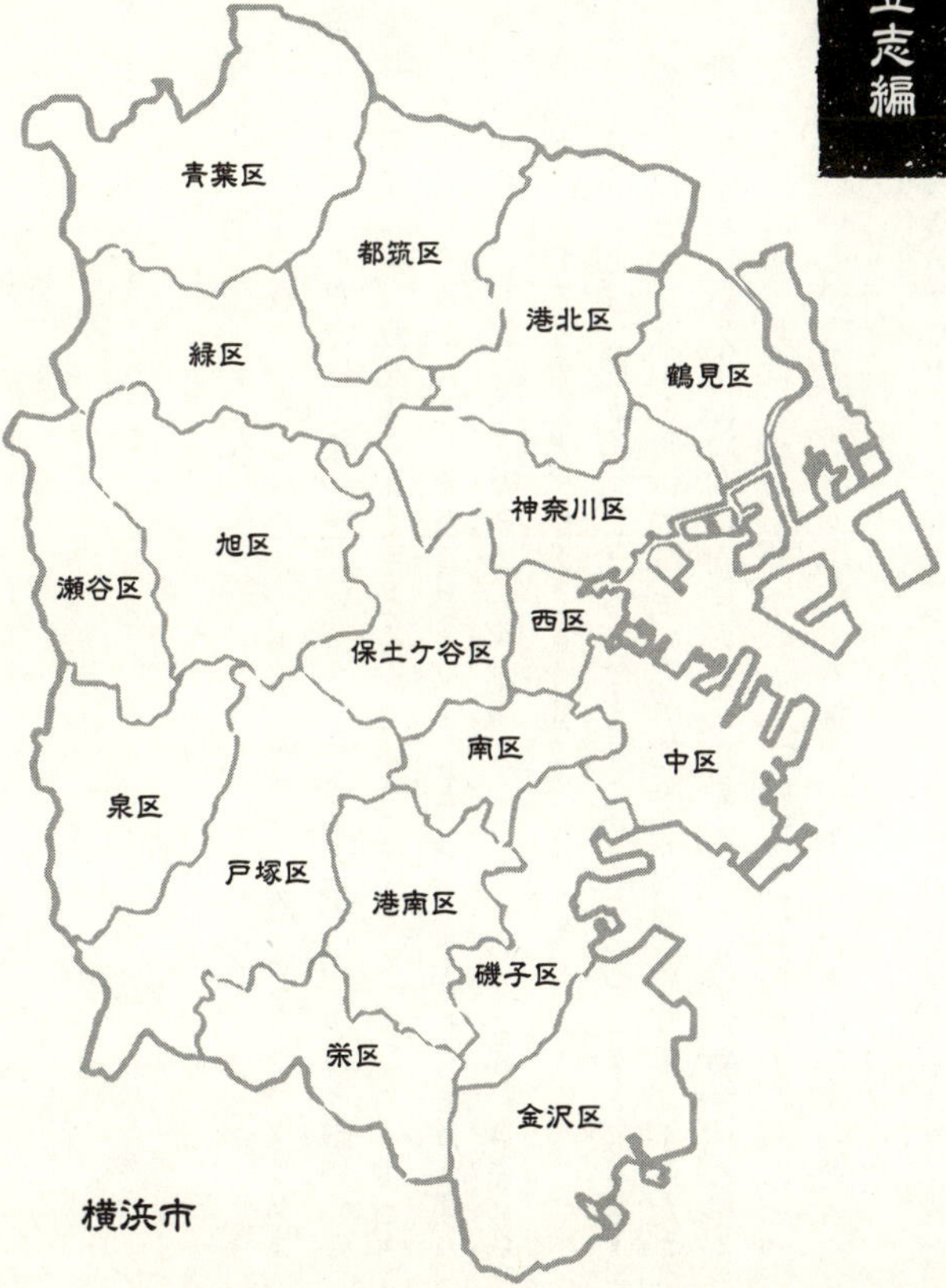
青葉区
都筑区
港北区
緑区
鶴見区
神奈川区
旭区
瀬谷区
西区
保土ケ谷区
南区
中区
泉区
戸塚区
港南区
磯子区
栄区
金沢区
横浜市

寝返りを打つと、男の顔に載っかっていた『資本論』が芝生に落っこちた。マルクスの遺した偉大な本の目次を見ただけで深い眠りに落ちてしまった男は、よほど眠いのか落ちた『資本論』の表紙によだれを垂らしてまどろんでいる。横向きになると、紺と白のベースボールシャツに記された16という背番号とＭＩＬＬＡＮと書かれた名前が現れた。かつて大洋ホエールズ[9]に在籍したミヤーンの復刻版ユニフォームかと思いきや、その色褪《いろあ》せ具合から当時のものを未だに着ていることが窺《うかが》える。

　キャンパスがサークルの勧誘で賑わっていても、ミヤーンのユニフォームに袖を通し、ベージュのチノパンに便所サンダルを履いて芝生の上で熟睡する男の周りを、学生たちは避けるように歩いていた。新入生には、世捨て人にしか見えない先輩が新学期も早々に野外で爆睡している姿はあまりにも刺激が強すぎるし、就活を控えた学生たちにとってみれば、ああはなるまいという悪い見本がいびきを掻《か》いて眠っているのだから避けられるのも仕方がない。

　中央のステージではアカペラのサークルが歌唱を披露していて、芝生に座った学生たちからは盛況だったが、そんな騒ぎにも動じることなく男は未だ起きる兆《きざ》しがない。男の眠る半径五メートル圏内は穏やかな眠りの気配に包まれていた。

「おーい」

男は夢も見ずに眠っていた。春がやってきたのだから日光浴をしなければ罰当たりというものだ。多少の耳障りな音が鳴っていても気にかけることはない。

「おーい、兄者よ！　どこにいるのだ？」

さすがの男も遠くから聞こえてくる野太い声に眠りが浅くなっていく。やかましさだけならまだしも、妙なざわめきまで聞こえてくるのだから、いよいよ目を覚まさないわけにはいかなくなっていた。

大あくびをしてぼさぼさの頭を掻きながら、芝生に手をついて騒ぎの方向に目を向けると、目覚めたことを後悔する光景が広がっていた。引き締まった茶色の筋肉に漆黒《しっこく》のたてがみをなびかせた駿馬《しゅんめ》に、二メートル近い大男がまたがっている。キャンパスに本物の馬で乗り付けるなどあってはならないことだが、緑色のつなぎを着て、ビニールの長靴を鐙《あぶみ》に乗せた大男は周囲のざわめきなどどこ吹く風といった様子できょろきょろと辺りを眺め、大男の肩に乗った鋭いくちばしのワシがベースボールシャツを着た男を凝

9　**大洋ホエールズ**　現在の横浜DeNAベイスターズ。設立は一九五〇年。一九七八年に横浜スタジアムにホーム移転する前は、川崎球場を本拠地としていた。

視していた。悠然とした乗馬姿は荒武者《あらむしゃ》を思わせる風格に満ち、キャンパスの視線を独り占めしたせいで、大きな手作りの看板や凝《こ》った仮装で新入生の気を引こうとしていた学生たちから深い嫉妬の視線を送られている。

どこかのサークルの出し物だと思った学生たちはスマホのカメラを起動して乗馬男をファインダーに収め、男も男できちんとカメラに目線を合わせるものだから場は一気に盛り上がっていく。当然のことながら警備員たちが馬に乗った闖入者《ちんにゅうしゃ》を引っ捕らえようと迫ってきているが、学生たちがあまりにも集まっているのでなかなかたどり着けそうにない。

大男は撮影に応じながら、芝生の上で顔を真っ青にしている大洋ホエールズのユニフォームを着た男を見かけると白い歯を見せて言った。

「おお、兄者よ！　そんなところにおったのか！　探したぞ、わっはっは！」

大男が大声を上げたせいで馬が驚き、前脚を高く上げる。

「どう、どう！」

手綱を引きながら暴れる馬を抑えようとするその姿は、ナポレオン・ボナパルトの肖像画と瓜《うり》二つであった。またしてもスマホのシャッター音が周囲に鳴り響く。

あまりにもイカれた光景に言葉を失っていた大洋ホエールズ男もようやく我に返り、大声を上げた。

「何やってんだよ、馬鹿野郎！」

キャンパス中の視線を集めていたことにようやく気付いた大洋ホエールズ男は、馬の手綱を引っ張って正門へ走り出した。

「見せもんじゃねえんだぞ、コラ！　写メはやめろ！　間違ってもツイッターとかにアップすんじゃねえぞ！」

門まで馬を引っ張っていく姿は、さながら凱旋門に帰還した英雄が、勝利に酔う市民たちに温かく迎え入れられているかのようだった。

騒ぎから逃れて駐車場に駐馬し、大洋ホエールズ男はひとけのないベンチに荒武者を座らせて説教を始める。

「馬に乗って俺に会いに来るなと、何度言ったら分かるんだ！」

厳しい口調で怒られても大男は何のその。ワシに生肉を与えながら頭を撫でている。

「あと鳥獣をキャンパス内に連れてくるんじゃない！　保健所に通報されたらどうするんだ！」

ワシをひしと抱きしめて乗馬男は言う。

「兄者は動物が嫌いなのか？　拙者が司る旭[10]の地は、動物たちと縁が深い。我らは形こ

10　旭区　横浜市の中央部に位置する区。一九六九年に保土ケ谷区から分区して区制施行。人口は約二五万人で市内五位。面積は約三三㎢で市内三位。鎌倉時代、北条氏との政争で敗れた御家人・畠山重忠が滅びたのはこの地。広大な敷地を有するよこはま動物園ズーラシアが有名。

そ違えどすべて生きとし生けるものではないか。それを差別するだなんて拙者は悲しいぞ」

　青筋を立てたベースボールシャツの男は大男の胸ぐらを摑んで言う。

「目立つことはすんじゃねえって何度言ったら分かるんだよ、このアホ！　俺たちの正体がバレちまうだろうが！」

　ご主人が襲われていることに気付いた忠実なるワシは専守防衛の精神に則《のっと》り、大洋ホエールズ男の額を鋭いくちばしで突っついてくる。

「痛ってえ！」

　額を押さえながら悶絶《もんぜつ》する男に向かって、乗馬男はため息交じりに言う。

「兄者こそ、何を呑気《のんき》にひなたぼっこなどしているのだ。よもやあの宣言を聞かなかったわけではあるまい？」

　血が出ていないことに安堵《あんど》しつつも不機嫌そうな表情を隠すことなく、大洋ホエールズ男は地面にあぐらをかいて言った。

「聞かなかったことにできればどれだけ幸せだろうよ」

　大男の肩から飛び立ち、ワシはすいすいと空の向こうへ消えていった。

「横浜ナンバーワンの土地神を決める、大いなる戦《いくさ》が始まったのだ！　兄者は胸が昂《たか》ぶらないのか？」

　興奮して思わずベンチから立ち上がった荒武者に冷たい視線を向けて大洋ホエールズ

男は言う。

「へっ、馬鹿馬鹿しい。何が横浜大戦争だよ。横浜のナンバーワンを決めるだあ？　そんなの誰だっていいだろ、好きにしろよ」

「これは全国に我らが守護する地を宣伝するまたとない機会ではないか。拙者の司る旭の地は、豊かな自然に恵まれ住み心地のよい場所ではあるが、いかんせん知名度が低い。兄者の司る保土ケ谷[11]の地も、宿場町という歴史がありながら海沿いの地域と比べると認知されていないのが実情。此度の戦で勝利を収めれば、我らの司る地が他の土地神やひいては民に至るまで注目を浴びるのは必定！　だというのに、張り合いがないではないか。拙者はもう少し兄者が楽しんでいるかと思ったぞ」

胸を張って勇猛果敢に宣言をした旭の神ではあったが、ベースボールシャツを着た保土ケ谷の神の鋭い視線に、思わずたじろいでベンチに腰を戻す。

「天界憲法第三章、地上任務。第一条、土地神は人間に干渉することなく、その営みを慈《いつく》しまなければならない。第二条、土地神による神器の濫用《らんよう》を禁ずる。第三条、土地神は人間、あるいは他の神々と争ってはならず、争いをしかけてもいけない。第四条……」

11　保土ケ谷区　横浜市の中央部に位置する区。一九二七年に区制施行。人口は約二〇万人で市内九位。面積は約二二㎢で市内一一位。江戸時代に東海道程ケ谷宿が置かれ、宿場町として栄えた。横浜国立大学や、高校野球の予選が行われる保土ケ谷球場でも知られる。

「ああ、もう分かった分かった！」

堅苦しいことが苦手な旭の神は議論を終えようとするが、保土ケ谷の神は続ける。

「いいや、お前は何も分かっていない。俺たちは土地神であることを人間にバレちゃいけないんだ。本当なら人間社会に参画することさえグレーなんだから、お前が動物園で働いているのだってあんまり大っぴらにするべきじゃない。間違っても、この二十一世紀の車社会で、馬を移動手段として用いて目立つようなことなどあってはならん」

腕を組んで鼻から息を吐きだして、旭の神は言った。

「兄者はいささか厳格すぎるのではないか。土地神が人間社会に紛れることなど、現代ではさほど珍しくもない。むしろ複雑になる人間の営みをより知るためには、学校や企業などにこっそりと身を置き、民のやりとりをつぶさに観察するのは土地神として大切なことであろう。それに引き替え兄者ときたら、不干渉の鉄則をいいことに、就職するわけでもなく勉学に励んでいるかと思えば相変わらず『資本論』を枕にしてよだれを垂らす日々。今日だってようやく晴れたからいいものの、この冬に兄者は何回外に出たのだ？　毎日出前ばかり注文して一日中パソコンの前に張り付いては動画サイトで時間を潰し、スマホーのゲームに課金ばかりして」

「スマホーじゃなくて、スマホな」

「どちらでもよろしい。せっかく地上にいるのだから、人間たちの営みを追った方が絶対に楽しいではないか。動物園の仕事はよいぞ。動物たちの世話には骨が折れるが、来園する子供や恋人たち、家族を笑顔にできる格別の仕事だ。何なら拙者が兄者を紹介したってよい。こうもだらけてばかりでは、大神様にだな……」

「ああ、もう、うっせえな！　俺は土地神の掟《おきて》を忠実に守ってるの！　俺が何にもしないのはだな、もしも俺がどこかの企業に入ってとんでもない業績を上げちまったら、これは土地神による人間社会への著しい干渉だろう？」

「どうだか」

呆《あき》れた旭の神を無視して、保土ケ谷の神は続ける。

「俺がどこかの企業や団体に所属しようとすれば、必ず入れなくなるやつが出てくる。

土地神が、守護する民の機会を奪うなど絶対にあってはならない。俺だって、保土ケ谷の民がどんな夢を持ち、悩みを抱えているのか知りたくてたまらない。ルールさえなければ、俺は率先して人々に寄り添っていただろう。ああなんたるや、土地神と民とを隔てる掟があるばかりに、俺は涙を呑んで民と距離を保ち、家ではインターネットを駆使して民が熱中する娯楽の研究に没頭し、外に出ては目立たぬよう芝生に横たわって人々の会話にそっと耳を傾けるくらいしかしてやれることはないんだ。この苦悩がお前には分かるか？」

「それが家で引きこもって、パソコンとゲームと昼寝ばかりする理屈なのだな」

呆れかえった旭の神は、ため息をついて言う。

「ならば兄者は何もしないつもりなのか？」

「俺は土地神としての職務を全うするだけだ」

地面に横たわり片肘《ひじ》をついて、保土ケ谷の神は完全に戦意を失っている。

「もし他の神々が襲ってきたらどうする？」

「どうもしない。潔《いさぎよ》く白旗を揚げてやるさ。何なら俺は今すぐお前に降伏したっていい」

おほんと大きく咳払いをし、旭の神は口調を厳しくして言う。

「あの宣言は冗談というわけではないぞ。敗北した神だけでなく、降伏した神もまた、横浜の地を追放される。否が応でも戦うしかないのだ」

「嫌だね。そんな面倒くさいことに付き合ってられるか。どこに追放されようと、俺はのんびり昼寝してやるんだ」

「保土ケ谷の地を追放されるのだぞ。兄者が九十年近く司ってきた、この地を」

真に迫った旭の神の問いかけに、ずっとふざけていた保土ケ谷の神も言葉を詰まらせた。遠くから新入生を歓迎するざわめきが聞こえてくるが、二人の周りは重苦しい空気に包まれている。

「兄者なら気付いているのだろう。何かがおかしいと」

すぐに保土ケ谷の神は返事をしなかった。痺《しび》れを切らした旭の神は叫び声を上げた。

「兄者！」

立ち上がってキャンパスを行き交う学生を見ながら、保土ケ谷の神は言う。

「確実におかしいと言えるのは、ハマ神の頭だ。土地神同士での争いをけしかけるなど、特級の犯罪だ。すぐに噂《うわさ》は広がるだろうし、天界の判事たちが耳にすれば調査団がやってくる」

「では兄者が何もしないのは、調査団が解決してくれるのを待っているからなのか？」

「俺たちはしがない土地神でしかない。与えられた神器《しんき》もちっぽけなものだから、戦争といっても大した規模にはならない。それでも争いは争いだ。神は何より秩序を重んじる。その神が戦をしかけたとなれば、上が黙って見ていることはないだろう」

「横浜の大神様の頭が、本気でおかしくなったと兄者は思っているのか？」

すぐに返事をせず、保土ケ谷の神はポケットに手を突っ込んで黙っていた。キャンパスの中を迷うように舞っていた桜の花びらが、二人の間に落ちてくる。

「あの石頭の血管が詰まっちまったんだろうよ。どうして年寄りってのは死期が近づくと若者に殺し合いをさせようとするのかね」

「一応言っておくが兄者は今年で八十……」

ムキになって保土ケ谷の神は声を荒らげた。

「土地神の年齢を人間の感覚と同じに考えるんじゃない！　俺はいつだってぴっちぴちなんだよ！　ともかく！　今はハマ神のジジイの言いなりになるんじゃなく、しばらく事態を見守る方が得策というわけだ」

右手で頬を押さえながら、旭の神は言う。

「拙者は大神様が乱心したとは思えぬ」

「買い被りすぎだよ。神だって衰えるんだ」

　大きく首を横に振って否定する旭の神の姿には、横浜の大神に対する信頼を捨て去ることができない苦悶が窺えた。

「いいや、そうは思わぬ。確かに頑固なところもある大神様ではあるが、何か横浜大戦争を引き起こす理由があったのではないだろうか」

「せいぜい鎌倉か川崎かどっかの大神と喧嘩でもして、引くに引けなくなったんじゃねえのか」

「しかし、これが公《おおやけ》になれば間違いなく大神様は冥界行きになる。誰よりもこの横浜の地を愛し、尽力してきた大神様が、こんなことで追放になってしまうなど、拙者はどうしても考えられぬのだ。なあ、兄者よ」

　旭の神に激しく肩を揺さぶられて、保土ケ谷の神は困ったように言う。

「俺にどうしろって言うんだ。てゆーか脳が揺れるからやめろ」

「他の神々と話をするのだ。何が起こっているのか、神々同士で情報を共有し、大事になる前に事態を把握する必要がある。それには、兄者の力が不可欠だ」

「俺は腕っ節に自信があるわけじゃない。他のやつらがノリノリで襲いかかってきたら俺は一瞬でお陀仏《だぶつ》だ」

　マッスルポーズを決めて旭の神は堂々と言った。

「そのために拙者がいるのではないか！　露払いは任せよ。拙者は武官、兄者は文官として行動すればそれでよい」

少年のように純粋な旭の神の目で見つめられてしまうと、さすがの保土ケ谷の神も首を横に振ることはできなかった。首を揉み、肩を回しながら保土ケ谷の神は言う。

「仕方ねえなあ。どうせ責任はあのハマ神のジジイが取るんだろうから、せいぜい暴れてやるか。じっとしてても追放されるだけなんだからな」

「よくぞ言った、兄者よ！」

旭の神の握手に、保土ケ谷の神は渋々応じた。

「して、どう事を運んでいこう？」

「お前、あれだけ張り切っていて無策だったのかよ。現状はどうなっている」

ぴゅいっと旭の神が指笛を鳴らすと、ワシが空から勢いよく降下してきた。労《いたわ》るようにワシに肉を与えると、旭の神はつなぎのジッパーを下ろし、中から一本の刀を取り出す。

「おい、なんてところから神器を取り出してるんだお前は！」

「神器を隠しておけと言ったのは兄者ではないか。それより、この『化鳥風月《かちょうふうげつ》』で拙者

12 川崎市 横浜市の北東に位置する市。一九二四年市制施行。人口は約一四六万人で、神奈川県内において横浜市に次ぐ二位。沿岸部は京浜工業地帯を形成する工場群が立ち並ぶ一方で、多摩丘陵を走る小田急線沿いには新百合ヶ丘などの新興住宅街も広がりを見せている。

とワシの視覚を同化しておいたのだ。おおよそではあるが、ワシに横浜全域をひとっ飛びしてきてもらった。戦況報告をしてよろしいかな」

「なるほど、『化鳥風月』にはそういう使い方もできるのか。身体を動物と共有するだけのおもちゃじゃなかったわけだ。よし、頼む」

ポケットから小さな地図を取り出して、旭の神はブリーフィングを始めた。

「すでに戦が始まっている場所がある」

「ほう、どこだ？」

「西殿[13]と、中殿[14]だ」

その事実を口にした旭の神も戸惑っていたが、保土ケ谷の神が見せた驚きはそれ以上だった。

「それは本当なのか？」

頷《うなず》いた旭の神の表情は、酷く苦々しい。

「誠だ。山下埠頭《ふとう》の辺りで攻防が続いている。西殿と中殿は、横浜を代表する土地神。その戦いの激しさのあまり、ワシも接近はできなかったようだが戦いの火ぶたが切られているのは間違いない」

地図を指で叩きながら、保土ケ谷の神は言う。

「あのシスコンの西と、弟を溺愛する中が、いきなり大喧嘩を始めるってのは、にわかに信じがたいな」

「同感だ。拙者としても最も停戦の説得に協力してくれそうな中殿を頼ってワシを飛ばしたのだが、よもや開戦しているとは思いもよらなかった」

保土ケ谷の神は手で顎《あご》を押さえる。

「どうしてあの二人が戦っているのかは分からんが、俺たちからすれば好都合とも言える」

「なぜそう考える？」

「土地神は、守護する地の歴史性や民の数、活気や人の流れなどに影響を受ける。横浜と言われて多くの人間がイメージするのは西や中が管轄するみなとみらいや中華街、山手といったいわゆる港町横浜だ。人間に記憶され、イメージが膨らむことによって土地神は力を得、存在感を強めていく。西や中は、沢山の人々に記憶されているからこそ、

13　西区　横浜市の中央臨海部に位置する区。一九四四年に中区から分区して区制施行。人口は約一〇万人で市内一八位。面積は約七㎢で市内一八位。横浜駅の所在地であり、横浜ランドマークタワー、パシフィコ横浜、横浜美術館、マークイズみなとみらい、クイーンズスクエア横浜、野毛山動物園など名所多数。

14　中区　横浜市の東部に位置する区。一九二七年に区制施行。人口は約一五万人で市内一五位。面積は約二一㎢で市内一二位。桜木町駅の所在地であり、横浜赤レンガ倉庫、山下公園、横浜スタジアム、横浜中華街、元町、港の見える丘公園、本牧、三溪園、横浜マリンタワー、山手など西区同様、横浜観光の主要地。

他にはない強さを持っている。かたや俺たちの守護する保土ケ谷や旭は市民でもよく知らない人間がいる。西や中と比べたら、俺たちの力はちっぽけで、あいつらとまともにやりあったって勝ち目はない」

「むむ、それはそうだが、しかしだな……」

歯がみする旭の神に向かって、保土ケ谷の神は不敵な笑みを浮かべて言う。

「そう、しかし、なんだ。もしもこの横浜大戦争がトーナメント戦だったら、百発百中で決勝戦は西対中になっていただろう。ところが、あろうことか開戦と同時にその最強同士がつぶし合いをしてくれているんだ。どちらが勝つにせよ、無傷ではすまないだろうし、勝者も手負いとあればこちらに分がある」

「なんだか不意を突くようで卑怯な気がするな」

「戦争はスポーツじゃない。勝つためならどんな手でも利用するし、勝った後なら卑怯なことなどいくらでも正当化できる」

己の選択を悔やむような目つきで、旭の神は保土ケ谷の神を見つめる。

「拙者はどうやらとんでもない神と手を組んでしまったのかもしれない」

「だから戦は怖いんだよ。それに、俺は勝つために作戦会議を開いているわけじゃない。負けないための対策を考えているだけだ。アホ共が勝手につぶし合いをしてくれる好機を逃す手はないだろう。他はどうなんだ?」

旭の神は思わず鳥肌が立っていた。旭の神が保土ケ谷の神を頼ってやってきたのは、兄だからという理由だけではない。土地神としてだらしなく、覇気などまるで感じられない兄ではあったが、こと状況分析になると無類の才覚を現し、今回の横浜大戦争でもきっと力になると確信があったからである。現に中の神と西の神が争っているという事実に戸惑うしかなかった自分とは反対に、これを好機と捉えている兄の鋭さに感服する一方、保土ケ谷の神の分析力を戦に利用しようとする自分が果たして正しいのかどうか、新たな迷いも生まれているのであった。

「おい、聞いてるのか」

そう指摘されて、旭の神は我に返る。

「おお、すまぬ。北の情報はあまり集められなかったのだ」

「ほう、理由を聞こうか」

「港北区[15]や緑区[16]に近づこうとすると、視界がぼやけてしまうのだ。ワシの眼が狂ったわ

15　**港北区**　横浜市の北部に位置する区。一九三九年に神奈川区と都筑郡から分区して区制施行。人口は約三四万人で市内一位。面積は約三一㎢で市内五位。横浜市内で唯一、新幹線が止まる新横浜駅を有する。二〇〇二年日韓ワールドカップの決勝が行われた日産スタジアムや新横浜ラーメン博物館も有名。

16　**緑区**　横浜市の北西部に位置する区。一九六九年に港北区から分区して区制施行。人口は約一八万人で市内一二位。面積は約二五㎢で市内八位。市内でも有数の農業生産地であり、稲作の他果物の栽培も行われている。

けではない。おそらく、結界が張られているのだ。ワシは降下するのも嫌がっておった。拙者たちが直接向かうしか、現状を把握する手立てはなさそうだ。面目ない」

「謝ることじゃない。事態が読めないのなら深入りするのは禁物だ。中と西のように北でもつぶし合いをしてくれればいいが、どうも臭うな。放ってはおきたくないが、後回しにするのが得策だろう。他に何かあるか？」

頭を掻きながら、旭の神は言い淀《よど》んだ。弟が嘘をつけない性格であることを熟知している保土ケ谷の神は、躊躇《ちゅうちょ》する旭の神を追及する。

「なんだ、俺に知られちゃまずいことでもあるのか？　情報は小出しにせず、すべて開示しておいた方が身のためだぞ」

「いや、隠しているわけではないのだがな」

旭の神はポケットから一通の手紙を取り出した。縦長の和紙には大きく『旭の神へ』と書かれている。

「早速小賢《こざか》しいアホからラブレターを受け取っていたわけだ。どれ、見せてみろ」

「あっ、待つのだ、兄者よ」

気まずそうにする旭の神をよそに、保土ケ谷の神は早速文《ふみ》を読み上げていく。

『親愛なる旭の神へ

ご無沙汰しております。今年の冬は寒さが厳しく、お体を崩されていないでしょうか。早速ではありますが、先日の横浜大戦争の宣言についてお手紙を差し上げました。

旭さんは此度の戦をどのように乗り越えていくおつもりでしょうか？　我ら三姉妹はみな攻撃性の高い神器を持たず、いつ他の神々が襲いかかってくるか恐々とする日々を過ごしております。

そこで誠に身勝手なお願いではあるのですが、旭さんのお力を我ら三姉妹に貸しては頂けないでしょうか。武勇に秀で、知略に長《た》けながら誰より慈愛の心を持つ旭さんのことですから、きっとあの、横浜の土地神の面汚しである堕落の極み、怠惰が生み出した邪神、土地神になる前は鵺《ぬえ》か貘《ばく》だったに違いない愚兄、保土ケ谷の神に力を貸そうとすることでしょう。どうせあの老いぼれは恐ろしい宣言を耳にしても、布団から一歩も出ないのが目に浮かびます。あの男を説得するのは、旭さんの貴重な時間を浪費することに他なりません。老い先短い怠け者を説得するより、小鳥のさえずりのようなか弱き三姉妹の助けに応じる方が、誉《ほま》れ高き旭の神が選ぶにふさわしい道ではないでしょうか。

賢明なご判断をされると信じております。どうか、我らに力をお貸し下さい。

かしこ』

保土ケ谷の神が文章の最後に目をやった時、もはや手紙は原形を留めてはおらず、怒りに震える男の右手で握りつぶされていた。

「いやはや、なんともわかりやすい謀略。よもや横浜一の権謀《けんぼう》家たる兄者ならばこのような手紙……」

「栄[17]だ」

あまりにも顔を真っ赤にした保土ケ谷の神を見て、旭の神は言葉が途切れてしまった。

「こんなこまっしゃくれた手紙を書くやつなんざ、栄以外にいねえ！　誰が邪神だ！　あの三姉妹どもめ、俺を出し抜こうって魂胆だな。そうはいかねえぞ！」

びりびりと手紙を破ってしまった保土ケ谷の神に対して、旭の神はなだめるように言う。

「落ち着くのだ、兄者よ。拙者がこの手紙を信じていたらとっくに戸塚[18]三姉妹の元へ向かっているはずではないか」

「うっせえ！　もう俺はキレちまったぞ！　最終戦争の幕開けだ！　この横浜の地には初めから戸塚・泉[19]・栄という地域が存在しなかったよう歴史を書き換えてやる！　覚悟しろ！」

「まったく、こうなっては埒《らち》があかん」

「旭、出陣するぞ！」

激昂した兄の跡を追って、旭の神は横浜国立大学の坂を下り和田町駅から相鉄線で横浜駅へ向かい、東海道線に乗り換えて一路戸塚を目指した。勢いよく大学を飛び出したはいいものの、馬に乗って行くわけにもいかず、タクシーに乗る金も持ち合わせていなかったので、すっかり調子が狂ってしまった保土ケ谷の神は、横浜駅のホームで東海道線を待ちながら愚痴を吐き出した。

「ああもう、なんでうちの大学はこうもアクセスが不便なんだ！」

周囲を警戒しながら旭の神は小声で言う。

「兄者よ、今は西殿の管轄下にいるのだ。あまり騒ぐと見つかってしまうぞ」

17　**栄区**　横浜市の南部に位置する区。一九八六年に戸塚区から分区して区制施行。人口は約一二万人で市内一七位。面積は約一九㎢で市内一五位。旧石器時代の遺跡や横穴墓が数多く発見されている。

18　**戸塚区**　横浜市の南西部に位置する区。一九三九年に鎌倉郡の一部が横浜市に合併して区制施行。人口は約二七万人で市内四位。面積は約三六㎢で市内一位。江戸時代に東海道戸塚宿が置かれ、程ケ谷宿同様交通の要衝として栄えた。

19　**泉区**　横浜市の南西部に位置する区。一九八六年に戸塚区から分区して区制施行。人口は約一五万人で市内一四位。面積は約二四㎢で市内一〇位。明治時代に養蚕業が栄え、この生糸で作られた横浜スカーフは戦後にブームを巻き起こした。

沼津行きの東海道線に乗っても、保土ケ谷の神はへそを曲げたままだった。ボックス席の向かいに座りながら、車窓を流れる景色を横目に旭の神は囁《ささや》く。

「兄者よ、明らかに不穏な空気を感じる。こうも簡単に三姉妹の元を訪れていいものだろうか。せめて斥候《せっこう》を送ってからでも遅くはないと思うのだが」

うとうとする兄を見て、旭の神は大きく咳払いをする。

「何を呑気に眠っておるのだ！　もう敵陣に入り込んでおるのだぞ。危機感というものをだな」

揺さぶって兄を起こそうとすると、保土ケ谷の神は空いていた横の席にどしんと倒れ込んでしまった。昏倒にも似た眠りに気付き、旭の神は意識を改めようとするが時すでに遅し。体が温かくなり、とろんとした眠気にただ座っていることもままならなくなる。

「いかん、謀《はか》られたか！」

腕を嚙んで眠気を飛ばそうとするがもはや顎の力もなくなり、保土ケ谷の神同様、旭の神も力なく倒れ込んでしまうのであった。

第二章　追憶編

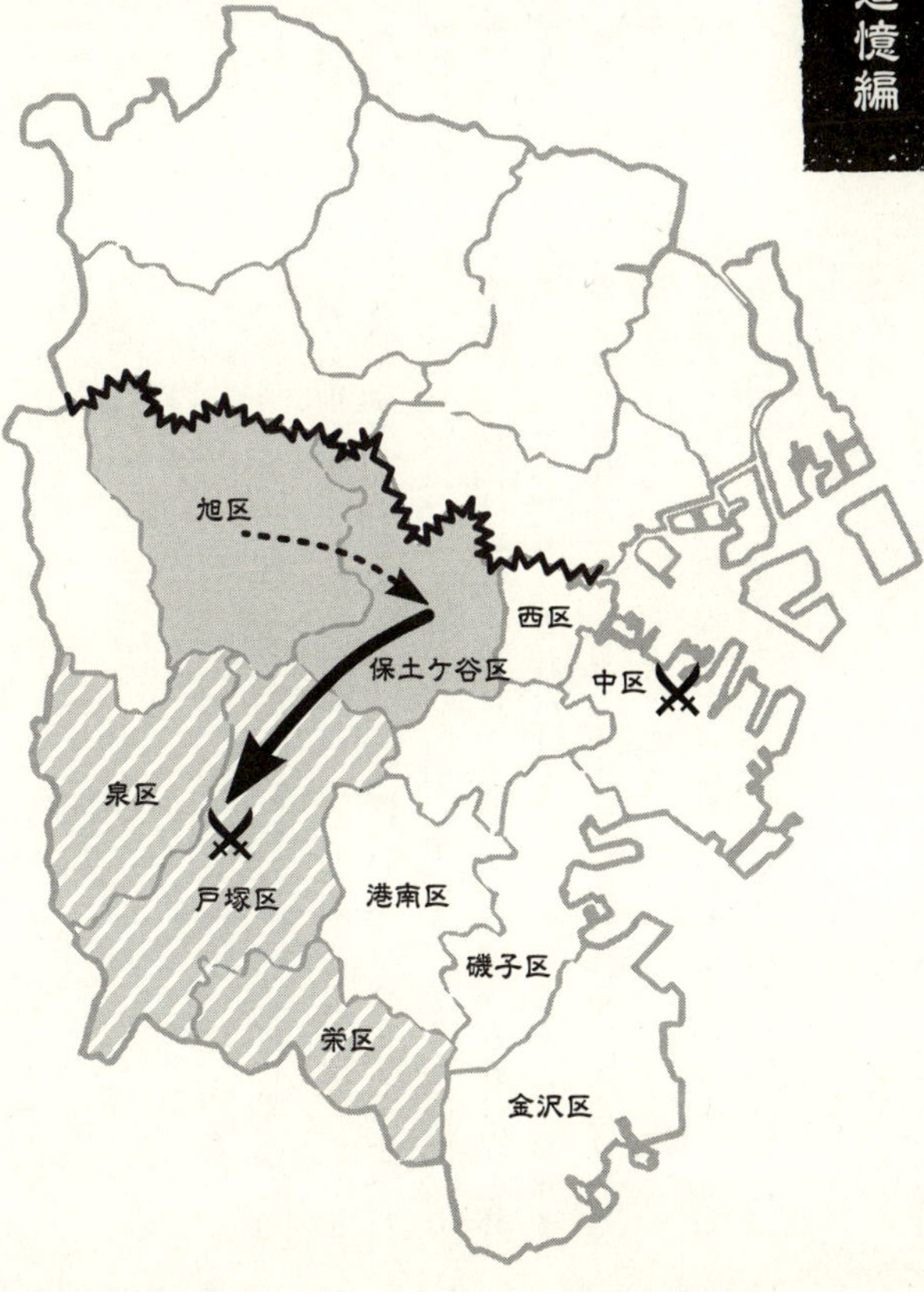

チープな電子音が耳をくすぐる。『おもちゃのチャチャチャ』の短いフレーズが何度も繰り返され、気が狂いそうになる前に保土ケ谷の神ははっと目を覚ました。

『DREAMLAND』と書かれた大きなネオンをぶら下げた観覧車と、コロシアムを模した円形の建物が目に飛び込んできた。横にはヨーロッパの旧市街にありそうな煉瓦《れんが》造りの家屋が立ち並び、奥に見える茂った森には電飾をまとったお菓子小屋がぴかぴかと輝いている。保土ケ谷の神を囲んでいる芝の刈り込まれた庭園は、一見するとヴェルサイユ宮殿の庭のようだが、どこかチープで建物の中に見える土産物屋は浅草にでもありそうな下町の趣《おもむき》があり、ここがヨーロッパでないことが分かる。

横浜の土地神なら誰しも知る懐かしい景色に、保土ケ谷の神は思わず息を呑み、立ち上がろうとするが細く丈夫な糸で簀《す》巻《ま》きにされていることに気付き、顔から倒れ込んでしまった。

「おお、兄者よ、目を覚ましたか！」

横で大人しくあぐらをかいて座る旭の神もまた、保土ケ谷の神と同様に簀巻きにされ、身動きが取れなくなっている。

「おい、ここは」

焦《あせ》る保土ケ谷の神とは対照的に、旭の神は懐かしそうに笑った。

「ドリームランド[20]のようだ。昔を思い出すではないか。拙者は潜水艦に乗るのが好きでな」

「そうじゃねえだろ！　なんで俺たちはドリームランドにいるんだよ。東海道線に乗ってたんじゃないのか？　それに、ここはもう随分前に閉園したんだ。それがどうしてこんなリアルに」

「その疑問には、彼女たちが答えてくれるだろう」

コロシアムから二人の女が歩いてきた。先陣を切っているのは、背の小さいボーイスカウトに似た格好をしたショートカットの少女だ。手には背丈に不釣り合いな大きいスコップを持っている。妙に得意げな様子で、座った保土ケ谷の神や旭の神と視線が同じにもかかわらず必死に見下ろしていた。

「おい、嬢ちゃん。この縄を解いてくれないか。どうやら根性のねじ曲がったろくでもないクソ神にやられたみたいなんだ」

20　**横浜ドリームランド**　かつて戸塚区に存在した遊園地。東京オリンピック直前の一九六四年八月開園。二〇〇二年閉園。

スコップを地面に突き刺し腕組みをして、精一杯胸を張ったまま少女は言う。

「根性のねじ曲がったクソ神というのは自己紹介ですか、保土ケ谷さん？　なかなかお似合いですよ、緊縛された姿というのも」

「ほう、お前にそういう趣味があるとはな。伊勢佐木町の裏にお前向きの店があるようだから今度紹介してもらうといい」

顔を真っ赤にして少女は声を荒らげる。

「私にそんな趣味はありません！　このセクハラすっとこどっこい！」

「セクハラすっとこどっこい……」

あまりにもへんてこな蔑称に、思わず保土ケ谷の神も復唱してしまう。激昂する少女の後ろから、背の高いすらりとした女性がやってきた。髪をポニーテールに縛り、ぴったりとした青いタンクトップに黒のヨガレギンスを穿《は》き、引き締まった身体は健康そのものだ。わめき散らす少女の頭にぽんと手を置いて、スポーティな女性は言った。

「あんまり喧嘩腰にならないの、栄」

「だってこの老いぼれ、え、ＳＭネタのセクハラを振ってきたんですよ！」

先生を見つけたいじめられっ子のように、少女は保土ケ谷の神を指差して自らの不遇を訴える。

「よくわめく女王様だな、おい。わめかせるのが仕事だろうに」

どんどん少女を挑発する保土ケ谷の神に、背の高い女性は優しく諭してくる。

「あなたもあんまり栄をからかわないで。かんしゃく玉みたいな子なんだから」

頭に乗せられた女性の手をふり払って、栄の神は言う。

「泉もお姉ちゃん面しないで下さい！　私たちは双子なんですから！」

「はいはい、そうね」

肩をすくめて泉の神は受け流す。

「ようやくまともに話ができそうなやつが来てくれたな。これがどういうことか説明してもらおうか、泉。残念なことに縛られるのは趣味じゃない」

細い目を弓なりにしならせて、泉の神は優しく微笑《ほほえ》む。

「あなたならもう分かっているんじゃない？」

そう言われて、保土ケ谷の神は自らを囲む遊園地に目をやった。かつて戸塚区に存在していたドリームランドが、目の前に復活していることも保土ケ谷の神を驚かせていたが、乳白色をした空を見てある事実に気付く。

「戸塚が神器を使ったんだろう。これは『夢見枕《ゆめみまくら》』の力だ。あいつは自分の夢に神を引きずり込むことができる。俺たちはまんまとそれに引っかかっちまったというわけだ」

しげしげとドリームランドを見回しながら、泉の神は言う。

「姉さんの記憶力には驚かされるわ。昔見たままの景色が、ほぼ完璧に再現されているんだもの。ほら、あそこにはホテルエンパイアの塔があるし、見て、モノレールの駅だってちゃんとあるんだから」

「たった一年ちょっとで廃止になったあのオンボロモノレールのことか。満員になったら動かなくなって、線路を支える橋脚《きょうきゃく》にはヒビが入り、入園前からアトラクション気分が味わえるモノレールなんざあれくらいのもんだろう」

苦笑いを浮かべて、泉の神は周囲を見つめる。

「相変わらず手厳しいわね、あなたは。姉さんはドリームランドが大好きだったのよ。今でこそ千葉や大阪に大きなテーマパークがあるけど、一九六〇年代はまだ日の本に大きな遊園地がなくて、この戸塚の地に子供たちが沢山集まる施設ができると聞かされた時の姉さんの気持ちを考えれば、愛着がわくのも無理ないわ」

「ふたを開けてみれば見通しのない勢いだけの計画で、突貫工事のモノレールは一年でダメになるし、整備されていない道路にマイカーが押し寄せて渋滞を抜けるのが一番のアトラクションになり、ネズミの国が現れてバブルがはじけた途端に息を引き取っちまった」

腰に手を当てて、泉の神はため息をつきながら言う。

「もう、あなたには夢というものがないの？　今なら考えられない失敗ばかりしていたけれど、当時はまだテーマパークを作るノウハウもなくて、全部手探りだったそうじゃない。姉さんは着ぐるみや衣装を縫ったり、あるいは中に入ってみたり、毎日のようにドリームランドの従業員としてあくせく働いていたのを、いつも楽しそうに話してくれたわ」

「一生懸命やっていたのは、俺もよく覚えているよ」

　客がいないので寂しさはあるものの、往時の姿で回転するメリーゴーランドやジェットコースターには郷愁を誘われてしまう。

「せっかくだし遊んでいかない？　降伏さえすれば、自由に遊んでもらって構わないわよ」

　ノスタルジーに飲み込まれそうになるのを堪《こら》えて、保土ケ谷の神は言う。

「その件について質問をしたい。なぜ俺たちは拘束されているんだ？」

「あなたみたいな野蛮な神を、ほったらかしにしておいたら危険だからですよ！」

　さっきまでの復讐《ふくしゅう》を企てるかのように、栄の神がまくし立ててくる。何かと保土ケ谷の神に噛み付いてくる栄の神をなだめて、泉の神は言う。

「私たち三姉妹は、あなたたちと戦えるような神器を持っていない。私の神器『絹《きぬ》ノ糸《いと》』は拘束力があっても打倒するほどの力はないし、栄の『匙《さじ》下《か》減《げん》』は穴掘りに特化しているだけで武器として使うには不向き。姉さんの『夢見枕』は確かに強力だけど、夢を見るために眠る必要があるからその分無防備になってしまう。となれば、攻め込むより、こちらに攻め込んできた神々を拘束して、降伏を要求する以外に手はなかった、というわけよ」

　頷きながら旭の神は声を漏らす。

「なるほど。確かに拙者が戸塚殿や泉殿の立場に置かれても、そのような選択をするだろう」

「お前たちの素《す》っ頓狂《とんきょう》な兄貴はどうした。一緒に行動していないのか?」

大きなため息をついて栄の神が言う。

「もちろん声はかけましたよ。でも、お兄ちゃんはいっつも大事な時に連絡が取れなくなるんです。こんな緊迫した時だというのに、何をしているんでしょうか、まったく」

「兄さんに会えなかったからこそ、私たちは早めに手を打たなければならなかった。どうなるか分からなかったけど、あなたたちが引っかかってくれたのを見ると、そう悪い作戦じゃないのかもしれないわね」

得意げな表情を浮かべる泉の神に対して、保土ケ谷の神は試すように問いかけた。

「お前たちはこの戦をどう考えている? ふざけた宣言ではあったが、ハマ神のジジイが本気なのはどうやら間違いないらしい。俺たちを降伏させて、横浜ナンバーワンの神を名乗るつもりか?」

泉の神も栄の神も、返事をしなかった。

「仮にお前たちが他の全員を縛り付けて勝者になったとしよう。だがハマ神はナンバーワンを決めると言っている。徒党を組んだとしても、最終的には一人が勝ち残るまで戦うことになるだろう。ただでさえ戦うことが得意じゃないお前たちが、姉妹同士で争うことなどできるのか?」

「そ、そうなったらその時考えますよ!」

その場しのぎで栄の神は反論をするが、苦し紛れなのは否めない。

「姉さんに勝ちを譲るわ。泉の地も栄の地も、元は戸塚から分離して生まれた地域。ある意味当然の帰結とも言えるんじゃない？」

視線を動かさずに、保土ケ谷の神は追及を続ける。

「謙虚なのは大いに結構だが、言い換えてみれば、それはお前たちが守護する泉の地や栄の地を放棄し、民の行く末から目を逸らし、戸塚に一任することを意味する。戸塚の地から、泉や栄が生まれたのは、そこに新しい人間の営みが生まれてきたからだ。お前たちが選ぼうとしている道は、人の営みを否定することに等しい」

「そういう戦いになってしまったんだから、しょうがないじゃないですか！　私たちだって自分たちの地を離れるなんて考えたくありません！　でも、でも！」

涙を流して抗議する栄の神の肩に、そっと手を置いて泉の神は言う。

「あなたはどう考えているのかしら、保土ケ谷」

「俺の考えを口にするには、肺を強く締め付けられすぎているらしい。声を出そうにも苦しくて辛《つら》い。なあ、旭よ？」

嫌な予感を察した旭の神は、怪訝《けげん》そうに返事をする。

「何を考えているのだ、兄者よ」

「あーあ、この縄を解いてくれたら俺の考えも言えそうなんだけどなあ。誰かさんがこんなにきつく縛っちまったから喋れねえや、これじゃあ」

ちらちらといやらしい視線を送る保土ケ谷の神に対して、泉の神は顔をしかめる。

「そもそもあなたたちはどうして私たちを狙ってきたの？」

「それは」

泉の神の問いかけに矛盾を感じた旭の神は反論を試みようとするが、すかさず喋り始めた保土ケ谷の神に声をかき消されてしまう。

「そいつは教えられないな。少なくともこんな仕打ちをされちゃ話をする気にはならない」

いつまでも己の苦境をものともしない保土ケ谷の神に、いよいよ痺れを切らした泉の神は、苦い表情を浮かべて言う。

「誤解しないことよ。ここはあくまで姉さんの世界。こうなってしまった以上、あなたたちには降伏以外に選択肢はないの。あなたたちの口からはっきりと降参の二文字を聞かない限り、拘束を解くわけにはいかない」

「兄者よ、この戦に勝つつもりでないのならここは潔く」

旭の神がそっと耳打ちしようとした時、保土ケ谷の神は大声で笑い始めた。

「泉よ、断言してやろう。この縄は、お前の意思で解くことになる」

その言葉を聞いて、驚いたのは栄の神だ。

「何言ってるんですか！　泉の糸は、たとえ旭さんが本気を出しても引きちぎることはできません。それを泉自ら解くなんて負け惜しみも大概にしたらどうです？」

己の神器を侮辱され、泉の神は平静を保とうとするが、怒りが口調から滲《にじ》み出る。

「栄の言う通りよ。横浜の神々でも特に狡猾《こうかつ》なあなたを拘束できたのはまたとない幸運。その僥倖《ぎょうこう》を私たちがみすみす手放すと思う？」

「何とでも言えばいい。いずれ気付くことになる」

「勝手になさい」

さすがの泉の神もプライドを傷付けられきびすを返し、栄の神はあっかんべーをして遊園地の奥へ消えていった。女神たちが見えなくなってから、旭の神は呆れたように言う。

「兄者よ、時に戦場ではったりが重要なことは承知しているが、栄殿が言ったように、拙者の力を持ってしても縄から抜け出すのは不可能だ。何か策があるのか？」

「お前は何かおかしいことに気付かないか？」

「戸塚殿の夢に閉じ込められた以上に、おかしなことなどあるだろうか」

旭の神を見た保土ケ谷の神の瞳は、不敵な輝きを放っていた。

「泉はこう言っていた。どうしてあなたたちは私たちを狙ってきたの、と。これはおかしいだろう？」

なぜいつもは冷静な兄が手紙を見ただけで不自然なほど激昂し、考え無しに敵陣へ乗り込んだのか。もはや手の打ちようがないほどがんじがらめにされているのに、未だに諦めようとしないのか。泉の神の問いかけに反論しようとした時、どうして兄が口を挟んだのか。それらの奇妙な点を考え直すと、ずっと前から兄が気付いていたであろう別の筋書きにようやく思い至ったのであった。

「そうか。手紙だ」

満足そうに保土ケ谷の神は頷いた。

「さて、これからどうなるか楽しみじゃないか」

夢の世界でも日は沈んでいった。とっぷりと暮れ、ひっきりなしに流れていた『おもちゃのチャチャチャ』のチープなメロディが止む代わりに、奥の森からは鳥の鳴き声が聞こえてくる。観覧車やメリーゴーランドの電飾もすっかり消え、動かなくなった兵隊の人形が天を見つめていた。

日が暮れて気温が下がり、軽く身震いをしながら保土ケ谷の神はぽつりと呟《つぶや》いた。

「おなかへった」

何度となくその言葉を耳にしている旭の神は、まともに取り合おうとせず、じっとあぐらをかいて座っている。

「おなかへったおなかへったおなかへった！」

年甲斐もなくだだをこねる兄に辟易《へきえき》しながらも、旭の神は我を保ったまま注意をする。

「兄者よ、騒いでも余計に腹が減るだけだぞ」

顔を真っ赤にして保土ケ谷の神は叫んだ。

「いつまでこうしてりゃいいんだよ！　このままじゃほんとに餓死しちまうぞ！　こう

なりゃ地面の草でも食ってやる！」

　泉の神と駆け引きをしていた時の聡明さは、もはや完全に消え去っている。保土ケ谷区を九十年近く見守ってきた土地神は今、涙と鼻水を垂らしながら嗚咽《おえつ》して泣き言を繰り返し、弟として旭の神はとてもその姿を直視できない。

　まるで相手にしてくれない旭の神が何やら口をもごもごさせているのを、保土ケ谷の神は見逃さなかった。

「おい、お前何食ってんだよ！　食い物があるなら俺にもよこしやがれ！　一人だけ美味しい思いしやがって！」

　どこからともなくワシが飛んできて、旭の神の肩に乗った。ワシはくちばしでドングリを、器用に旭の神の口に運んでいる。とても固いドングリを、勇猛果敢な神はごりごりと咀嚼《そしやく》し、殻ごと飲み込んでいた。

「兄者も食べるか？　歯ごたえがあって美味しいぞ」

　平然と笑みを浮かべてドングリを噛む弟の姿に、保土ケ谷の神はまたしても涙を流さないわけにはいかなかった。

「くそっ、ドングリなんか食えるかよ！」

「好き嫌いはよくないぞ。食べられる時に食べられるものを食べておくというのは兵法の基本だ」

「俺は神様だぞ！　なのに、ドングリなんて。こんなのってあんまりだ。神も仏もあったもんじゃない」

腹の虫が鳴り、保土ケ谷の神はいっそう惨めさに駆られる。美味しそうにドングリを食べ続ける旭の神を見ていよいよ耐えきれなくなった保土ケ谷の神は渋々言った。

「仕方ない、俺にも一個くれ」

くちばしにドングリをくわえて、ワシが保土ケ谷の神に近づいてきた。渋々首を傾けると、ワシはひょいと後ろを向き、純白の尾っぽが視界に映る。空腹が限界に近づいていた保土ケ谷の神は大きく口を開けて待機していると、ワシは背中を向けたままドングリの代わりにべちゃついたフンをプレゼントしてくれた。あやうく口に着弾しそうになり、保土ケ谷の神は転がりながらすんでのところで夕飯がフンになるのを避けたのであった。

「このクソ鳥！　とっ捕まえてやる！　今夜は焼き鳥ジビエパーティだ、チクショウ！」

逃げるワシを追おうとするが、簀巻きにされた身ではろくに走ることもできず、またしても顔から倒れ込む。芝生に顔を埋めながら保土ケ谷の神は、おいおい泣いていた。

「辛い、辛すぎるよ。もうやめたい」

「何馬鹿なことしてるんですか」

保土ケ谷の神がはっと顔を上げたのは、声が聞こえたからではない。香ばしく焼けた肉の匂いが、保土ケ谷の神の空腹を残酷なまでに刺激したせいだ。

右手にハンバーガーを持ち、左手でコーラを飲みながらほっぺにケチャップを付けた栄の神が保土ケ谷の神を見下ろしている。

「んあああ、俺にも一口よこせ！」

襲いかかってくる保土ケ谷の神をさっと避けて、栄の神は言う。

「いい加減降参したらどうですか。あなたのような強欲な神が、旭さんみたいに空腹を我慢できるわけないんです。向こうの食堂はホットドッグやポテト、ラーメンにアイスクリームまで何でもあるんですよ」

もはや獣と化した保土ケ谷の神はよだれを垂らし、栄の神を凝視している。

「いやだ！」

「じゃあこれはおあずけです」

「いやだ！」

「だだっ子ですか、あなたは！　もうしばらくそこで頭を冷やしているといいですよ。降参したくなったら、いつでも呼んで下さいね」

そう言い残し、せめてもの情けと言わんばかりに栄の神はハンバーガーの包装紙を捨てていった。それを見逃さなかった保土ケ谷の神は地面に落ちた紙を丁寧に舐《な》め回していく。わずかに残留したハンバーガーの汁やケチャップが今の保土ケ谷の神には、どんなごちそうより美味であった。

「おお、うまいぞ！」

「兄者よ、おいたわしや……」

横浜一の豪傑と称される旭の神も、兄の堕落した姿に落涙を禁じ得なかった。

夜が更け、奥の森に住む鳥たちも眠りにつき、辺りは静寂に包まれている。空腹を忘れさせる強烈な睡魔に襲われた保土ケ谷の神は文句を言う気力も失い、ふてくされて眠ってしまった。周囲を警戒しつつ、旭の神も目を閉じていると、地面が揺れて目を覚ました。

「地震か？」

園内の遊具や建物も激しく揺れていて、観覧車の電飾が落下している。

「兄者よ、目を覚ますのだ！　様子がおかしい」

立っているのもままならないほどの揺れにもかかわらず、保土ケ谷の神はぐうぐう眠っている。保土ケ谷の神が起きるより先に、泉の神と栄の神がコロシアムから飛び出してきた。

「何が起こってるんですか？」

慌てふためく栄の神を見て、これが姉妹たちの仕業でないことを旭の神は即座に察する。

「あなたたち、何をしたの？」

泉の神は旭の神に問い詰めてくる。ようやく目を覚ました保土ケ谷の神は、大あくびをし、笑みを浮かべて呟いた。

「ようやくお出ましだな」

雲一つない空に、無数の星がまたたいている。たとえ神が見る夢の中とはいえ、本物の空と何ら遜色《そんしょく》はないはずだった。揺れが収まった途端、氷の割れるような音が響き渡り、神たちは窓が割れたと思い視線を移すが建物に異変はない。音は地上からではなく、上から響いており、神々が空を見上げると、夜空は銃を撃たれたフロントガラスのように無数のヒビが入っており、その破片が大地に落っこちてきていた。

「姉さんの空間が破られているの？」

泉の神は口に手を当てて、悲鳴にも似た声を上げる。割れた夜空の隙間から、一本、二本と太い指が現れ、次々と空を破っていく。広がっていく空の穴から巨大な右手と左手が姿を見せると、飴《あめ》細工を崩すように戸塚の神が生み出した夢の空間を破壊し、その奥から観覧車とさほど変わらない高さの巨人が、神々を見下ろしていた。

「こ、港南殿[21]！」

巨人に向けて声を上げたのは旭の神だけで、泉の神と栄の神の姉妹はもはや言葉を失っていた。短髪の巨人は、大きな黒目でおののく神々をぎろりと見下ろす。筋骨隆々とした肉体に、ごつごつとした顔は凶暴そうにも見えたが、花の模様が描かれた可愛らしいエプロンを身にまとっており、恐ろしいのかファンシーなのかよく分からない。巨人

21　港南区　横浜市の南部に位置する区。一九六九年に南区から分区して区制施行。人口は約二二万人で市内七位。面積は約二〇㎢で市内一三位。京急上大岡駅を中心にした横浜の副都心。

はその場から動けなくなっている神々に向けて、大きな手のひらを差し出してきた。その手のひらから、甲高い笑い声が聞こえてくる。

「ボンソワール！　マダム・エ・ムシュー！」

小麦色に焼けた肌に、金髪をなびかせ、大きな銀フレームのサングラスを頭にのせた長身の男が、身にまとった白衣を必要以上にはためかせながら両手を広げて高らかに宣言した。堂々たる登場に見事成功したことが男を悦に浸らせ、歓喜のあまりその場から動けなくなっている。

その様子を見て、横に立っていた同じく白衣姿の男は腹を抱えて笑っている。金髪の男とは対照的に笑いを堪えきれずにいる男は長身の割に酷い猫背で、べたついた黒髪は肩まで伸び放題になっており、丸い眼鏡には手垢がついていて、白衣も下の部分が所々焼け焦げている。悦に浸る男がよく日に焼けて、トレーニングに余念がないたくましい体付きなのと比べると、ぼろぼろの白衣を着た男は冬山の枯れ木のように細い。

「か、金沢[22]さん！　それに、磯子[23]さんまで！」

不気味な二人が急に現れて戸惑いの声を上げる栄の神に向かって、巨人化した港南の神の手に乗った金沢の神は深々と礼をしながら安心させるように言う。

「マドモワゼル栄、ご機嫌麗《うるわ》しゅう。いささか乱暴な登場をしてしまったことを許してくれたまえ」

簀巻きにされた保土ケ谷の神と旭の神を見つけると、磯子の神は再び腹を抱えて笑った。

「あっひゃっひゃ！　釣果《ちょうか》は二人ですか。まあ、上々と言ったところですかね」

状況がまるで摑めていない泉の神は、簀巻きにされた神々と巨人に乗って現れた神々を交互に見ている。

「どういうことなの？」

保土ケ谷の神は、地面に横たわりながら平然と言う。

「お前たちはまんまと利用されたんだよ。例の手紙を旭に送ったのは、お前だろう？　金沢」

肩をすくめて金沢の神は首を振る。

「男にラブレターを送るのは私の美学に反する。あれは磯子の立案でね」

「あっひゃっひゃ！　私の文章力も捨てたものではないでしょう？」

22　**金沢区**　横浜市の最南端に位置する区。一九四八年に磯子区から分区して区制施行。人口は約二〇万人で市内一〇位。面積は約三一㎢で市内六位。鎌倉時代に北条実時が設立した金沢文庫が有名。金沢動物園、八景島シーパラダイス、横浜ベイサイドマリーナなど観光地も充実しており、横浜市立大学の所在地でもある。

23　**磯子区**　横浜市の南部に位置する区。一九二七年に区制施行。人口は約一六万人で市内一三位。面積は約一九㎢で市内一四位。沿岸部に広がる埋立地に製油所や火力発電所、製紙工場などが並ぶ市内有数の工業地域。埋立てが行われる前は、避暑地として別荘が設けられた時代もあった。

苦笑いを浮かべる保土ケ谷の神をよそに、栄の神が問い詰めてくる。

「手紙って何のことですか？」

旭の神は栄の神を落ち着かせるように言う。

「開戦宣言の直後、拙者の元に一通の手紙が送られてきたのだ。それは栄殿の文体を模した手紙で、兄者を酷く挑発し、戸塚殿に攻め込ませるような内容だった」

付け加えるように保土ケ谷の神は言う。

「開戦と同時に、戸塚を襲わせるような手紙を送る。挑発にまんまと引っかかった神は、怒り狂って戸塚の地に向かうが、夢に引きずり込まれて、泉たちに捕縛されてしまう。あらかたエサに食いついたところを見計らい、港南の圧倒的な力を用いて戸塚の空間を破り一網打尽にする、という魂胆だ。自ら労して戦うより、他の神が仕掛けた罠《わな》を利用し、罠ごと神々を打倒してしまえば、一石二鳥だからな」

ゆっくりと拍手をして、金沢の神は名探偵を褒め称える。

「さすが横浜一狡知《こうち》に長けたムシュー保土ケ谷！　ご明察だ」

苦虫をかみつぶしたように、顔をしかめて保土ケ谷の神は言う。

「お前に褒められても気持ち悪いだけだ。相変わらず医療行為と称して、女性患者に猥《わい》褻《せつ》行為を働いているのか？　こんな卑劣なやり方をしていては女にもてないぞ」

憤然として金沢の神は言う。

「誤解を招くような発言は慎んで頂きたい、ムシュー保土ケ谷！　合意のない愛になど興味はない。ビジネスと恋愛は、きちんと分けるのが私のモットーだ。卑劣というのは語弊がある。知性に則った合理的な戦法と言って頂きたい。よもや私と一、二を争う知性派の貴兄が、こんな罠に引っかかるとは、老いた神の引退も近そうだ」

今度は保土ケ谷の神が怒りを露わにする。

「お前も充分おっさんだろうが！」

「あっひゃっひゃ！　あなた方が戸塚の夢に潜り込んでくれたおかげで、随分と侵入が楽になりましたよ。手紙を送ったのは安易な作戦のように思えるかもしれませんが、逆に言えば戸塚の神器とまともにやり合うにはこれくらいしか手段がなかったのです。神を引きずり込む絶対空間ですから、近づいたらひとたまりもありません。中に侵入者がいれば話は別ですが。戸塚単体なら絶対防御の純度が高いこの空間も、自分の想像力ではコントロールできない侵入者、いわばノイズのようなものがいると、外の防壁がどうしても弱まってしまうのです。戸塚の力は眠りの底に閉じ込めるものですが、協力者である泉と栄まで眠らせるわけにはいきません。姉妹を目覚めさせたまま、侵入者を眠らせるというのは、さすがの戸塚でも苦労したはずですよ」

「相変わらず説明好きなやつだ」

呆れる保土ケ谷の神をよそに、磯子の神が突きつけた事実で泉の神はあることに気付いてしまった。

「要するに、私たちがいたから姉さんの力が弱まってしまったのね」

ここで返事をしないのが、磯子の神のせめてもの優しさであった。

「私たち、お姉ちゃんの足をひっぱっちゃったんですか？」

悲嘆に暮れる女神たちなどまるで気にする様子もなく、保土ケ谷の神は嬉々とした声で言った。

「何にせよ、これで助かったぜ！　俺はこの蟻地獄シスターズにまんまとっ捕まっちまっていたわけだ。さ、この縄を解いてくれないか。金沢、お前の神器は俺たちの神器をコピーできる最強の力があるんだろう？　その力を遺憾《いかん》なく発揮するのは今しかないぜ」

右手で金髪を払い、金沢の神は眉をひそめて最大の侮蔑を込めながら言う。

「何を勘違いしているのだ、ムシュー保土ケ谷？　貴兄はとっくにこの横浜大戦争という舞台からフェードアウトしている。どんな策を弄《ろう》してくるのか心構えをしていたが、拍子抜けしたと言わざるを得ない。敗者は敗者らしく、そこで塩味の指を咥《くわ》えているといい」

「拙者たちはまだ降伏をしたわけでは！」

悔しそうに叫び声を上げる旭の神を見て、保土ケ谷の神は真剣な眼差しで金沢の神に問いかけていた。

「金沢よ、お前はなぜこの戦いに身を投じた？　能天気なお前でも、天界憲法が存在することを知らないわけではあるまい。ハマ神のジジイのしでかしたことが、道理に背いているとは思わないのか？」

　何を今更と言わんばかりに肩をすくめ、金沢の神は嘆息をもらす。

「道理のある戦いなどあるだろうか？　元来パピー横浜は気まぐれなお方。彼が言ったことに従うのは、我ら横浜の土地神として当然のことではないか。マダム戸塚の女神たちに刃《やいば》を向けることになってしまったのは、紳士として誠に心苦しい。しかし！　この戦を勝ち抜いた暁《あかつき》には、横浜のすべてを統《す》べる神となる道が待っているのだ！」

「お前にそんな子供じみた支配欲があるとは初耳だな」

　小さく指を振って、金沢の神は否定する。

「ノンノン。横浜ナンバーワンという称号に、私は何の興味もない。私を駆り立てるものはただ一つ！　横浜を束ねる神となれば、私は金沢の地だけでなく、貴兄らの守護する保土ケ谷や旭、あるいは戸塚といった地に住むマダムやマドモワゼルたちの守護神となるのだ！　ああ！　横浜に住む、生きとし生ける女性たちが、すべて我が加護の下にあると考えただけでも多幸感で気が狂いそうになる！」

　身をよじらせながら恍惚《こうこつ》の表情を浮かべる金沢の神の姿に、緊迫していた空気が一瞬にして緩み、わずかではあったが悔しさを滲ませてしまった泉の神と栄の神は、呆気《あっけ》に取られた声を同時に上げる。

「は？」

　すでに自らの演説に浸っている金沢の神を止められるものはなく、磯子の神は相変わらず横で大笑いしている。

「私はここにいるどの神よりも民を、特に女性を愛している！　ああ、女とは何と愛おしく、美しく、残酷で気まぐれで、男の心をくすぐってくるのだ！　それがなんたることか、土地神は守護する土地の民にしか寵愛《ちょうあい》を分け与えることができず、駅で偶然見かけたマドモワゼルがムシュー保土ケ谷の庇護下にある女性だったり、バーで懇意になったマダムが他の地に帰っていったりするのを、私は何度も経験し、その都度《つど》枕は涙の海に沈んでいった。しかし！　此度の戦に勝利すれば、私の瞳は落涙の機能を失い、すべての横浜の女性が、私の愛の庇護下に入る！　何と甘美な響きか！　ろくすっぽ働きもしないムシュー保土ケ谷や、獣臭いムシュー旭の地で囚《とら》われの身となった愛の化身たちを、我が手で救い出すことこそ、横浜大戦争を勝ち抜こうとする私の理由に他ならない！」

またしても長広舌《ちょうこうぜつ》を披露し、歓喜に身をよじらせる金沢の神を見て、栄の神は小刻みに震えながらそっと呟いた。

「未だかつて、これほどまで鳥肌が立ったことはありません」

青白い顔をして泉の神も言う。

「よほど開戦がショックだったのかしら、彼の何かが完全に壊れてしまったみたいね。もはや民だけでなく、すべての女神の敵だわ」

女神たちから散々な評価を受けながらも、金沢の神の耳に届いている様子はない。

「お前も、こんなよこしまな理由で戦いに身を投じる金沢に同意したのか、磯子よ」

この状況を最も楽しんでいるであろう磯子の神は、止めどなく溢れてくる笑いを何とか堪えながら返答する。

「あっひゃっひゃ！　私はこの盛りのついた弟がどこまでやれるのか見物しようと思っているだけですよ。面白そうなことを見つけたら、より面白くなるよう力を注ぐのが私の主義です。好奇心と探究心こそ、人類を発展へ導いた最大の要因！　初めは馬鹿げた実験でも、失敗を繰り返すうちに新たな理解が生まれるのです。狂気の積み重ねが科学を生み、ひいては進歩を生み出してきたのです！　私も人間の研究機関に身を置く科学者の端くれ。弟の珍奇な野望がどこまで通用するか研究させてもらうことにしますよ」

説得の余地がないと判断した保土ケ谷の神は、最後に終始戸惑いの表情を浮かべている巨大化した港南の神に向かって問いかけた。

「港南、お前がこんなことをしているとばれたら、お母ちゃんに叱られるだけじゃ済まないぞ。戦うにしたってもう少しまともなパートナーを選んだらどうだ」

「ど、どうしよう。おれ、お母ちゃんに怒られちゃうのかな」

野太さの割に弱々しい声で怖じ気付く港南の神に、保土ケ谷の神はまくし立てていく。

「お母ちゃんは怒ると俺なんか比べものにならないくらい怖いからな。知らねえぞ」

瞳に涙をにじませている港南の神の姿を見て、金沢の神は仕切り直した。

「おしゃべりは終わりだ！　諸君、私にマダム戸塚の居場所を教えるのだ。これ以上手荒な真似はしたくない。ここで白旗を揚げてもらえば、私たちはすぐにここを立ち去ろうではないか」

歯を食いしばって、泉の神は言う。

「そうはいかないわ。あなたたちに勝たせてしまえば、横浜の女性たちの貞操が危険だもの」

眉間《みけん》に指を当てて天を仰ぎ、金沢の神は言う。

「ならば仕方あるまい。ムシュー港南！　やってしまえ！」

勢いよく前方を指差したものの、港南の神は左手で頭をぽりぽりと掻き、気まずそうに佇《たたず》んでいる。

「な、なあ、金沢。おれ、壊したくないよ。ドリームランド、とっても懐かしい。戸塚、ここが大好きだったの、おれ、知ってる。おれも、ここが好きだった。おれ、戸塚が好きなもの、壊せない」

地団駄《じだんだ》を踏んで、金髪の色男は抗議する。

「何を言っているのだ、ムシュー港南！　戦いは非道なのだ。もはや私たちが戦いから逃れる術《すべ》はない。やらなければ、こちらがやられるのだ！」

「で、でも」

「でもではない！　よいか、ムシュー港南、想像力を働かせるのだ。横浜を統べる神となれば、今よりもずっと限度額の高いクレジットカードが天界から支給されるだろう。

今のケチな年金とは比べものにならないくらい、財政に余裕が生まれる。そうなれば、美食家が愛する横浜のレストランも行き放題だぞ？　管轄の違う区だと今は領収書が下りないが、私とムシュー港南が手に手を取って勝利をものにすれば、中華街の全店を休業に追い込むくらいたらふく食事ができるだろうし、私たちの中で誰よりも食を愛する貴兄にとって、文字通りこんなに美味しい話はあるまい？」

「なんだか現実的な単語がちらほら聞こえてきたぞ」

なりふり構わぬ金沢の神の必死な説得に、旭の神は苦言を呈す。

「む、ぐぐ」

巨大化の神器『大平星《だいだらぼし》』のネックレスを首からかけた港南の神は、欲望と理性の狭間で苦悶に喘《あえ》ぎ、顔は紅潮し、額から滝のように汗が流れ落ちている。これを好機と見た金沢の神はすかさず説得を続ける。

「何も同志たちを殺すわけではない。あくまで参ったと言ってもらうために、少しばかり力を顕示できればそれでオゥケェなのだ。貴兄はいつだって、食事はほどほどにと言われて辛い思いをしてきたではないか！　ここで勝ち進めば、貴兄が生まれて初めて、お腹いっぱい心ゆくまで好きなものを好きなだけ食べられるのだぞ？　貴兄がよりよいものを食べ、舌の研鑽《けんさん》を磨き教養を深めれば、それだけ守護する民たちの力にもなる！　ひいては我が野望のためにも、ここは心を鬼にして拳を振るうのだ！」

身体の大きさの割に押しに弱い港南の神は、フルコースの数々が脳裏をよぎり、良心が敗北を喫しようとしている。思わずよだれが垂れてしまっているのも忘れ、大きな足で一歩を踏み出すと、観覧車が前後に大きく傾き、激しい揺れに襲われる。

「やめて下さい！」

栄の神の必死な叫びもむなしく、金沢の神の話術に堕ちた港南の神にもはやその声は届かず、辺りには土煙が舞い、ドリームランドは二度目の閉園を迎えようとしていた。夢とはいえ、神々も愛したドリームランドが壊されていく様を黙って見ていられるほど、旭の神は怖じ気付いていなかった。

「兄者よ！　黙って見ているというのか？」

どの神々も遊園地が破壊されるのを黙って見ているしかなかったのだが、保土ケ谷の神だけは寝転がったままそっけなく言った。

「だって、どうしようもないじゃないの。どっかの誰かさんが俺たちを縛っていなければ、未来は変わっていたかもしれないけどなあ」

泉の神と栄の神の姉妹は、唇を真一文字に結び歯を食いしばりながら保土ケ谷の神を見ている。

「ま、俺たちには関係ないけどね。もう負けちまった身だし。はーあ、腹も減ったし、さっさと終わんねえかなあ」

「泉！」

栄の神に腕を引っ張られ、泉の神は胸から取り出したくないで保土ケ谷の神と旭の神を捕縛していた細い糸を瞬時に断ち切った。束縛から解放された保土ケ谷の神は、わざとらしく体操をして言う。

「おお？　身体が楽になったぞ！　うーん、やはり自由は最高だ！　ん？　ところで君たちは何見てるのかな？　俺たちに何か用？　随分とばつの悪そうな顔をしているようだけど」

　後ろに手を回しながら、るんるんとした様子で保土ケ谷の神は女神たちの周囲を意味もなく歩き回っている。

「まさかとは思うけど、助けてくれ、なんて言うつもりじゃないだろうなあ。そんな虫のいい話はないって、さすがに。自分たちで勝手に捕まえておいて、都合が悪くなったら今度は手を貸せなんて、いくら神様だからといってもわがままには限度ってもんがあるわなあ。まあ、俺も？　鬼じゃなくて、神だから？　頼み方によっちゃあ、考えてやらないこともないけど？　長いこと窮屈な思いをさせてもらったからなあ、それ相応の礼節を持って頂かないと？　こちらも？　納得できないよなあ」

「この鬼！　悪魔！　人でなし！」

　無意味に疑問符の多い嫌らしさに満ちた問い詰め方に、涙を浮かべながら栄の神はののしるが保土ケ谷の神はびくともしない。

「ぶっぷー、残念でしたー。俺は神様なんでー。そのどれでもありませんーー」

「くっ、なんて卑劣なの」

先ほどから登場する横浜の土地神がみなまともではなく、泉の神は気が狂いそうになってしまうが、ここはぐっと堪えて抗議を続ける栄の神をなだめ、緊張した面持ちで口を開いた。

「分かったわ、今回は……」

そう言いかけた時、旭の神はそっと泉の神の口元に手を近づけた。

「それくらいにしておけ、兄者。これ以上言わせるのは土地神として恥ずべきことだ」

拗《す》ねるようにそっぽを向いて、保土ケ谷の神は言う。

「お前は甘すぎるんだよ」

そう言うとその場にしゃがみ込んで、栄の神を手招きした。

「ちょっと来い」

「なんですか、邪神様」

未だ屈辱をぬぐい去れずにいる栄の神の言葉はとげとげしい。

「本当に見捨てるぞ、このチビ。一つだけ訊《き》いておきたいことがある。ここはどこなんだ?」

「どこって、お姉ちゃんの夢の中ですよ」

「そういう意味じゃない。戸塚の『夢見枕』は、夢という仮想空間に閉じ込めるわけじゃない。現実にある空間の一部を、あいつが見ている夢としてテントみたいに膨らませているだけなんだ。だから、俺たちが見ている景色はプラネタリウムの内側みたいなもので、外側には現実の空間が広がっている。だから金沢たちが外から攻め込めたんだ」

その質問には泉の神が答えた。

「ここは戸塚カントリー倶楽部の上よ」

合点がいった保土ケ谷の神は、満足げな笑みを浮かべる。

「なるほど。ひとけの少ない場所を選ぶあたり、戸塚らしいと言えるな。栄、耳を貸せ」

そっと耳打ちをして作戦を伝えると、栄の神は嫌そうな顔をして言った。

「嫌ですよ、そんなの！」

「わがままを言うんじゃねえ。それしか策はない。このままおめおめとやられるのを見ていたいか？」

「でも」

栄の神の肩を力強く叩いて、保土ケ谷の神は言う。

「安心しろ。お前さえ上手くやってくれれば、作戦は必ず成功させる。戸塚は任せておけ」

姉の安全を約束され、栄の神ははっきりと頷き、その場を離れていった。勢いよく飛び出していった栄の神を、不安そうに見つめていた泉の神に保土ケ谷の神は問いかける。

「さて、寝坊助は今どこにいるんだ？」

遊園地の外に立つ五重塔を指差して、泉の神は言った。

「姉さんはホテルエンパイアの最上階で眠っているわ」

「泉、お前は旭と一緒に港南たちを引きつけておけ。その間に俺が戸塚を回収しに行く」

「私たちだけで彼らとやりあえと言うの？　せめてあなたも一緒に戦ってもらわないと勝ち目はないわ」

ご機嫌な様子で首を横に振り、保土ケ谷の神は言う。

「旭の力を侮《あなど》ってはいけない。こいつは俺の不在を埋めて余りある。それと、お前はどうも勝ちというものを狭く解釈しているようだな」

「どういうこと？」

「勝ちとは何も、相手を完膚《かんぷ》なきまでに叩きのめすことじゃない。相手の作戦を失敗に追い込んだだけで、充分に成果があると言えるんだ。戦力差があることなど百も承知。今から五分後、港南たちとじゃれるのをやめてホテルのロビーへ集合しろ。作戦は以上だ」

「あなた、何を目論《もくろ》んでいるの？」

「ごちゃごちゃ説明したところで、お前たちを混乱させるだけだ。今は黙って俺の言う通りに動け」

暴れ回る港南の神に目を向けて、保土ケ谷の神は言う。

「無茶よ！」

「不可能を可能にするから、神なんだよ。旭！　任せたぞ！」

「承知！」

合図と共に、旭の神は泉の神を連れて、遊園地を踏みつぶす巨人に向かっていった。臆する心を抑えて港南の神に近づいた泉の神は、重しの付いた『絹ノ糸』を投げつけて巨人の足を縛ろうと試みる。糸は両脚をぐるぐる巻きにしたものの、横浜一の馬鹿力を持つ港南の神は全身の血流を促進して力を込め、糸を引きちぎってしまう。

港南の神に指示を出す金沢の神を襲撃するため、瓦礫《がれき》を踏み台にして一気に巨人の頭上まで飛び上がった旭の神は、懐から『化鳥風月』を抜き、巨人の手に乗った神々に威勢よく斬りかかる。あまりにも愚直な正面突破に、金沢の神は不意を突かれてしまうが、旭の神の行動を読んでいた磯子の神が試験管を投げつけると、中の液体が気化すると同時に小規模の爆発を起こした。

「わっはっは！　『魔放瓶《まほうびん》』か！　相変わらずとんでもない火力だ！　しかし！」

中空に浮いたままで無防備になっていた旭の神は、目の前で爆発が起こり、激しい熱と爆風に襲われるが、両手に握った刀を力一杯振り回してかまいたちを生み出し、襲いかかる熱波をかき消してしまった。

「あっひゃっひゃ！　何と言う強引さでしょう！」

かまいたちを起こした勢いで、旭の神は磯子の神に斬りかかろうとするが、『化鳥風月』に糸が絡みついてきた。一度糸で痛い目を見ている旭の神は、刀がぐるぐる巻きにされる前にさっと引き抜き、港南の神の肩まで後退する。『化鳥風月』を襲った糸は、泉の神が突然の裏切りで仕向けたものではない。旭の神を捕縛しようとしていた糸の根元にある糸玉は、金沢の神の手にあった。

「パピー横浜も残酷なお方だ。もとよりこの金沢、貴兄らの持つすべての神器をこの『金技文庫《かなわざぶんこ》』で複製できるのだ。私は神器の性質を誰よりも理解している。私一人でも百人力だというのに、磯子とムシュー港南まで味方しているのだから、誰に勝ち目があるというのだろう。ムシュー旭よ、秀でたもののふならば、瞬時に力の差を理解できるはずだ。力あるものの前にひれ伏すのは、何も恥じることではない。貴兄の矜持《きょうじ》を保つ上でもここは、白旗を揚げるのが最善ではないだろうか」

降伏要求にニヤリと笑うことで旭の神が返事をした直後、空から急降下してきたワシが金沢の神の頬をかすめていく。鋭いくちばしが金沢の神の頬を裂き、鮮血がしたたり落ちていった。指で拭いながら、金沢の神は笑みを浮かべて言う。

「よろしい。白黒はっきりさせようか」

旭の神が巨人たちと交戦する姿に目もくれず、保土ケ谷の神はホテルエンパイアのロビーに駆け込み、エレベーターの二十階のボタンを押した。ボタンを何度も押すが、古さまできちんと再現されているエレベーターの進みは酷く遅い。ベルが鳴って扉から飛び出すと、一番奥に見える部屋の扉を開けた。部屋にはいくつも扉があり、清潔なシャワールームや広いリビングも見えたが、今はホテルの開放感に浸っている余裕はない。寝室の扉を開けると、キングサイズのベッドでナイトキャップを被ったパジャマ姿の少女がくうくう眠っている姿が目に入った。

窓の向こうでは巨人が観覧車を破壊し、メリーゴーランドが宙を舞っているというのに、少女は小さな寝息を立てて一向に起きる気配がない。そのあまりにも無防備な姿に、思わず保土ケ谷の神は笑い声が出てしまった。

「よくもまあ、こんなうるさいところで眠っていられるものだ」

呆れながらも自分もそう変わらないことに気付き、周囲の騒がしさで我に返った保土ケ谷の神は、眠る戸塚の神を抱きかかえて部屋を出ようとした。

「頼むから今は目を覚まさないでくれよ。お前が起きたら、地上に落とされちまうからな」

両手がふさがっているので足で扉を開けた時、背後から轟音が鳴り響き、思わず保土ケ谷の神は戸塚の神をかばってしゃがみ込んでしまった。

「なんだ？」

部屋のテーブルやソファは、ぐちゃぐちゃになって原形をとどめておらず、割れたガラスの破片が周囲に散らばり、外から風がもろに吹き付けていた。保土ケ谷の神の目を奪ったのは破壊された部屋ではなく、頭から血を流して立ち上がろうとする旭の神の姿だった。

「わっはっは！　一人で三人も相手にするのは張り合いがある！」

そう言い放った旭の神の目前には、迫り来る港南の神の姿があった。巨人に殴り飛ばされて、かなりのダメージを負っているにもかかわらず、いつもと変わらない調子で笑い声を上げる旭の神を見て、保土ケ谷の神は戸塚の神を抱え直し、エレベーターに向かいながら叫んだ。

「もう少し粘ってくれよ！」

「無論！」

何度か揺れに見舞われながらエレベーターの前にたどり着くが、ボタンを押しても一向にランプが点灯しない。さっきの衝撃で電源が落ちてしまったと判断した保土ケ谷の神は、非常階段の扉を蹴って下りていく。何度となく頭上からコンクリートのかけらが落ちてきて土煙が舞っているが、それでも抱きかかえられた戸塚の神は未だすやすやと眠り続けており、保土ケ谷の神は小さく言う。

「まったく、こいつは俺よりも寝るのが好きみたいだな」

一階の扉を蹴ってエントランスにたどり着くと、泉の神と合流している栄の神が見えた。二人とも顔中を泥まみれにして全身から汗が噴き出し、激しい疲労感に襲われているのが伝わってくるが、眠る戸塚の神に気付くと自分のことなどまるで気にする様子もなく声を上げた。

「姉さん！」

「お姉ちゃん！」

ほとんど無傷のまま眠り続ける姉に安堵した姉妹は、思わず目に涙を浮かべてしまうが、泣くのはまだ早いと判断した保土ケ谷の神は言う。

「泉、戸塚を頼んだぞ。栄、上手くいったか？」

「はい、こっちです！　来て下さい！」

戸塚の神を泉の神に渡そうとした時、天井板が落下し、鉄骨がひしゃげて神々に襲いかかってきた。

「お前ら、伏せろ！」

怯《おび》える姉妹たちをかばうように保土ケ谷の神が覆い被さり、大きな震動に見舞われた。姉妹たちの悲鳴も瓦礫が襲う音でかき消され、周囲は灰色の煙に包まれて視界が奪われてしまい、沈痛な数秒が流れていく。

静寂が訪れ、保土ケ谷の神は何か重いものがのしかかっている感覚はあったものの、自力で抜けられないほどではない。怪我も節々が痛む程度で済んでおり、どこかが折れたり出血している感じはなかった。身体の下で怯える姉妹たちに向かって、保土ケ谷の神は元気づけるように言う。

「もう少しの辛抱だ。栄、動けるな？」

「はい」

「例の場所へ泉を誘導しろ」

「あなたはどうするの？」

「俺もすぐに向かう。戸塚を頼んだぞ」

泉の神たちが瓦礫から抜け出したのを見て、保土ケ谷の神も腹ばいになりながらなんとか外へ出た。辺りは煙が漂っているものの、徐々に視界は戻ってきている。ドリームランドはもはや瓦礫の山と化し、跡形もない。

「兄者よ、無事か？」

保土ケ谷の神がかすり傷程度で済んだのと比べると、旭の神は出血が多く、肩で息をして消耗しきっている。弟の荒武者のような姿を目にして、保土ケ谷の神は弟の肩にぽんと手を置き、笑って言った。

「お前は自分の心配をしろ。ご苦労さん、作戦は成功だ。泉たちが先行している。お前も合流しろ」

「了解」

旭の神は『化鳥風月』を鞘《さや》に戻し、姉妹たちが進んでいった方角へ走っていった。瓦礫の上に立った保土ケ谷の神を見下ろしていたのは、金沢の神であった。

「ムシュー保土ケ谷！　長寿の秘訣は図太さなのか。なんという生命力！　ここまでやってまだ屈しないとは、つくづく貴兄も意地っ張りやさんのようだ」

小さく手を叩いて勝利を確信する金沢の神とは反対に、己のしたことにようやく気付いた港南の神は青ざめた顔で呟いている。

「お、おれ、やっちまった。こんなことしたら、あとで戸塚や母ちゃんに怒られちゃう」

未だ警戒を解いていない磯子の神は『魔放瓶』を握りしめながら、保土ケ谷の神から目を逸らさずに言う。

「あっひゃっひゃ！　大味な戦いになってしまいましたね。これで投了ですか？」

港南の神から後ずさりをしながら、保土ケ谷の神は冷静さを保って言う。

「敵陣に斬り込んでいく時、強引さが功を奏することもある。だが、その大半は勢いが冷静さを奪い、袋叩きにされるのがオチというものだ」

「なら今回は一気呵成《いっきかせい》が成功した例として、後世に残ることになるだろう」

「成功例？　盲滅法の失敗例としてだろう？」

「辞世の句にしては未練がましいぞ、ムシュー保土ケ谷。それとも、我が参謀として共に歩む道を選ぶか？　私は寛容だ。能力のあるものは垣根を越えて重用するぞ」

目を閉じて首を横に振りながら保土ケ谷の神は言う。

「遠慮しておく。俺は女を敵に回したくない。俺は俺のやり方でやらせてもらう」

「もう遅い！」

金沢の神が叫ぶのと同時に、磯子の神は『魔放瓶』を保土ケ谷の神に投げつけ、またしても爆発が起こった。ホテルが崩れ去った時の土煙と爆風が混じり合い、視界が再び閉ざされてしまう。

その時、辺り一面に散らばっていた瓦礫の山々が影も形もなくどこかへ消え去っていくのを金沢の神は見た。

「どうやらマダム戸塚が目を覚ましたようだ。兵《つわもの》どもが夢の跡とはまさしくこのこと。

夢は、覚めるからこそ夢なのだ」

　山のようだった瓦礫は消え、今はゴルフ場の綺麗に刈り込まれたグリーンが広がっている。勝利したはずなのに、どこかむなしさを覚えている金沢の神のセンチメンタルな気持ちを吹き飛ばすかのように、磯子の神の笑い声が辺りに響き渡る。

「勝利の高笑いはあまり品の良いものではないぞ、磯子」

「あっひゃっひゃ！　どうやらまだ戦いは終わっていないようですよ」

　グリーンの一角に大きな穴が空いていた。金沢の神が近づいて見てみると、穴はかなり深く、底から風が吹き上げてくる。

「これは、マドモワゼル栄が掘ったのか？　そういえば戦いの場にはいなかったぞ。あの短時間でここまで掘るとは『匙下減』も侮れないな」

　鼻をひくつかせて磯子の神は言う。

「あっひゃっひゃ！　臭いから察するに、下水と繋がる穴を掘っていたようですね。なるほど、初めから私たちとやりあうつもりはなかったということですか」

「うっ、この私に下水を這えというのか。やむを得まい。進むぞ」

　おどおどした様子で港南の神は言う。

「お、おれ、小さくなるのに、ちょっと時間かかる」

「ガッデム！」

「あっひゃっひゃ！　それに、どうやらタイムオーバーのようです」

空は薄紫色に染まっており、ゴルフ場の木々で眠っていた小鳥たちが朝日を背に受けてさえずり始めている。

「しかし！　彼らを一網打尽にする好機は、今をおいてない！」

「あっひゃっひゃ！　人間たちに見つかることをお望みですか？」

そう問いかけた磯子の神の表情に、今まで見せていた享楽性はなく、金沢の神に本質を問うような不気味さが含まれていた。享楽主義者である兄の真剣な面を見てしまうといつもたじろいでしまう金沢の神は躊躇したものの、それでも自説を主張し続ける。

「ええい、パピー横浜が勝手に始めた戦なのだ！　もはや義など失われている。どこでどのように戦おうと勝手ではないか！」

「あっひゃっひゃ！　土地神が戦争を始めることと、人間たちに土地神の存在が見つかることとは別の問題です。横浜大戦争の責任は大神が取るかもしれませんが、あなたは土地神の存在を暴露した責任を一人で取れるのですか？」

「むぐぐ、それは」

挑戦するような笑みを金沢の神に向けて、磯子の神は問いかける。

「それに、このまま進んで何か妙案はおありですか？　戸塚の夢へ飛び込んでいくのは、向こうの手の内がある程度読めたから行えましたが、下水道での戦いとなると戦うために必要な情報が欠けています。何と言っても、あの保土ケ谷が相手なのですよ。彼が用意した戦場で戦うには、それ相応の準備が必要のはずです。これほど追い込んでも逃げてしまう男ですからね」

「く、くそう」

屈服した金沢の神を見て、諭すように磯子の神は言う。

「今は一度退きましょう。港南も酷く消耗していますから、休息が必要です。他の神々がどのような思惑で戦っているのかが分かっただけでも、大きな収穫ではありませんか」

組んだ腕を指の先で何度も叩きながら、金沢の神はじれったそうに言った。

「煮え切らないが、そうせざるを得ないな。だが！　このくらいで私の野心が萎《な》えることはない！　待っていてくれ横浜のマダム・マドモワゼルたちよ！　私のぬくもりを知る日は近い！」

「あっひゃっひゃ！　その意気ですよ！」

「はらへった」

ゴルフ場の清掃員が、綺麗なグリーンに大きな穴が空いているのを見つけて大わらわになる頃、暴れ回っていた神々の姿はもうどこにも見当たらなかった。

第三章　再起編

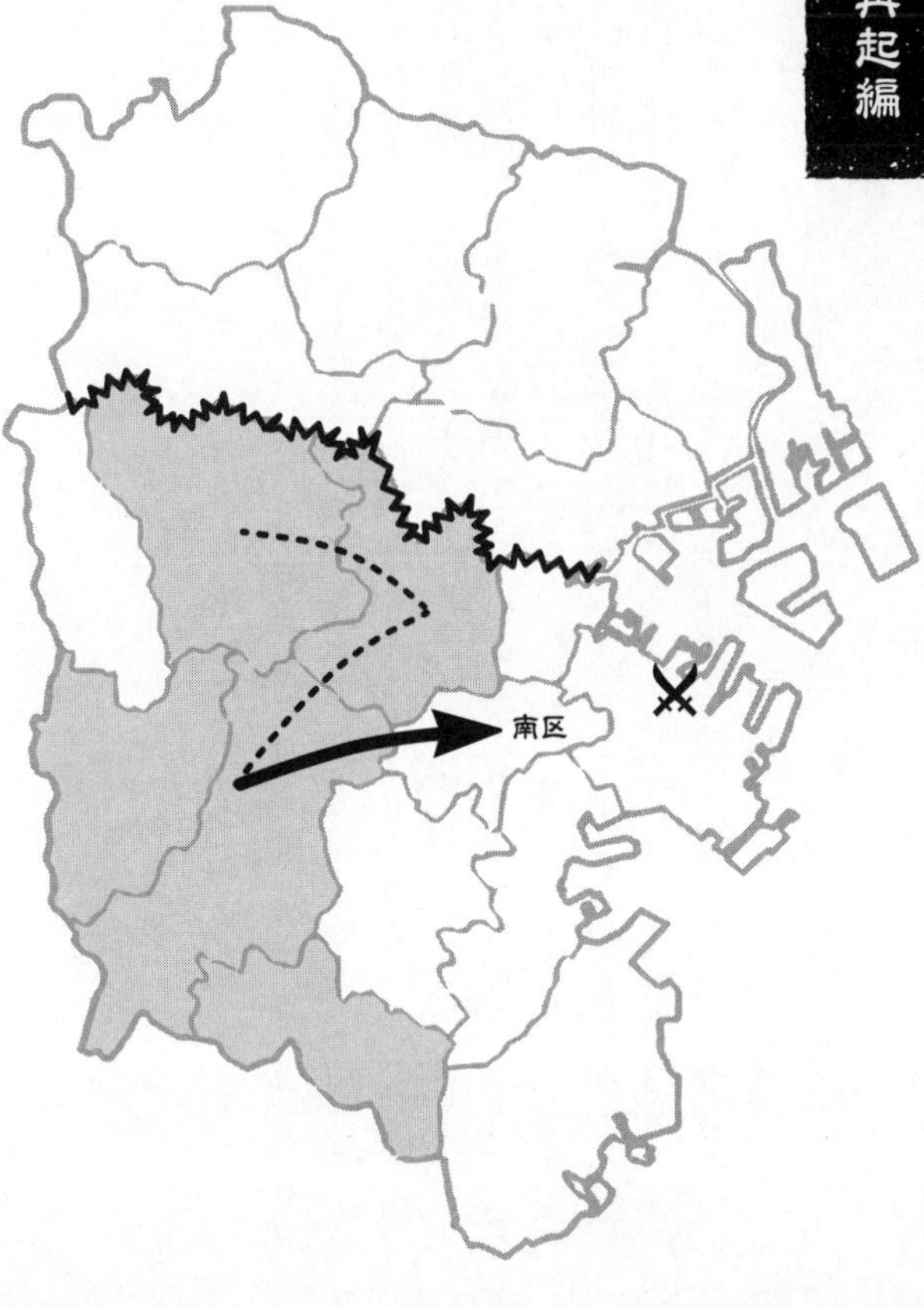

目を覚まして、少女の目に映ったのは、オレンジ色の豆電球だった。柔らかい布団から身体を起こすと見慣れない桐簞笥《きりだんす》があり、その上に赤べこと熊の木彫りが並べられている。四畳半の狭い部屋は、い草と樟脳《しょうのう》とかすかなかび臭さに包まれ、どこか懐かしくもあり知らない場所で目覚めてもさほど嫌な気分ではなかった。

閉じたカーテンの隙間から太陽の光が差し込んできており、布団をめくったせいで舞い上がった細かい塵《ちり》が、日光を浴びてきらきらと輝いている。一つ大きなあくびをして、目をこすると瞼《まぶた》が腫れ上がっていてもう一眠りしたくなってくる。わずかに開いた襖《ふすま》の向こうから賑やかな声が聞こえてこなければ、きっと二度寝してしまっただろう。

まだ起き上がる元気はなかったので、四本足で歩いて襖を開けると怒号が飛び込んできた。

「ちょっと！　私の洗濯物、保土ケ谷さんのものと一緒に洗ってるじゃないですか！　今すぐ電源を切って消毒液を持ってきて下さい」

廊下からわめき立てている栄の神をまるで気にする様子もなく、よれよれのＴシャツにステテコを穿いた保土ケ谷の神は片肘をついて退屈そうに新聞をめくっている。

「わがまま言うんじゃねえ。もう洗い終わるんだぞ」

文句を言う栄の神に、サイズの合っていない大きなトレーナーを着た泉の神は、たしなめるように言う。

「そうよ、栄。数が多いんだからここで止めちゃったら、これから私が洗うのに余計時間がかかっちゃうじゃない」

「何でちゃっかり別々にしているんですか！　早く言って下さいよ！」

「お前らな！　下水を抜けてきたんだからみんな等しく汚れてんだよ！　俺を汚物みたいに扱いやがって！　ちったあ感謝したらどうなんだ！」

元気よく言い合いをする姿を見て、少女は思わず笑みがこぼれてしまった。

「おお、戸塚殿！　具合はどうだ？」

なぜか割烹着姿の旭の神が声をかけると、喧嘩をしていた神々がみんなして戸塚の神に近づいてきた。

「お姉ちゃん！」

紫色をしたぶかぶかのカットソーを着た栄の神は、パジャマ姿の戸塚の神に勢いよく飛びついて抱きついてきた。栄の神よりも背の低い戸塚の神は、ほっとした様子で妹の頭を撫で、神々に目をやっている。

「おはよう、皆の衆」

正座をした泉の神は、申し訳なさそうに言う。

「姉さん、ごめんなさい。私たち……」

謝ろうとする妹の言葉を遮って、戸塚の神は深く頷いた。

「それ以上何も言うでない。お主たちはよく頑張ってくれた。ここまで無事に戻ってくるとは、大きくなったのう、泉、栄」

わがままや不安を抑えて栄の神を支えていた泉の神も、安堵の表情を浮かべる戸塚の神の姿を見て我慢していたものが一気に溢れ出てきてしまった。小さな姉の身体に抱きつくと、戸塚の神は背の高い妹の背中を優しく撫でた。

「わらわたちは精一杯戦った。何の悔いもない。戸塚の地に顕現しておよそ八十年、素晴らしい民と風土に恵まれ、誠に実りある一生じゃった。この地を離れるのは心苦しいが、栄、泉、たとえ横浜の地を離れようとも、わらわたちはずっと一緒じゃ。頼りない姉を支えてくれて、どうもありがとう」

「何を言うの、姉さん」

「そうです！」

横浜追放が決まった戸塚の三姉妹が涙する姿を、保土ケ谷の神は黙って見つめていた。その視線に気付いた戸塚の神は泣き続ける妹たちに手を置いて言う。

「世話をかけたな。保土ケ谷、旭」

ぺこりと頭を下げる戸塚の神の姿を見て、旭の神は頭を掻きながら照れくさそうに返事をした。

「わっはっは！　何も感謝されるいわれはない！　無事で何よりだ！」

黙って耳を傾ける保土ケ谷の神に、戸塚の神は言う。

「お主たちが来てくれて助かったぞ。あのままだと踏みつぶされていた」

「お前の罠に引っかかっちまっただけだ」

そっぽを向いて再び新聞に目を移す保土ケ谷の神を、からかうように戸塚の神は言う。

「よく言うわい。初めからわらわたちに手を差し伸べてくれるつもりじゃったのではないのか？　お主はわらわの神器の特性をよく知っておる。戸塚の地に向かおうとすれば、夢に引き込まれることなど百も承知だったはずじゃ。送られてきた手紙も金沢たちの奸《かん》計《けい》だと気付かぬお主ではあるまい。罠だと分かってあえてわらわの陣地に侵入し、油断した金沢たちをおびき寄せて充分に消耗させた後、戦線を離脱する。ふたを開けてみれば誰も深手を負うことなく、金沢たちもわらわたちも疲弊し、事態はいつしかお主に好転しておる。見事と言うほかないの、保土ケ谷よ」

「おお、そこまで考えておったのか、兄者よ！」

感心する一同をよそに、保土ケ谷の神は新聞をたたんで言う。

「偶然だよ。お前もいきなり夢に引きずり込もうとするあたり、この戦に乗り気だったみたいじゃないか。横浜ナンバーワンの称号に魅力を感じたか？」

いたずらっぽく笑いながら、戸塚の神は返事をする。

「そう思わなければ、眠ることなくお主に相談に行っていたわい。わらわも横浜の土地神、おめおめと引き下がるのは主義じゃなくての」

「はっ、そうでなきゃな」

いつまでも泣いている妹たちを、戸塚の神は身体から引き剝《は》がした。

「冗談はさておき、お主は此度の一件、どう考えておる？」

中庭にある古い井戸を見つめながら、保土ケ谷の神は静かに言った。

「老いた上司を持つと苦労する、この一言に尽きるな」

「真面目に答えよ。そもそもこの戦は一体なぜ……」

ぐうう、という大きな音が緊迫した気配を瞬時にかき消した。深刻な話題を問いかけておきながら、自分の腹の虫がそれを中断してしまったものだから、戸塚の神は顔を真っ赤にしてしゅんとしてしまう。

豪快に笑って、旭の神はフォローするように言った。

「わっはっは！　もう昼が近いからな！　拙者も腹が減ったぞ！」

「そう言えば、ここはどこなのじゃ？」

大きな腹の虫の叫びを知ってか知らずか、廊下をどたどたと走る音が聞こえてくると、唐揚げやコロッケが山になった大皿を両手で抱えた割烹着姿の女性が威勢よく入ってきた。恰幅のいい女性はおたふくのような笑顔で言う。

「ほら、あんたたち、お昼持ってきたよ！　あんたたちのことを話したら、向かいの肉屋さんが多めに唐揚げを作ってくれてね、できたてだから美味しいよ。お腹いっぱい食べていきな」

「おお、南[24]ではないか！」

ひらひらとパジャマの袖を振って戸塚の神が挨拶をすると、南の神はきんぴらごぼうや芋の煮っ転がし、筑前煮にあさりの酒蒸し、マカロニサラダにだし巻き卵が載った大皿を次から次へと持ってきては食卓にどかどかと置いていく。旭の神や栄の神は食器棚から取り出した皿や箸をせっせと並べ、途端に活気のある食卓へと変わっていった。

「おや、起きたんだね。たっぷり寝たからお腹も空いただろう。あんたの好きないわしの梅肉煮も作っておいたから、後で取りにおいで。みんな悪いね、店のものしか用意できなくて。今お客さん相手にしてるから、後はあんたたちで勝手にやっててくれないかい。おひつはここに置いておくからね」

店頭に戻ろうとする南の神を呼び止めて、驚いた様子で戸塚の神は言う。

「どうしてわらわたちは南の家におるのじゃ？　今は一応戦争中なのでは」

両手を腰に当てて、南の神は豪快に胸を張った。

24　**南区**　横浜市の中央南部に位置する区。一九四三年に中区から分区して区制施行。人口は約一九万人で市内一一位。面積は約一三㎢で市内一七位。横浜を代表する横浜橋通商店街をはじめ、弘明寺商店街など下町情緒のある商店街で有名。

「戦争だろうが何だろうが、あんたたちが腹を空かせてやってきたら無視はできないじゃないか。さすがのあたしも今朝はびっくりしたけどね。仕入れを終えて市場から戻ってきたら、乱暴にシャッターを叩いているやつがいるじゃないのさ。とっちめてやろうと思ったらあんたたちで、しかもみんな酷い有様だったんだから、おったまげちまったよ、あっはっは！」

「迷惑をかけたのう」

いささか乱暴に戸塚の神の頭をぐしゃぐしゃと撫でながら、南の神は言う。

「何を遠慮することがあるんだい。まとめて服を脱がして風呂に突っ込んでやったよ」

「ええい、やめんか！　わらわの方が先輩じゃぞ！」

妹たちを撫でるのは得意でも、誰かから撫でられることには慣れていない戸塚の神は照れくさくてつい邪険になる。

再会を喜んでいる間に、食卓は戦場と化しており、保土ケ谷の神と旭の神はご飯をよそった茶碗を片手に、大きな唐揚げをほぼ丸呑みしながら目を血走らせてがっついている。それに負けじと栄の神も、すべての指の間に焼き鳥の串を挟みながらハーモニカを鳴らすようにスライドして食べてしまい、泉の神は黙々と黒豆を食べ続けている。食欲旺盛な神々を見て南の神は満足げに頷く一方、戸塚の神は恥ずかしそうに言う。

「お主ら、少しは遠慮というものをせぬか！　そんなにがっついてみっともないぞ！」

「あっはっは！　いいじゃないのさ、一暴れしてきたんだからたっぷり食べていきな。

そうだ、栄、さっき洗濯機が鳴ってたから後で庭に干しておきなよ。ハンガーと洗濯ばさみは洗濯カゴの横に置いてあるからね」

「なんでわらひにいうんれふか！　いまいそがしいんれふ！」

着々と山盛りの唐揚げが減っていくことに危機感を覚えていた栄の神は、食事を中断されて猛抗議する。

「おい、汚ねえぞマメチビ！　飯食ってる時にデカい声出すんじゃねえ！」

「今マメチビって言いましたね！　この老害神！」

言い争いで生まれた隙を突いて、旭の神は最後の一枚になっていたメンチカツをひょいと摘まみ上げる。

「誰も食べないのなら拙者が頂いてしまうぞ」

「あっ、私が取っておいた最後のメンチ！　返して下さいよ、旭さん！」

「誰か漬物欲しい人いる？　足りないなら切ってこようと思うんだけど」

あまりにも奔放に食事をする様を見ているうちに怒る気力も失せ、戸塚の神は呆れたように笑ってしまうが、神々に突きつけられた事実が滲むように心を痛ませていた。

「わらわたちは仲良くやっていたのに、大神様はなぜ戦などお考えになったのじゃ」

空になった皿を集めながら、南の神は返事をする。

「大神様にも困ったものだね。こんなことをしたらただじゃ済まないことなど誰よりも分かってらっしゃるはずなのに」

「本当に、わらわたちは追放されてしまうのじゃろうか」

南の神は返事をせずに食卓を拭いていたが、その仕草には納得がいっていない様子が滲み出ている。

「南は参戦しないのか？」

片付けた皿をお盆に載せて、南の神は大笑いした。

「あたしがかい？　あたしゃこの横浜橋が焼け野原だった頃から惣菜屋を構えてきたんだ。血生臭いのはせいぜい魚をおろす時くらいなもんで、誰かと争ったり憎しみあったりするのは性に合わないよ。自分の作ったお惣菜を美味しいと言ってくれるのは嬉しいもんでね、あたしの料理が生活の一部になっているお客さんが沢山いるんだ、ありがたいことだよ。学校帰りにこっそり残りの卵焼きを上げた女の子が、旦那さんと子供を連れて卵焼きを買いにきて、今じゃ孫に手を引っ張られている。そういう時代の流れを見られるのは、幸せなことで、お客さんが大人になっていく手助けができることが何よりも嬉しいんだ。みんなに美味しいものを食べてもらうには、朝早く起きて季節の魚や野菜を仕入れて、ひたすら厨房で腕を磨かなきゃならない。喧嘩をしている暇なんてどこにあるっていうのさ」

「追放されるのは怖くないのか？」

お盆を持ち上げた南の神は言った。

「そりゃあ嫌さ、もちろん。でもね、戸塚、あんたが追放されたらあたしだってついていくよ。南の地を離れるのは考えたくもないことだけど、あんたたちを押しのけてまで横浜に残っちまったら、誰に顔向けできるっていうんだい。たとえここを離れたとしても、あたしはずっと南の神さ。店はここを離れたって続けられる。いつかこの地に戻ってきてまたお店を始めた時、腕が落ちていたらみっともないだろう。あたしはどこへ飛ばされようとお惣菜を作り続けるし、必ず南の地に戻ってきたいと思っているよ」

思い悩むだけで箸が進んでいないことに気付いた南の神は唐揚げを一つ摘まんで、戸塚の神に食べさせる。

「南はちゃんと考えておるのじゃな。わらわときたら戸惑うばかりで」

「不安なのはあたしも同じだよ。どうしてなんだい、って思えばきりがない。でもね、いくら大神様が争えと言ったって、あたしは南の神。あたしを支えてきてくれたのは、この地に住む民なんだ。南の民は戦いを望む人たちじゃない、戦争で酷い目を見ているからね。争いごとと言えばせいぜい値切り合戦くらいなものさ。美味しいお惣菜を作ることが、土地神としてあたしのできる唯一のことなんだ。大神様の命令を無視していたら本当に追放される時がきちまうかもしれないけど、南の地に住む民たちに恥じない神として、あたしは自分のやれることをやり続けるつもりさ。あんたもうじうじ悩んでいないで、まずはしっかりとお食べ。お腹がいっぱいになれば、また新しい考えも生まれてくるよ」

「ありがとう、南」

穏やかな笑みを見せた南の神は、店頭に戻っていった。

気が付くと食卓を囲んでいた神々は倒れ込み、仰向けになって白目を剝いている。呼吸をするのも辛そうなほど腹が膨れた保土ケ谷の神は、息も絶え絶えに言う。

「う、動けん」

「食べ過ぎなんですよ。力量をわきまえないとは土地神として恥ずか……」

突然話を中断して、リスのように口を膨らませた栄の神を見て保土ケ谷の神は慌てて言った。

「おい、それ飲み込めよ！　出すんじゃねえぞ、間違っても！」

満足そうに膨らんだ腹をさする旭の神の横で、泉の神は未だに味の染みた大根や里芋の煮物を黙々と食べている。

「泉よ、実はお主が一番の大食いではないのか？」

あまりの食いっぷりを見ているうちに、食欲が失せてきてしまった戸塚の神がそう言うと、頬を赤く染めながら泉の神は言う。

「嫌ね、港南ほどではないはずよ。ところで、はす向かいの和菓子屋さんに美味しそうな豆大福があったんだけど、後で買いに行かない？」

「もう好きにせい」

戻ってきた南の神が食事を終え、暴食した神々の消化が一段落したところで戸塚の神は仕切り直して言った。

「では、改めて作戦会議を始めるとしよう」

柱にもたれかかって、真剣な眼差しで食べ過ぎたことを後悔している保土ケ谷の神に向かって、戸塚の神は問いかける。

「保土ケ谷よ、そろそろお主の考えを話してもいいのではないか」

「考えも何も、俺はお前らが知っている以上のことは何も知らない。うぷっ」

ほうじ茶の入った湯飲みを保土ケ谷の神に渡して、戸塚の神は話を続ける。

「新しい情報を寄越せと言っているのではない。お主が横浜大戦争をどう考えているのか、みんな知りたいと思っておる。お主には自覚がないようじゃが、ここにいるみなはお主を慕っておるのじゃ。頼りにもしておる。何より、この中でお主が最古参の横浜の土地神じゃ。誰かが仕切らねば、場はまとまらぬ。その役目はお主をおいて他にはおらん。いい加減のらりくらりとするのはよして、胸襟《きょうきん》を開いたらどうじゃ」

深いため息をついて、諦めたように保土ケ谷の神は口を開き始めた。

「戦争とは、対立する同士が暴力による争いを始めることだ。ただ争えと言われても、何の遺恨《いこん》もない同士が喧嘩をするのは難しい」

「じゃが戦は始まってしまっておる」

「ハマ神のジジイが俺たちを気に食わないのなら、やつが俺たちを襲うなり追放すればそれでも済む話だ。だが、ジジイは俺たちにあえて戦わせようとしている。横浜ナンバーワンの称号を与えるなんていうのは、ただのこじつけに過ぎない。ジジイには、俺たちの中で戦わせたいやつがいるから、全員を巻き込む形でこんなことを始めたのかもしれない」

「誰と誰を争わせたいと思っているのかしら」

当然思い浮かぶ疑問を泉の神が口にし、旭の神はすぐに返答する。

「やはり西殿と中殿なのだろうか。現に戦は始まっており、もしもそれが大神様の狙いならば的中したと言える」

不服そうな表情で栄の神は言う。

「じゃあ旭さんは、西さんと中さんが争っていることに納得しているんですか？　あの二人はとても仲の良い姉弟で、喧嘩をしたところなど見たことがありません。西さんは寡黙で、あまり自分の話はしませんし、本音を言えばちょっと怖いとは思っているのですが、決して悪い方ではありません。少なくとも、この邪神よりかは」

邪神認定された保土ケ谷の神は、顰《しか》め面《つら》になった。

「うっせえ」

「それに、中さんは聖母のような方で、誰よりも戦を嫌っていることなどみんな知っているはずです。大戦争の宣言があって、私たち姉妹はすぐに中さんに連絡を取ろうとしたのですが、すでに激しい戦いが始まっていると聞いてとても驚きました。このどさんぴんが誰かの恨みを買って喧嘩になるならまだしも、西さんと中さんを争わせるために横浜大戦争が始まったとはとても思えません」

「マメチビの言い方は癪《しゃく》に障るが、考え方は間違っていないと俺も思う。おそらく、いきなり中が西と戦うことになったのはきっと、中が西を止めようとしているからだ」

「止める？　西が何か企んでいるとでも言うのか？」

戸塚の神の疑問に対して、保土ケ谷の神は肩をすくめることしかできない。

「分からん。ただ、もし西が積極的に参戦しようとしたらおそらく中は全力で止めにかかるに違いない」

「命《めい》があったのだ。真面目な西殿が行動に移すのは無理もない。だが、敬愛する中殿と対立してまで戦に臨もうとする西殿にはどんな目的があるのだろう？」

一同は考え込んでみるが、思い当たる節はない。

「この中で、最近西を見かけたやつはいるか？」

保土ケ谷の神の問いかけに、思わぬところから返事が聞こえてきた。

「あっひゃっひゃ！　ここに一人おりますよ！」

縁側から突如として狂気じみた甲高い笑い声が響き渡り、食卓を囲んでいた神々は例外なく驚いて飛び上がった。そこには焼け焦げた白衣を身にまとった磯子の神と、洋菓子店の紙袋を手に持ち、気まずそうにもじもじしている エプロンを着けた港南の神の姿があった。

「磯子！　まだやるつもりか！」

保土ケ谷の神は体勢を低くし、旭の神は女神たちの前に立って『化鳥風月』の鞘に手を差し伸べた。場が緊張に包まれる中、烈火《れっか》のごとく怒りを表した南の神が神々を押しのけて、おどおどする神に怒鳴り散らしていた。

「港南！　あんたって子は！　連絡もせずどこをほっつき歩いてたんだい！」

すでに涙目になっている港南の神は、自分よりも身体の小さい磯子の神に隠れながら細々とした声で言う。

「ご、ごめんよお、母ちゃん」

怒りの収まらない南の神は、港南の神の耳たぶを思い切り引っ張った。

「あんたから休みの連絡がないって幼稚園から電話があったんだよ！　無断で休むものだから、先生や子供たちがどれだけ心配してることか！　まったく、先生のあんたが余計な心配をかけさせるんじゃないよ！」

「ご、ごめんよお」

「話は聞いたよ。随分と暴れ回ったそうじゃないか。あたしは昔っから口を酸っぱくして言っていたはずだね、神器の力は滅多やたらに使うもんじゃないって。あんたの『大平星』はただでさえ目立ちやすいんだ。もしも人間たちに見つかって、装甲車や戦闘機に囲まれたら、あんたはどうやって言い訳をするつもりだったんだい？」

「う、うう、それは」

「戸塚たちにはちゃんと謝ったのかい？　いくら夢の中とはいえ、大切な思い出をあんたはめちゃめちゃにしたんだ。お腹の減ったあんたの前にごちそうが並んでて、それをひっくり返されたらどう思う？　自分のやろうとすることが、もし誰かにされて嫌なことだったら、やるべきじゃない。そう教えたはずだよ」

「ご、ごめんよお、みんな」

何だか自分たちまで説教をされているようで、神々は妙に大人しくなってしまう。深いため息をついて南の神は言う。

「何だってあたしに相談もなくドンパチ始めたんだい。あんたらしくもない」

「そ、それは……」

「あっひゃっひゃ！　あまり港南を責めないであげて下さい、南。私たちがたぶらかしたのですから」

「どうやら金沢さんはいないみたいですね」

辺りを見回しながら、栄の神は言う。

「あっひゃっひゃ！　あれがいると話がややこしくなって先に進みませんからね。今日はガールフレンドと連れだって温かいプールに行きましたよ」

突然やってきたことよりも、これほど早く再訪してくる可能性を自分の中で想定できていなかったことを悔いていた保土ケ谷の神は、無防備に振る舞う磯子の神に対して警戒を解けずにいた。旭の神も兄の動きから目を離さずにいる。場の緊張をほぐすために、戸塚の神は落ち着いた調子で言った。

「二人とも、磯子に戦意はなさそうじゃ。話を聞いてみようではないか」

「昨日の今日でやってくるとは、どういう了見だ」

ずっと立っていた港南の神は持っていたお土産の袋を南の神に渡し、縁側に腰をかけた磯子の神は、庭の井戸を見ながら言った。

「あっひゃっひゃ！　さっきも言ったはずですよ。西の情報が欲しいのではないのですか？」

「あなたは金沢と共に、横浜をソドムにするつもりじゃなかったの？」

昨日の演説を思い出して鳥肌が立っている泉の神は、身震いしながら言った。大笑いして磯子の神は言う。

「あっひゃっひゃ！　愚弟の企みに興味があるのは事実ですよ。ただ、金沢が思っているほど女性は簡単ではないと、私は思いますが。それはさておき、私は言ったはずです。面白くなりそうなものに興味があると。戦いの行方も気になるところですが、私としてはなぜ大神様が横浜大戦争を引き起こしたかについて考える方が、非常に興味深いわけです」

そう言うと磯子の神は懐から写真を数枚取り出して、縁側に並べた。写真を見て戸塚の神は言う。

「これはヨットじゃな。西も写っておる。あいつはマリンスポーツが好きじゃからのう」

「磯子にはヨットハーバーがありますから、西のヨットもそこに係留してあるのです。注目すべきは、積み荷の数です」

南の神は首を傾げる。

「なんだか沢山積んでるわねえ、何人かで乗るつもりだったのかしら」

「ええ、三、四泊ならこれほどの荷物を積み込む必要はありません。西はどちらかというと操舵《そうだ》を楽しむタイプですから普通なら船を軽くしようとするものです」

「それに、どうして撮影されたのが夜なのかしら。積み荷をするなら明るい方がやりやすいと思うけど」

泉の神の指摘は、磯子の神をご機嫌にした。

「あっひゃっひゃ！　さすが皆さん、頭が冴えますね。私たちで探偵事務所でも始めれば一儲けできるかもしれませんよ！　そう、ヨットに荷を積むなら深夜でなくとも構わない。しかも西は普段バーテンの仕事をしていますから、夜は忙しいはずなのです。泉の言うように、昼の方が断然都合がいい。合理的ではありませんね。西らしくないことです。これだけで、何か分かりませんか？」

一同が沈黙する中、保土ケ谷の神は写真を見て言った。

「遠洋航海か」

小さく拍手をして、磯子の神は言う。

「あっひゃっひゃ！　ご明察」

はっとして、戸塚の神は会話に割り込んだ。

「じゃが、土地神の渡航は厳しく制限されておる。横浜市内をうろつくのならまだしも、県をまたぐ場合には、大神様に申請書を提出せねばならぬし、海外ともなればよほどのことがない限り承諾はされぬじゃろう。土地神である以上、やはり司る土地におるのが本分じゃからな」

「その通りです。私たちは、人間たちのように自由気ままに世界を行き来することはできません。そして、半年の間に西が遠洋航海の申請をしたという記録は、天界の事務局に残されていないのです」

「その件と今回の大戦争に何か関係があると、お前は考えているのか？」

保土ケ谷の神に問いかけられて背後を向くと、食卓の上に昼食の残りがあることに気付いた磯子の神は、コロッケを手で摘まみながら言う。

「あっひゃっひゃ！　無関係ではないでしょう」

まだ腹の内を明かそうとしない磯子の神に、保土ケ谷の神は不快感を示した。

「事務局に渡航記録を問い合わせていたのなら、お前は以前から西に怪しい動きがあると察していたはずだ。気付いた時点でなぜ俺たちに相談しなかった」

食卓の上のコーラを一気飲みして、磯子の神は言う。

「西がヨットハーバーを訪れていることを、逐一報告する必要がありますか？　私たち横浜十八の土地神は、互いを監視し合っているわけではありません。私は西を信頼していますから、多少の密航くらいなら見逃してあげようと思っていましたが、念のため申請したかどうかを確認したまでです」

「密航はいいんですか……」

栄の神の呆れた声を聞いて笑った後、磯子の神は続ける。

「皆さん、あまりに気にしていないようですが、横浜大戦争の勝者はナンバーワンの称号を獲得すると同時に、横浜の大神が持つ神器『金港船《きんこうせん》』を副賞として得ることになっているのを忘れてはいませんか？」

ぽんと手を叩いて、旭の神は思い出したように言う。

「おお、そう言えばそんなことも宣言の中にあったな。景品より、大戦争にばかり目が行って気にも留めていなかったが」

「大神様の持つ『金港船』って、どんな神器なんですか？」

栄の神の疑問には、長女たる戸塚の神が返事をした。

「端的に言ってしまえば大神様専用の船じゃな。横浜港からハワイまで、飛行機で行くよりも早く着くそうじゃ」

「姉さんは乗ったことないの？」

泉の神の質問に首を横に振って、戸塚の神は言う。

「残念ながらない。大神様は神器を使うことに積極的ではないからの。『金港船』は地上の行き来にも利用できるが、主に天界へ向かう時に使うくらいのようじゃな」

「あっひゃっひゃ！　ここでまた何かに気付きませんか？」

すっかり推理する楽しさに目覚めてしまった旭の神は、少し興奮した様子で言った。

「遠洋航海をしようとする西殿にしてみれば、『金港船』が景品になるのは、大戦争へ参加する理由になる！　渡りに舟とはまさにこのことだ」

疑問が氷解しつつあったが、まだ根本的な問題が解決していないことに思いが及んだ栄の神は呟くように言った。

「けれど、船なんて手に入れて、西さんはどこへ行こうというのでしょうか？」

その疑問に答えられる神はいなかった。沈黙する保土ケ谷の神に近づいた磯子の神は、小さな声で言った。

「あなたには、心当たりがあるはずですよ」

返事をしようとする保土ケ谷の神を遮《さえぎ》って、磯子の神は全員に声をかけた。

「あっひゃっひゃ！　さあ、私は情報を提供しましたよ。皆さんはこれからどう動くつもりですか？」

全員が思い悩む中、一番に立場を表明したのは戸塚の神だった。

「わらわはちと休息が必要じゃ。たっぷり眠ってしまったから夢を見るには少し時間をおく必要がある」

姉にまだ戦いの意思があることに驚いた栄の神は、慌てて言う。

「私たちはもう負けてしまったんじゃないんですか？」

けらけらと笑って、戸塚の神は返事をする。

「負けはしたかもしれぬが、これ以上戦ってはいけないというものでもあるまい。それに、なぜこの大戦争が始まったのかを知る必要がわらわたちにはある。磯子や、保土ケ谷たちが原因を究明しようとするのであれば、協力することもやぶさかではない」

「あっひゃっひゃ！　これは心強い言葉ですね。栄と泉はどうします？」

食事の時の元気は消え、どこか落ち込んでいる栄の神は言った。

「私は、お姉ちゃんが心配ですからそばにいてあげたいと思います。誰が襲いかかってくるか、分かりませんから」

「ほんとにそれでいいの、栄？」

そう切り出したのは泉の神だった。泉の神は姉や栄の神だけでなく、その場にいる神々にも伝わるように言う。

「姉さんが動けないのは事実よ。でも、私たちはまだ動ける。ねえ、何か私たちに関わる大きな物事が動いている気がしない？　私も栄も若い神で、横浜一の神を名乗れるような器でないことは分かっている。でも、いくらちっぽけな神だったとしても、自分たちの守護する土地で何が起きているのかを、自分で知ろうとするのはとても大切なことだと思うの。私は、姉さんを南に任せて動こうと思う」

「あっはっは！　重要な仕事を任されちまったね！　戸塚はあたしが責任を持って預かるよ、任せときな」

南の神に言われて安心した泉の神は、保土ケ谷の神に提案する。

「私は旭ほど力があるわけじゃないけれど、その分素早い動きには他の神々にも引けを取らない自信がある。あなたも、味方は多い方が心強いんじゃない？　偵察は得意だし、情報を重視するあなたにとって、私の力は役に立つと思うけど」

保土ケ谷の神が少し驚いていると、嬉しそうに笑って戸塚の神は言った。

「よくぞ申した、泉。栄よ、お主はやはりわらわのそばにおるか？」

双子の泉の神が思いもよらない勇気を見せたことに栄の神は驚き、自分を恥ずかしいとも思っていた。横浜の地に顕現《けんげん》して三十年弱、長きにわたって戸塚の地を司ってきた姉をそばで支えることから卒業し、一人前の土地神として独立しなければならないという考えが常にあったにもかかわらず、栄の神はその勇気を持てずにいた。ところが、横浜大戦争が起こり、神々と共に戦を重ねるにつれて、自分の能力を駆使して難局を乗り越えていく手応えを感じているのも本音だった。

今、自分と同じように苦悩していた泉の神が勇気を出して戦うと宣言した一方、姉を言い訳にして怖じ気付いてしまった自分が情けなく、自らの本心すら偽ってしまい、思わず目に涙が浮かんでしまう。その表情の変化を手に取るように気付いていた戸塚の神は栄の神の手を取った。

「わらわの心配は無用じゃ。栄よ、もうお主は一つの区を司る土地神じゃ。わらわの面倒を見てくれるのはとても嬉しいが、お主は自ら守護する民に恥じない神であることが何より。この横浜の地には、まだお主が知らない多くの歴史や、物語が眠っておる。此度の大戦争は誠に不条理ではあるが、土地神がこうも一堂に会することなど滅多にない。

お主の先輩たちがいかにくせ者揃いかを知るには、絶好の機会じゃ。この機に乗じて、色々と盗んでくるといい」

励ましてくれるような姉の笑みを見て、つくづく自分の姉が戸塚の神でよかったと思った栄の神は強く頷いて言った。

「分かりました。私、行ってきます！　やっぱり、じっとしているのは性に合いませんから」

「保土ケ谷よ、妹たちを頼む。精一杯、こきつかってやってくれ」

戸塚の神にぺこりと礼をされた保土ケ谷の神は、むずがゆそうに身体を動かしてそっぽを向きながら言う。

「足を引っ張るようなら突っ返すからな」

腕を組んで満足そうに頷いている旭の神に、磯子の神はそっと問いかけた。

「あなたはどうするおつもりですか？」

「わっはっは！　訊くまでもない！　拙者は兄者の右腕、どこまでもお供する所存だ」

「あっひゃっひゃ！　頼もしい味方が続々と増えたではありませんか、保土ケ谷。これで、もうごろごろしていられなくなりましたね」

場の空気が和みかけるのを嫌うように、保土ケ谷の神は厳しい表情で言った。

「お前の狙いは何だ、磯子。西の情報を俺たちに伝えてどうする」

不審に思われているにもかかわらず、磯子の神は嬉しそうだった。

「あっひゃっひゃ！　相変わらず猜疑心の塊《かたまり》ですね、あなたは。西の件を伝えたのは、この大戦争がただの大騒ぎではなさそうだという点を、皆さんにも知っておいて欲しかったからですよ。私は一人遊びより、みんなで遊ぶ方が好きなのです。特ダネを懐に隠してほくそ笑むより、それを公開して騒ぎになる方が楽しいではないですか」

「研究者じゃなくて、ジャーナリストにでもなった方がいいんじゃないのか」

「あっひゃっひゃ！　転職をする機会があれば考慮しておきましょう。ですが、情報を得て損ということはないでしょう。あなたの置かれた現状を冷静に分析してみようじゃありませんか。横浜南部の神々、つまり我々は今合流して大きな部隊になりかけている。かたや北部の動向は依然としてつゆ知れず。それもそのはずで、どうやら緑が何らかの形で神奈川の力を利用し、森に結界を張ってしまっているせいなのです」

「なるほど。だからワシがあまり近づくことができなかったのか」

港南の神が持ってきたお土産のケーキを、南の神が皿に載せて神々に配った。甘党の磯子の神は、嬉々として手づかみでショートケーキをかじっている。

「神奈川は私たちと同格の土地神でも、別格の力を持ちます。伊達《だて》に神奈川の巨神と同じ名を持っていません。しかも神奈川の神器と緑の神器は非常に相性がいい。この戦が起こると知って、この二人が手を組むようなことがあれば戦局はだいぶ厳しくなると踏んでいたのですが、私の悪い予測はよく当たるんですよ。神奈川の力を用いる緑を強引に突破しようとするのは得策ではありません。なぜだか、あなたは分かっているのでしょう、保土ケ谷」

「そうなんですか、保土ケ谷さん？」

栄の神に問いかけられて、保土ケ谷の神は頷いて答えた。

「戦いとは、最後に勝てばいい。自分ですべての敵を倒そうとすれば、たちまち息が切れて、その隙に誰かが襲いかかってくる。北部を目指そうとして結界を強引に破ろうとしても、総力戦になるのは避けられない。今の時点で総力戦を展開するのはまずい。どうしてだか分かるか、栄」

なかなか答えが出てこない栄の神に代わって、泉の神が言った。

「西と中が残っているからよね」

「そうだ。どちらが勝つにせよ、手負いだったとしても西や中は簡単に勝てる相手ではない。西と中、あるいは神奈川や緑と戦う場合、どちらかに全力を費やさなければ、返り討ちにあうだけだ。この二勢力を両方とも倒せるとは思わない方がいい」

「じゃあどうすればいいんでしょうか」

返事を期待されていたが、保土ケ谷の神は沈黙するしかなかった。重い沈黙を破るように磯子の神は笑って言う。

「あっひゃっひゃ！　さすがの保土ケ谷といえども、袋小路だったのではありませんか？」

「でも、みんなで協力できるようになったのは前進なんじゃないの？」

泉の神がそう言うと、保土ケ谷の神は小さく頷いた。

「むしろ、いいニュースはそれだけと言っていい。俺たちは今、南区にいる。北に向かえば西と中が激戦を繰り広げている爆心地が近い。結界を張られたせいで、北部方面にはアクセスすることができなくなっている。となると策は一つしかない」

唇の端についたクリームを指で拭って、磯子の神は言った。

「海上を移動するしかないのです。しかし！[25]　あっひゃっひゃ！　横浜で海に接しているのは神奈川区、西区、中区、接近できない鶴見区を除くと磯子区と金沢区しか残されていません。遠からず、あなたは私たちの元を訪れるつもりだったのではありませんか？」

呆れたようにため息をつくだけで、磯子の神を喜ばせるには充分だった。

「で、お前はどうなんだ。このまま俺たちと協力して船を貸してくれるのか、それともここでもう一回どんぱちやるつもりか」

「あっひゃっひゃ！　ここで暴れれば南に何を言われるか分かったものじゃありませんからね。いいでしょう、船をお貸しします。ただし、共闘はしません。私はあくまで金沢と行動することを主眼に置いていますから」

「ならなぜ手を貸す」

「先ほども申し上げたはずですよ、私は、面白くなりそうなものへの投資は惜しまないのです。このまま金沢が圧勝してしまっては、面白くないでしょう？　私は金沢が苦悩する姿も見たいのですから、あなた方にも、頑張って頂かなければなりません」

「俺はお前の舞台に出ている役者じゃないんだぞ」

「あっひゃっひゃ！　私がどう考えていようと、あなたには問題ありませんよ。今は新しい道が開けたのですから、次の展開を考える好機ではありませんか。長居をしてしまい申し訳ありませんでした、南。さ、行きますよ、港南」

「え？　お、おれもうおしまいなんじゃないの？」

美味しそうにケーキを頬張っていた港南の神は、青ざめていく。

「あっひゃっひゃ！　何を言っているんですか、あなたにはまだまだ働いてもらいますよ。南、もう少し港南をお借りしますね」

「待ちな」

そう遮ったのは南の神だった。ケーキをごくりと飲み込んだ港南の神に向かって、南の神は見上げながら真剣な表情で問いかける。

「あたしは言ったはずだよ、神器は滅多に使うもんじゃないと。磯子や保土ケ谷たちには横浜大戦争に向かう理由がはっきりしているけど、あんたはどうなんだい。誰かの言

25　鶴見区　横浜市の北東部に位置する区。一九二七年に区制施行。人口は約二八万人で市内三位。面積は約三二㎢で市内四位。東京湾沿いの埋立地には火力発電所や製鉄、ガス、化学薬品など京浜工業地帯の一端を担う工場が立ち並ぶ。

いなりになって暴れたいだけなら、あたしはここを通さないよ。あんたはもう、一つの区を司る土地神なんだ。考え無しに動くのが許される立場じゃないんだ」

厳しい南の神の口調に、すでに港南の神を戦略の一つに加えていた磯子の神は自分の軽率さを悔いるように苦笑いを浮かべる。ここで港南の神が退場してしまうのはあまりに痛手だった。南の神の言い分がもっともである以上、どうしたものかと首を捻《ひね》っていると、港南の神は頭を掻きながらおどおどして言った。

「お、おれには、なんでこんなことが起こってるのか、よく分からない。でも、みんなでケンカをするのは、よくない。お、おれができることは、みんなのケンカを止めるくらいだと思う」

「だからと言ってあんたよりも頭のいい磯子に付いていったら、その力を悪用されるかもしれないんだよ？」

すると港南の神は、ぎこちない笑みを浮かべた。

「い、磯子も金沢も、ちょっとヘンテコだけど、素直じゃないだけ。ほ、ほんとはこのケンカを止めたいと思っているのが、お、おれには分かる。お、おれは、二人を信じてる。悪いことは、しない」

南の神の鋭い視線から逃げずに、港南の神はそれを真っ向から受け止めていた。根負けした南の神は、肩を落として言う。

「あんたは昔から磯子と金沢の悪巧みに巻き込まれて痛い目を見てるのに、懲りないね。

この子に泥を塗らないでやっておくれよ」

呆れながらも南の神に厳しい視線を向けられた磯子の神は、内心ほっとしながら笑っていた。

「あっひゃっひゃ！　南の期待に応える働きをしましょう。さ、皆さんもさっさと着替えて準備ができたらついてきて下さい。金沢に見つかる前に乗船しないとややこしくなりそうですから」

磯子の神に率いられ、神々は南の神の家を後にした。食べるだけ食べて散らかしっぱなしの食卓を片付けながら、南の神は言う。

「港南は大丈夫かね。また面倒なことに巻き込まれそうな気がしてならないよ」

皿を重ねながら、戸塚の神は笑った。

「ほほ、若い神はどんどん厄介ごとに巻き込まれていった方がタフになるというものじゃ。面白くなってきたではないか」

含みのある笑いをした戸塚の神を見て、南の神はため息をついた。

「まったく、あんたたちといると忙しくてかなわないよ」

第四章　船出編

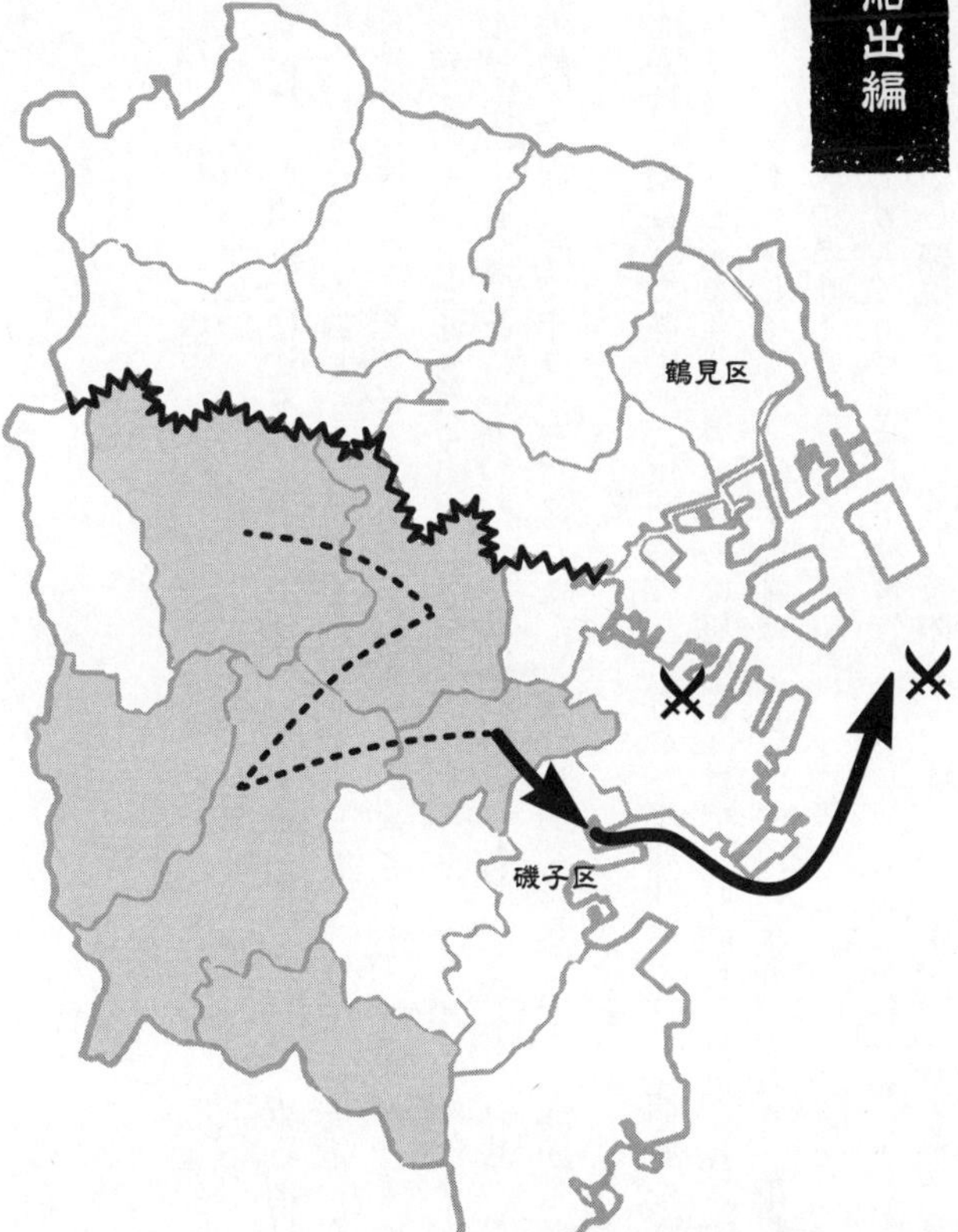

夕暮れの東京湾は、西の丹沢に沈み行く日を浴びて、黄金色に輝いていた。東京湾は客船やタンカーだけでなく、沖釣りから戻ってくる漁船も入り交じってとても混雑している。静かな日没に場違いなほどスピードを出した船は、白波を立てて海上を進んでいく。本牧埠頭を越えると、夕日を背に受けたベイブリッジ[26]とみなとみらいが見えてきた。

「わっはっは！　実に快適ではないか！　たまには海に出るのも悪くない！　おおっ、見よ、兄者、栄殿！　向こうでボラが飛び跳ねたぞ！　今度釣りに来るのも一興かもしれんな」

サングラスをかけて操縦席で舵を取る旭の神は、あちこちを興味深そうに見回しながら航海を満喫している。船旅を楽しんでいるのは旭の神だけで、時速百キロ近い速度で進む船の揺れにノックダウンしてしまった栄の神は、青白い顔で天を仰いでおり、甲板からは保土ケ谷の神の無様に吐く音が響き渡っていた。

「あ、旭さん、もう少しゆっくりでお願いします」

四つん這いになりながら操縦室にやってきた栄の神は、扉にしがみついて言う。

「すまぬな、栄殿。本当なら拙者ももっとのんびり回遊を楽しみたいところではあるのだが、兄者から全速力で進めと言われておるのだ。もうしばらく辛抱してくれ！」

爆走の原因が保土ケ谷の神にあると分かり、栄の神はおもむろに立ち上がると甲板で死体のように横たわっている神を怒鳴りつけた。

「この馬鹿神！　こんなに急がなくてもいいじゃないですか！　気持ちは悪いし、吹き付ける風は寒いし、もう我慢できません！　これなら泉と一緒に別行動するべきでした！」

ひとしきり胃を空っぽにした保土ケ谷の神は、やつれた表情で怒鳴り返した。

「うるせえ！　できることなら俺だって船になんか乗りたくはないんだよ！　そもそも、俺はカナヅチなんだぞ！　何かの拍子でドボンと落ちちまったら終わりなんだぞ！　死んぢゃうんだぞ！」

脂汗をかいて逆ギレする保土ケ谷の神に負けじと、栄の神は叫んだ。

「だったらなおのこと、ゆっくり行った方がいいじゃないですか！」

反論しようと力を入れたせいで間違った場所のスイッチが入ってしまった保土ケ谷の神は、もう一度海の魚たちに自前の餌《えさ》を与えてから船室に入って言う。

26　横浜ベイブリッジ　一九八九年開通。本牧埠頭から大黒埠頭を経由して、羽田空港へ続く首都高速湾岸線が通る橋。海面から橋桁までの高さは約五五メートル。

「そうもいかねえんだよ」

「どうしてですか?」

船室の椅子に腰掛けて、栄の神は言う。

「今、西と中が戦っているが、あまり長くは続かないだろう。おそらく、西が勝つ」

栄の神は背後の本牧埠頭を見た。

「いつも優しくて、怒った姿なんて一度も見たことはありませんが、中さんも相当の力を持っていると聞いています。そう簡単に決着なんてつくのでしょうか」

ミネラルウォーターで喉を潤して、保土ケ谷の神は問いかける。

「強さとは何だと思う?」

「急になんですか。今は気持ち悪くて、哲学を考える余裕はありませんよ。まあ、そうですね、嫌なことや辛いことから立ち直ろうとする時に必要な力が、強さなのではないかと私は思いますよ」

その返答は満足の行くものだったらしく、わずかに口角を上げて保土ケ谷の神は言う。

「強さにも種類がある。お前が今言ったのは、マイナスからゼロの方向に進もうとする時の強さだ。怪我をしたり誰かを失ったり、苦境に立たされて本来の自分でいられるよう奮起する時にわき上がってくる力と言える」

船が跳ねて、保土ケ谷の神の身体が一瞬浮き上がった。

「ゼロからプラスに進む時にも、強さがいる。土地を開墾《かいこん》して作物を育てたり、道路や住宅を造ったり、財を成そうとしたり、あるいは新しい家庭を築こうと努力する時にも、力がいる。人も神も、それぞれ強さを持っていて、どちらに秀でているかは異なる。お前はきっと、誰かをサポートしてやるのが得意だろうし、旭や戸塚なんかは、どんどん前に進んで様々な提案を出すのが上手だ。どちらかだけでは人も神も社会は成り立たず、その配分がほどよい時、みんなが居心地のよさを感じる」

納得したように栄の神は頷く。

「それと中さんに何の関係があるんですか？」

「西は改革気質だ。ゼロからプラスへ進むことを信条としている。一方の中は、土地神であるにもかかわらず、修道院に身を置き、貧窮する老人や身寄りのない子供の面倒を見ている。あいつが直接貧しい人間に手を差し伸べることに、否定的な意見もあるが、ともあれ中はマイナスからゼロに戻そうとする気質だ。ゼロからプラス気質とマイナスからゼロ気質が戦った場合、後者にはほとんど勝ち目がない」

今度は不服そうに栄の神が言った。

「それでも戦いは拮抗《きっこう》しているんですよね？」

「時に、リスクを承知で行動する必要に迫られることがある。そういう場合、前者は類い希《まれ》な力を発揮する。ある意味無謀とも言える勢いが前者の特徴だ。一方、後者は痛みや悲しみを和らげて、平常に戻ることを美徳としている。だからたとえ武力が前者より上回っていたとしても、相手に何らかの欠落をもたらすような行為には、力を注げないんだ。優しさや慈愛の心が徒《あだ》となって、相手を傷付けることを拒んでしまう。後者にとって、戦争という舞台は己の持つ強さを最も発揮できない環境と言える」

船は速度を増していたが、栄の神は酔っている事実を忘れるほど議論に集中していた。

「じゃあ前者は暴力的で、後者は臆病だということですか？」

「意地悪く解釈すればそうなる。前者は危険を承知で物事を突き動かす力があるが、自分や周囲を傷付け、損なわせてしまう面もある。後者は慈愛に満ち、争いを嫌うが、積極性に欠け、後者だけ集まっても発展は望めない。西と中はこの両極端の性質を、見事に分け合っている関係だ。だからこそ、中の敗北は近い」

「でも、中さんが簡単に諦めるとは思えません」

「お前の言うように中は実力者だ。本来戦いが得意じゃないあいつが、今の今まで最強と名高い西と対等に戦い続けている現状こそ、その証左と言える。ただ、戦いが長引くことはあっても、中の勝利で終わることはない。力で誰かを屈服させようとするのは、あいつの性質《たち》じゃない」

「自分の命がかかっているんですよ」

責めるように栄の神が言うと、保土ケ谷の神は落ち着いて頷いた。

「そうだとしても、あいつは自分の命より誰かを傷付けたくないという気持ちを選ぶ。慈愛の精神が強すぎると、他者を尊重しすぎるあまり、自分の尊厳をおろそかにしてしまう。この高潔さがあいつの強みでもあり、弱点でもある。今の中は、自分の限界がやってくるまで西を消耗させ、それで命を失うことになっても構わないとさえ、思っているだろう」

「そんな！」

舞い上がったしぶきが、船室の窓に張り付いてきた。

「俺たちの立場からすれば、西が勝って、その足で神奈川とつぶし合いをしてくれれば、最も利がある。だが、その好条件は中が瀕死に陥ることを意味する。戦いを有利に進めたいが、中の屍《しかばね》を踏んでいきたくはない。その時が迫っているからこそ、俺たちは急ぐ必要がある」

しばらくじっと黙っていた栄の神は、保土ケ谷の神の目を見ずに言った。

「本当に、西さんは中さんに手をかけようとするでしょうか。私たちは、横浜の土地神ですし、あの二人はとても仲のいい姉弟のはずです」

「栄、まだ実感がないようだが、これは冗談じゃない。ふざけた形で始まっているが、俺たちが今やっているのは戦争で、殺し合いなんだ。西が中を敬愛しているのは知っている。その西が姉に刃を向けたということは、中だけでなく俺たちのすべてを敵に回しても成し遂げたいことがあるからだ。だが、たとえどんな願いがあったとしても、自分の愛する姉を傷付けてまで手にした栄冠など、あいつを満たすことはない。西には、目的のためならどんな痛みや辛さにも耐えられる強さがある。俺は、その力を姉殺しの痛みに耐えるために使わせたくはない。それは誰かを傷付けることに最も適した力だからこそ、こんなことに用いるべきではないんだ」

妙な寒気を覚えた栄の神はふと視線をあげると、保土ケ谷の神にいつもの軽口を叩けそうな気楽さはなく、凍った池のように寒く、乾いていて、静寂に包まれた迫力が存在していた。肌が粟立《あわだ》つのを感じながら、栄の神は保土ケ谷の神の言葉に耳を傾ける。

「俺が何より許せないのは、ハマ神のジジイが何の警告もなく、こんな殺し合いを仕向けたことだ。もしも遊び感覚で俺たちに殺し合いをさせているのなら、俺は誰よりも先にあいつを殺してやる」

そう呟いた保土ケ谷の神に、西の神や中の神を思いやっていた時の優しさは皆無で、栄の神が今まで見たこともないような残酷で、冷たい表情が浮かんでいた。それ以上保土ケ谷の神を見ていられなかった栄の神は視線を海上へ移し、船のエンジン音が沈黙をかき消してくれていることに感謝した。しばらくの後、何か別の話をして重くなった空気を変えようと栄の神が口を開きかけた時、保土ケ谷の神ははっと立ち上がって言った。

「……ぎもぢわるい」

すでに口に手を当てていた保土ケ谷の神は、臨戦態勢が整いつつある。

「わあ、バカバカ！　海でやって下さいよ！　ここは勘弁して下さい！」

思い切り保土ケ谷の神を蹴飛ばして隅に追いやった栄の神は、ふうとため息をつく。舵を握った旭の神は、その様子を小さく笑いながら見つめていた。船室の椅子に座り、栄の神は言う。

「旭さん、私には保土ケ谷さんがどういう神なのか分からなくなる時があります。お姉ちゃんを助けてくれた時は、態度は悪いものの優しいと思いましたが、大神様を殺すと言った時の表情はとても冗談のようには見えませんでした」

　船はいよいよベイブリッジをくぐろうとしていた。

「兄者は、不器用なのだ。口は悪いしへそ曲がりで、土地神としての自覚はないし、呆れるくらいに面倒くさがり。間違っても土地神の模範とは言えぬ」

　みなとみらいの夜景が左方に広がり、思わず栄の神は目を奪われてしまう。

「それでも兄者は横浜の地と民、そして十七の輩《ともがら》である拙者たちをとても愛している。兄者のモットーは、明日も今日の日常を、だ。兄者は土地神による人間社会への干渉を潔癖に思えるほど嫌い、人が自分たちの力と知恵で生きていく姿を見守ることを、美徳にしている」

「保土ケ谷さんはちょっと極端すぎますよ。大学だってほとんど寝に行っているだけみたいですし。開戦が宣言されてから、一歩も動かなかったというのはだらしないにも程があります」

　いつものふざけた調子で言った栄の神であったが、旭の神の返事は冗談交じりとはほど遠いものだった。

「兄者は、同じ過ちを犯したくないと思っているのだ」

　心の奥底にしまい、もはやしまったことすら忘れていた一つの古い疑問が、今になって突然栄の神の頭にふわりと浮かび上がってきた。昔にこの疑問をしまい込んだのは、尋ねる勇気がなかったせいもある。自分が尋ねてしまうことで、誰かを傷付けてしまうかもしれない。興味本位の好奇心ならば、口にしない方が相手のため。そう思って記憶の彼方へ消えていたはずの問いかけがもはや他人事ではなく、自分にも連なる大きな問題だと気付いた栄の神は数年の時を経て口を開くのであった。

「旭さん、この際ですからうかがってもよろしいでしょうか」

旭の神の沈黙を、肯定と解釈した栄の神は言った。

「かつて、保土ケ谷さんが冥界送りになったというのは、本当なんですか？」

日はすっかり暮れ、今はみなとみらいの輝きが夜の海を鮮やかに照らしている。

「ずっと前に、鎌倉の大神様と話をした時に聞いたことがあるんです。その時、鎌倉の大神様は口を滑らしたような様子で、後日お姉ちゃんに訊いてみようにも訊くのが怖いような気がして、本人にはもちろん、他の神々にも訊けずにいました。保土ケ谷さんのためにも、辛い過去には触れない方がいいのかもしれないと思っていたのですが、そうも言っていられなくなった気がするんです。横浜大戦争が起きてしまった今、私はもう傍観者ではいられません。横浜の土地神として、皆さんがどんな過去を経てきたのかを知る必要があると思うんです、たとえ痛みが伴ったとしても」

船の針路を変えようとした時、旭の神は前方に小さな光を見た。すると、船室の扉を乱暴に開けて入ってきた保土ケ谷の神は大声で叫んだ。

「床に伏せろ！」

　そう言って、保土ケ谷の神は何が起きたのかさっぱり分かっていない栄の神を押し倒した。

「ど、どうしたん……」

　栄の神が質問を言い終わるより早く、まばゆい光が神々の頭上を通過していき、一瞬焼けるような激しい熱さに襲われて反射的に視界が白くなる。直後に爆音が響き渡り、周囲が炎に包まれていることに気付いた栄の神は、ふと上を見上げると、先ほどまであった船の屋根はどこかに消え、その代わりに星の見えない空が広がっていた。強い潮風が吹きつけて、船を燃やす炎がせわしなく揺れる。

「何が起きたんですか！　し、消火器はどこですか！」

　起き上がった旭の神は慌てて船のエンジンを切り、周囲を見回す。

「どうやらやる気みたいだな」

　保土ケ谷の神は旭の神の肩に手を置き、扇島[27]の方角を指差した。屋根のない小型のボートが一艘、ゆっくりとした速度で近づいてくる。神々を乗せて炎上する船の前で止ま

27　**扇島**　川崎市川崎区と横浜市鶴見区に位置する人工島。元は京浜運河を掘り進めた際に余った土砂を埋め立てた砂州であり、昭和の初めは海水浴場として賑わったが、工業化に伴い製鉄所や石油工場が建設され、京浜工業地帯の中核を担うようになった。

ると、舵を握っていた長髪でニッカボッカを穿いた男が、機嫌よさそうに声をかけてきた。

「よお、お前ら！　待ち侘びたぜ！」

男は楽しそうに右手で左の手のひらをテンポよく叩いている。その度に男の両手からバーナーのように火が燃え上がった。その態度に苦笑いを浮かべて、保土ケ谷の神は言った。

「この船は借り物なんだ。お前の名で、請求書を書かせてもらうからな、鶴見」

旭の神はすでに『化鳥風月』を抜いて、鶴見の神に剣先を突きつけている。

「はっ、そんな小船、俺様が勝ち上がったら客船にして返してやらあ！」

空間をえぐるように殴ると、鶴見の神の拳からバスケットボールほどの大きさの火球が生まれた。火の玉は速度を上げて保土ケ谷の神たちを乗せた船めがけて飛んでくる。軌道を予測した旭の神は勢いよく『化鳥風月』を一閃《いっせん》させ、風を起こすと風圧で火の玉を消してしまった。炎を消した風が海面を揺らし、神々は熱波に囲まれる。不発に終わったにもかかわらず、鶴見の神は旭の神の太刀筋を見て満足そうに笑っている。

保土ケ谷の神が一歩前に出て言った。

「お前にしては随分と消極的じゃねえか。俺はてっきり、開戦と同時にお前が横浜中を暴れ回るんじゃないかと冷や冷やしていたんだ。待ち伏せなんざ、いささか拍子抜けだな」

またしても鶴見の神は燃える拳を振り回して火球を飛ばす。五発のうち、四発は『花鳥風月』の風圧でかき消すことができたものの、仕留め損ねた一発が炎上する船の側面に当たり、激しく揺れる。消火器を持って炎を消しにかかっていた栄の神は思わず体勢を崩すが、旭の神に支えられた。

「栄殿、しっかりと摑まっておれ！」

「何でこんな目にあわなきゃいけないんですか！　もう帰りたいです！」

容赦のない鶴見の神の攻撃にすっかり怖じ気付いてしまった栄の神は、泣きながら訴えるが、旭の神は笑って返事をした。

「わっはっは！　兄者と行動を共にして上陸したいと言ったのは栄殿ではないか。腹をくくられよ！」

右手を冷ますように息を吹きかけて、鶴見の神は言う。

「俺様がもしも保土ケ谷を司っていたならば、どこから攻めようか迷っちまっていただろうな。あいにく、横浜北部は群雄割拠《ぐんゆうかっきょ》だ。どいつも食えないやつが多い。運の悪いことに、普段なら滅多にやる気のない神奈川が、先手を打っちまったせいで身動きが取れなかったのさ。港北と戦おうにも姿が見えない。対戦相手がいなくて、ずっとうずうずしていたんだ。まさか、お前がいの一番にやってくるとは意外だな、保土ケ谷。船なんか乗りやがって、カナヅチは克服したのか？」

泳げないことを指摘され、突然目に涙を浮かべた保土ケ谷の神はわめき散らすように言った。

「してねえよ！　お前、そっからでも見えるだろ？　今にも海に落ちるんじゃねえかって考えるだけでも足がぷるぷるしてくるんだ！　さっきからぽんぽん火球を飛ばしてきやがるが、マジでやめろ！　ドボンしたらジ・エンドなんだぞ！」

「なんなんですかこの神、急に緊張感がなくなりましたよ」

呆れた栄の神をよそに、鶴見の神は楽しそうに笑った。

「はっ、お前たちを一人ずつジ・エンドにしていくのが横浜大戦争だろうよ！　手始めにお前を落とせるのは大きいぜ、保土ケ谷。タチの悪い雑草のような男だからな。葉っぱだけむしっても意味がない。きちんと根っこからぶっこ抜いてやらねえとな。それにしたって、泥人形のお前がわざわざ海に出てくるたあ、知略を是とするお前らしくもない」

そう言い放つと、手を額に寄せてひさしを作った鶴見の神は、栄の神に目をやる。

「お、そこにいるのは栄のチビ助か？　なんでこんなところにいるんだ、危ねえぞ！」

チビという言葉に過剰反応した栄の神は、白い消火剤をまき散らす消火器のホースを鶴見の神に向けた。

「誰がチビですか！　私たちは、横浜大戦争の開戦を受けて、他の神々がどう考えているのかを尋ねるためにやってきたんです。あなたと戦うためにやってきたわけではありません！」

敵意のないことを示した栄の神に対して、鶴見の神は小馬鹿にするような視線を送る。

「はっ、そりゃそうだろうな！　穴掘りしかできないお前がどうやって俺様に勝とうってんだ？　悪いことは言わねえから、とっとと陸に帰った方がいいぜ。今から派手にカマしてやるからよ」

「このオッサン、ムカつきます！」

「おいおい、オッサンがこんな動きできるかよ！」

反論するように鶴見の神は火球を無数に飛ばし、いよいよ船の炎上は激しくなっていく。一つ目の消火器が空になってしまい、二つ目のピンを抜きながら栄の神は叫んだ。

「殺す気ですか！」

笑みを引っ込めて、鶴見の神は事も無げに言う。

「それが横浜大戦争なんだろう？　じーさんがナンバーワンを決めろと命じたんだ。俺様たちは言われた通り、持てる力を存分に発揮して、自分が一番強えことを示せばいい！」

煙を手で払いながら、保土ケ谷の神は問いかける。

「お前はおかしいと思わないのか？　なぜ俺たちが戦わなければならない？　俺たちはそれなりに仲良くやっていたはずだ。ジジイの狂言に付き合う必要はない」

きょとんとした顔をして、鶴見の神は言った。

「お前は馬鹿か？　戦う理由なんて明白だ。横浜一の神を決める！　こんなにわかりゃすい理由は他にないぜ。横浜には十八も土地神がいるんだ。誰が一番強くてかっけえのか、気になるのは神として当然だろうよ。お前もそう思っているんだろ、旭？」

「拙者は誰にも負けるつもりはない！」

『化鳥風月』を鶴見の神に突きつけて、旭の神は雄々《おお》しく叫んだ。嬉しそうに鶴見の神は返答する。

「はっ、そうこなくちゃな！　神器を用いて本気で戦う機会なんて、今まで一度もなかったんだ。俺様の『百火繚乱《ひゃっかりょうらん》』はずっとうずうずしていたんだぜ。お前たちと手合わせしてみたいとな！」

　いよいよ刀で吹き消すには厳しい数の火球が船を襲い、あちこちから爆発音が響き渡る。旭の神に鶴見の神を引きつけさせている間、消火器を持ってあたふたする栄の神を捕まえて、保土ケ谷の神は指示を出す。

「ここからはお前が操縦しろ」

「この船をですか？　無理に決まってるじゃないですか！　免許なんて持ってませんよ！」

「馬鹿野郎！　神に免許もクソもあるか！　鶴見は速攻でケリを付けるつもりだ、旭だけに任せるわけにはいかない。俺と旭の手がふさがる以上、お前がやるしかないんだよ！」

「操縦方法が分かりませんよ！」

燃え盛る操縦席の下から、保土ケ谷の神は一冊の本を取り出して言った。

「あったあった、このマニュアルを読めば大丈夫だ」

「辞書みたいな厚さですよ、これ！」

「うっせえ、なんとかしろ！」

船室から飛び出した保土ケ谷の神は、船の先端で火球を切り刻む旭の神に耳打ちをして、代わりに鶴見の神の目前に立った。

「力比べをしたいのは大いに結構だが、その代償をお前は考えたのか？　土地神の私闘は御法度《ごはっと》だ。こんなふざけた争いが、天界の承認を受けているわけがない。仮に横浜一の土地神になったところで、ハマ神のジジイと一緒に天界の拘置所に送られるのがオチだ。己が任を忘れて騒ぎを起こし、守護すべき土地から追放されるなど、民に対する侮辱以外の何物でもない。お前はハマ神のジジイに乗せられているだけだ。戦いに精を出すより、戦を収束させることに協力しろ」

鶴見の神は肩をすくめる。

「はっ、お前ともあろうやつが、保身に走るとは衰えたものだな。横浜一になったとしても土地神を追放される？　上等じゃねえか。未来に起こる不安を恐れていたら、前になんか進めねえ。お前たちをぶっ倒して鶴見の地を追い出されちまったとしても、俺様の民はきっとよくやったと言ってくれるはずだ。俺様たちは他のどの地よりも強い！　そう知らしめただけで、何よりの達成じゃねえか。せっかくの祭りを騒がずにいたら、それこそ民にどやされちまうぜ」

「お前が追放されたら、その後鶴見の地は誰が守護する？　土地神の本分を無視し、自分勝手に振る舞ってでも横浜一の称号が欲しいのか？」

「おい、さっきから偉そうにしてやがるが、お前の言っていることの方が今は理にかなってねえんだぞ？」

「なんだと？」

腕を組んで首を横に振った鶴見の神は、迷いのない眼差しを保土ケ谷の神に向けて言う。

「大神のじーさんが、考え無しにこんな大戦争を始めるとは俺様だって思っちゃいない。俺様は、少なくともお前よりはじーさんを信じている。私闘が法に反している？　土地神同士で争うのはおかしい？　そんなことは百も承知だ。だが、それでもじーさんは横浜大戦争を始めた。じーさんにはこういう形でしか解決できない何かを抱えちまったのかもしれない。だったら、俺様はじーさんの狙い通り、お前たちを相手に思い切り暴れ回ってやるだけだ。俺様のやろうとしていることに、何か間違っているところはあるか？　戦おうとしないお前こそ、じーさんの思惑に反していることになるんじゃねえのか？」

明確な嫌悪感を示しながら、保土ケ谷の神は首を横に振る。

「俺は、あのジジイに雇われているわけじゃない。たとえ俺より位の高い神だろうが、俺を土地神として生かしてくれているのは横浜の地であり、民だ。ジジイが俺に命令を下したとしても、それが道理に反しているのなら首を縦に振るわけにはいかない」

「お前がしていることは明らかな命令違反だ。俺様を説得するのは構わないが、こんなことをしていたら戦いが終結する前に追放されちまうかもしれねえぞ」

「土地神の私闘が起きて、停戦交渉に四苦八苦している俺を追放でもしやがったら、天界の裁判所に訴えを起こして、何十年でも何百年でも戦ってやる。いかなる理由があろうとも、土地神の戦争を地上で起こすことなど許されない。民の繁栄と安寧《あんねい》を祈る存在である土地神として、あるまじき行為だ」

鶴見の神は深くため息をつく。

「俺様が信じる道を進もうが、お前の信じる道を進もうが、どのみち追放は避けられなさそうだな。ならば、せめて俺様たちが地上に顕現してから、いかに力をその身に宿したかを潔く発揮することこそ、民に示しがつくというものじゃねえか。戦わずに追放される、ってのは俺様の性にあわねえ」

「やる気か」

鋭い保土ケ谷の神の眼光を受けて、鶴見の神は楽しそうに手を叩く。

「はっ、不思議なものだ。元は俺様よりお前の方が、口より先に手が出る神だったたってのに、冥界はこうも神を変えちまう恐ろしい場所なのか？　以前のお前なら至る所に殴り込んでいって、きっと横浜大戦争も今回よりずっと賑やかになったはずだ。なのに今のお前ときたら、隠者のような生活をして、ほとんど俺様たちの前には姿を現さない。本当は、お前だって兄貴が腑抜けちまって、物足りないと思ってるんじゃねえのか、旭よ？」

いつの間にか『化鳥風月』を鞘に収めていた旭の神は、堂々と返事をする。

「拙者は、兄者を信じておる」

「はっ、兄貴に気を使って、お前まで何だか窮屈そうに見えるぜ。保土ケ谷、今だって俺様はお前が間違っていたとは思ってない。誰かがああいうことを……」

鶴見の神が話している途中で、保土ケ谷の神は右手を高く上げて叫んだ。

「旭、今だ！」

旭の神の鳴らした指笛が、闇に包まれた東京湾上に甲高く響き渡る。突然の行動に鶴見の神は思わず上空を見上げたが、ボートを揺らす波が強まっていることにまだ気付くことはなかった。鶴見の神を乗せたボートが激しく揺れていることに気付いた時はもう遅く、海面から現れた黒光りする巨大な影がボートを軽々と上空へ吹き飛ばし、激しく波しぶきを立てながら潮を吹き上げた。鶴見の神は反動で遠くへ飛ばされてしまう。保土ケ谷の神たちを乗せた船も激しい揺れに見舞われ、しゃがみ込んだまま手すりにしがみつく。それでも船から身を乗り出しながら、海面に現れた黒い影を目にして栄の神は驚愕の声を上げた。

「く、鯨ですか？」

海水に濡れた肌を夜景の光で反射させながら、五メートルほどの鯨が炎上する船の周りを泳いでいる。思わず本物の鯨に見とれていた栄の神であったが、保土ケ谷の神の叫びを聞いて我に返る。

「栄、急いで船を出せ！」

マニュアルを見てもさっぱり埒があかなかったので、見よう見まねで舵を取ると船は勢いよく扇島の方角へ進んでいった。転覆した鶴見の神のボートを海上に残し、炎上する船は遠ざかっていく。

「鶴見さんは大丈夫なんでしょうか？」

手すりをしっかり握って、保土ケ谷の神は言う。

「あいつは呆れるほど頑丈だ。海に落っこちたくらいじゃ死にはしない」

そう言って前進を指示しようとした時、船の下から火球が突き抜けていき、激しい爆発を伴って船体が燃え始めた。爆発の連続ですっかり気が抜けてしまった栄の神を、旭の神は抱きかかえて併走していた鯨の背中に飛び乗った。火が船を囲おうとしており、旭の神は慌てて叫ぶ。

「兄者！　こっちへ来るのだ！」

避難を促された保土ケ谷の神は、しゃがみ込んだまま涙目になっている。それを見かねた栄の神は気を取り戻し、声を上げる。

「何やってるんですか！　死んじゃいますよ！」

「お、落ちたら死んぢゃうんだぞ！　しかも、鯨の背中、すごい滑りそうだし」

「そのままそこにいても死ぬだけですよ！　腹をくくりなさい！」

「くそったれめ！」

甲板から飛び上がった保土ケ谷の神が踏みしめたのは、海面ではなく幸いにも鯨の背中であった。鯨の皮膚はぬめぬめとしていて冷たく、バレーコートのようにかすかな弾力がある。

「ち、ちぬかと思った……」

旭の神に肩を貸してもらい、なんとか立ち上がると海面から爆発とともにしぶきが舞い上がった。足元から激しい爆発音を鳴らしながら、海面に立った鶴見の神が得意げな表情で神々を見つめている。

「み、水の上に浮いていています！」

足元の爆発音に気付いた保土ケ谷の神はすかさず言う。

「あいつ、小規模の水蒸気爆発を起こしてやがる。前は火炎放射器みたいに火をぶっ放すことしか能のないやつだと思っていたが、悪知恵を身につけたようだ」

タネを明かされた事実を痛快に感じながら、鶴見の神は拳に力をこめた。

「はっ！　その鯨をベーコンにしてやる！」

巨大な火球を高らかにかざした鶴見の神の右手が燃え盛るのを見た旭の神は、鯨の背中を蹴って勢いよく斬りかかっていく。待ってましたと言わんばかりに鶴見の神が、右手の炎で思い切り相手を殴りつけたことで大きな爆発が生じ、その勢いで旭の神は海上に吹き飛ばされる。中空に舞った旭の神は態勢を整え、着水する寸前に姿を現したイルカの頭を踏んで再び空高くジャンプをする。

「まるでサーカスだ！」

満足げな表情を浮かべる鶴見の神に向かって、旭の神は再度斬りかかっていくが、海の下から無数の爆発音が響いた数秒の後、海面から水柱が上がり、行く手をふさがれてしまう。水柱に直撃する直前に、旭の神は『化鳥風月』を力一杯振ると、勢いのある風圧が水の柱を真っ二つにするだけでなく、ウォーターカッターのように鋭さを増した水の刃が鶴見の神に襲いかかる。さすがの鶴見の神も水の刃の直撃を嫌い、足元で爆発を起こして体勢を崩さざるを得ず、水柱を切り刻んだ旭の神は鯨の背中に戻っていた。

「な、なんていう動きですか」

両者とも空を飛ぶ力など持っていないのに、海上で思いのままにぶつかり合う姿を見て、栄の神は思わず感嘆の声を上げてしまう。

「まずいな」

そう保土ケ谷の神が呟いたのを、栄の神は聞き逃さなかった。その理由は尋ねるより、目の前の光景を見れば一目瞭然であった。旭の神が肩で息をしながら『化鳥風月』を握りしめているのとは対照的に、鶴見の神は汗一つかかず気楽に笑っている。

「旭！　見違えるように上達したじゃねえか！　欲を言えば、もう少し体力をつけることだな。獣たちを操りながら、刀を振るうせいで、必要以上に消耗しているんだろう？余計なお荷物が後ろに控えてなきゃ、もっと力が発揮できるだろうに」

旭の神の負担になってしまっている事実を突きつけられ、またしても栄の神は己のふがいなさに歯がみすることしかできない。保土ケ谷の神は視線を下げ、打開策はないか頭をフル回転させていた。

旭の神は左手で汗を拭って、たくましく言い放った。

「笑止！　これくらいのハンデーキャップがあってちょうどいいというものだ！」

「はっ！　お前も兄貴に似て傲岸不遜《ごうがんふそん》になってきたようだ！　それと」

鶴見の神は旭の神を凝視したまま、房総半島の方角に巨大な火球を投げつけた。旭の神と保土ケ谷の神はその奇怪な行動の意味が読み取れずにいる。

「小癪《こしゃく》な真似はやめて、正々堂々、お前たちも俺様にかかってきやがれ！」

そう叫んだ後、海の底から地鳴りのような響きが聞こえてきた。

「あっぢいいいいい！」

激しいしぶきを上げて、東京湾に咆哮《ほうこう》が響き渡る。海から出現した巨人は、やけどを負った背中を痛そうにさすっている。神々に見られていることに気が付くと、港南の神は大きなゴーグルを外し、その眼鏡の奥から二人の神が姿を現した。

「ボンソワール！　ムシュー鶴見、相変わらず血の気の多い男だ！　ムシュー保土ケ谷よ、貴兄はおとりの役目もろくに果たせないのか。つくづくがっかりさせてくれる」

港南の神の頭の上に立ちながら、白衣を着た金髪の神は大げさに肩を落とす。その横で、ボロボロの白衣を着たもう一人の神がけらけらと笑っていた。

「ど、どうして皆さんが？」

金沢の神と磯子の神が現れて驚いていた栄の神だったが、保土ケ谷の神は呆れた表情を浮かべている。

「そんなことだろうと思ったぜ」

「どういうことですか？」

巨人に乗った神々と炎を司る神に視線を送りながら、保土ケ谷の神は苦笑する。

「北部に行きたがっているのは、金沢たちも同じだったが、鶴見という大きな壁が立ちはだかることには俺たちと変わらない。となれば、俺たちを先行させて踏み台にし、その隙にこっそりと上陸してやろうという魂胆だろう。これが正解か、磯子よ？」

「あっひゃっひゃ！　正解と言いたいところですが、あなたたちの引きつけが弱かったせいで見つかってしまいましたよ！」

立ち泳ぎをする港南の神に向けて、威嚇《いかく》するように火球を飛ばした鶴見の神は白い歯を見せる。

「はっ、俺様も舐められたものだ。そこのチャラ男《お》が考えそうなことなんざ、お見通しだ。この俺様を素通りして北へ向かえるなどと思うなよ？　お前らごとき、別個でかかってくるより、まとめて相手をした方が一網打尽にできて手っ取り早いってもんだ！」

金沢の神めがけて飛んでくる火球に、磯子の神は『魔放瓶』を投げつけて目前で爆破処理してしまう。白衣をはためかせながら金沢の神は髪をかき分ける。

「私たちがムシュー鶴見との戦いを避けたのは、貴兄の体力を慮《おもんぱか》ってのことだ。貴兄にせよ、ムシュー保土ケ谷にせよ、もはや老齢の身。若い神と本気で戦わせては、老い先を余計に短くしてしまう。私は横浜一の神になったとしても、貴兄らを追放する気はない。真の覇者とは、有用な人材ならば敵の間者《かんじゃ》でさえ登用するものだ。覇者となり、多くの雑務を貴兄らに委任し、私は最も重要な責務であるマダム・マドモワゼルの調査研究に時間を注がねばならない。私の手となり足となって働く人材である貴兄らを、私の手で傷付けてしまうのは理に背いている。ムシュー保土ケ谷程度に嚙み付くのならばかすり傷で済むかもしれないが、私たちとやり合うのは身のためにならないぞ」

巨大な火球が金沢の神に襲いかかり、港南の神が両手で思い切り叩かなければ大爆発が起きていた。憤然として、鶴見の神は言う。

「ただの女好きが今度は為政者気取りか。あれだけ女にそっぽを向かれてもめげないお前の無神経さは嫌いじゃないが、いいだろう！　俺様は自信過剰なやつの鼻っぱしをへし折ってやるのが、一番すっきりする！　あいにくだが、お前の軍門に降《くだ》るつもりはない！」

全身に炎をまとった鶴見の神は、海面から飛び上がると金沢の神に向かって殴りかかっていった。激しい爆発が起こり、港南の神も、旭の神たちを乗せた鯨も後退を余儀なくされる。鯨の背中に這いつくばりながら、栄の神はどんどん激しくなっていく戦況に涙しながらぶるぶると震えている。

「ここは場違いにも程があります！　もう帰りたいです！」

「泣くんじゃねえ！　弱音を吐く元気があるなら何か手を考えろ！」

鯨の鼻先で飛んでくる火球を切り伏せていた旭の神は、戦況を見据えたまま後退してくる。

「どうする、兄者。混戦になってきたぞ」

港南の神に乗った磯子の神と金沢の神は、相手の攻撃をかわすのが手一杯でかなり押されている。顎に手を当てて、保土ケ谷の神は言う。

「戦力だけ見れば、こちらの方が有利だ。ただ、いかんせん統率に難がある。本来ならお前と港南に先鋒《せんぽう》を任せ、俺たちがバックアップに回れば鶴見とも互角にやり合えるはずだが、あいにくここは海上だ」

「拙者の友の力を借りれば、地形など気にする必要はない。他にも手を貸してくれる海の仲間は多くいる」

「お前だけ動けても無意味だ。数的有利は連携を失った時、烏合《うごう》の衆になる。それに、こんなところで総力戦を展開するのは避けたい」

消火剤で手を真っ白にした栄の神は叫んだ。

「じゃあどうすればいいんですか！　このままじゃ丸焦げにされちゃいますよ！」

「では、拙者たちが団結すれば、光明はあるのだな?」

そう旭の神に言われて、何かがひらめいた保土ケ谷の神は、港南の神に乗って戦う金沢の神に大きな声で話しかけた。

「おい、聞こえるか、色男。お前、これからどうするつもりだ?」

緊迫感のない声をかけられて、後退が続きただでさえ不本意だったのに余計苛立《いらだ》ちをつのらせながら、金沢の神は蔑《さげす》みの視線を向けてくる。

「どうも何も、ムシュー鶴見に大人しくなってもらうほかあるまい。もしかして、私の力が必要になったたか、ムシュー保土ケ谷よ? 共闘を申し込むのなら、ここではっきりと敗北宣言をすることだ。それ以外に条件はない。貴兄の力を借りなくとも、ムシュー鶴見を仕留めることなどたやすい! 横浜一の美男神である私に、敗北の文字はない!」

そうは言うものの、金沢の神は『金技文庫』からあらゆる神器を取り出すのに四苦八苦しており、鶴見の神の容赦ない攻撃に圧倒され続けている。

「そのことなんだがな、お前、横浜の土地神の中で誰が一番女神にモテるか知ってるか?」

港南の神に防戦を指示していた金沢の神は、突如として攻撃対象を鶴見の神から保土ケ谷の神に変更し、巨人が旭の神たちの前に立ちはだかる。その作戦変更を受けて、磯子の神は大慌てで叫び声を上げた。

「あっひゃっひゃ! 保土ケ谷、それはいけませんよ!」

事情を知っていそうな磯子の神を見て、不信感を高めた金沢の神は襲いかかってくる鶴見の神など脇目も振らずに言う。

「当然、この私に決まっているではないか！　土地神でありながら総合病院を経営し、年収は数億、眉目秀麗《びもくしゅうれい》な容貌と類い希なる知性、人間の女性を魅了して止まないこの色香と、女性を抱くために鍛え上げられたこの肉体！　自分を磨き上げることに一切の妥協を許さず、どの神よりも司る地と民を愛するこの私をおいて、他にどんな神が私の前に立つというのだろう？」

露骨に肩を落として、保土ケ谷の神は得意げに指を振った。

「実はな、今年の新年会で横浜の女神たちに好みの土地神を尋ねるアンケートを採ったんだ。無記名でな」

あまりにも緊迫感のない話に少しだけほっとした栄の神は、思い出したように言う。

「そう言えば、そんなことをやりましたね」

栄の神が話に乗ったことで、保土ケ谷の神の作り話ではないと分かり、金沢の神は食い入るように質問をする。

「無論、私が一番だったのだろう？」

保土ケ谷の神は眉を八の字にする。

「残念。女神八名の票のうち、なんと五票を獲得したのが、今、お前の前でめらめらと燃えてらっしゃる鶴見の神でした」

「！」

改めて港南の神へ鶴見の神に向かうよう指示した金沢の神の瞳は、炎を司る神よりも熱く燃えたぎっている。ポケットからスマートフォンを取り出した保土ケ谷の神は画面を見ながら言う。

「えーと、ここでアンケートに記入された意見をご紹介しよう。乱暴そうで一見すると怖いけれど、本当はすごく優しくて思いやりがある。古い神なのに子供っぽさがあって、放っておけない危なっかしさが可愛い。一緒に飲んでいるとずけずけとこちらの話を訊いてきて、デリカシーがないと思うのに、気付けば心を許してしまっている。一晩中恋の相談をしたのに、嫌な顔一つせず付き合ってくれた。釣りに行くと突然誘われて、船の上で食べたお刺身がとても美味しかった。あ、この馬鹿みたいな回答は栄だな」

顔を真っ赤にしながら栄の神は抗議する。

「ばらさないで下さいよ！　無記名の意味ないじゃないですか！」

「お前、ああいうのが好みなのか？　毎日相手にしてると疲れるタイプだぞ、鶴見は」

「少なくとも神のプライバシーを侵害するあなたよりずっと紳士です！」

鶴見の神を褒めそやす会話で、わいわいと盛り上がる保土ケ谷の神たちを見かねた金沢の神は、とてつもなく大きな叫び声を上げた。

「もういい！」

その叫び声を耳にし、鶴見の神は照れくさそうに頭を掻いている。

「はっ、そんなアンケートを勝手に採るんじゃねえよ」

その謙虚な姿に余計腹を立てた金沢の神は、烈火のごとく激怒していた。

「ええい、黙れ！　何を気取っているのだ！　馬鹿にしてえ！　ふふふ、私としたことが、敵を見誤っていたようだ。ムシュー鶴見！　我が覇道の前に立ちふさがる最大の壁は、貴兄以外にはいない！　私だけで戦いを挑もうとしたのはせめてもの情けのつもりではあったが、ここは全力で行かせてもらう！」

にやりと笑みを浮かべた保土ケ谷の神は、調子よく続ける。

「この横浜大戦争で勝利を収めれば、横浜だけでなくあらゆる地の女神たちも、お前の噂を聞きつけるはずだ。だが、察しのいいお前ならもう気付いているだろう？　このままバラバラに鶴見と戦っても勝ち目はない。お前が後々に俺を倒そうとするのは大いに結構だが、ここで共倒れになっちまったら元も子もない。ここはひとまず休戦して、鶴見を打倒するのに協力するのは、悪い話じゃないはずだぜ。お前の活躍に期待する女たちのためにもよ」

「本当に邪神ですねあなたは……」

呆れたように栄の神は呟くが、もはや細かいことなど考えられなくなっている金沢の神は目を真っ赤にしながら言った。

「いいだろう！　ならばその軍師としての才、この場において遺憾なく発揮し、私に徴用されるその日に向けたデモンストレーションとするがいい！」

「あっひゃっひゃ！　まんまとやられましたね」

指揮権を委譲された保土ケ谷の神は、すかさず指示を出す。

「磯子！　片っ端から『魔放瓶』を投擲《とうてき》し、煙幕を張れ！　金沢は『絹ノ糸』の複製の準備をしておけよ！　鶴見を捕縛次第、強烈な一撃をお見舞いする。港南！　力を蓄えておけ！」

小さく旭の神に耳打ちをしてから、保土ケ谷の神は掲げた右手を下げて行動開始を宣言した。

「はっ、何だか知らねえがやる気になったのなら上等だ！　ぶっ飛ばしてやるぜ！」

磯子の神が三角フラスコの形をした『魔放瓶』を投げつけると、鶴見の神はそれを炎で砕いてしまった。割れた瓶から煙がもくもくと立ちこめ、周囲は白煙に包まれる。視界を奪われた鶴見の神が空高く飛び上がり、上空から襲いかかろうとした矢先に、虹色に輝く細い糸が彼をぐるぐる巻きにし、煙幕の中に閉じ込められてしまう。

本来の所有者が用いているわけではないので『絹ノ糸』の耐久力は弱く、鶴見の神の炎をもってすれば、せいぜい三秒動きを止めることしかできない。その三秒の間に、港南の神は白煙の中で縛られる鶴見の神の位置を正確に認識し、強烈な一撃を食らわせるために太い腕を頭上に掲げ、高い波が起こるほど渾身のストレートが打ち放たれた。拳が襲いかかることは予測していたものの、爆発を起こすより先に港南の神の一撃がやってきたことで、直撃した鶴見の神の身体は天と地が何度もひっくり返りながら水切りの石のように海上を跳ねていく。

「はっ、えげつねえ！」

吹き飛ばされながらも何とか態勢を整えた鶴見の神に向かって、因幡《いなば》の白ウサギのように何頭ものイルカを踏んで接近してきた旭の神は『化鳥風月』を一閃させた。さすがの鶴見の神も連続した攻撃には受け身を取るのも限界を迎え、海の深くに沈んでいく。

「素晴らしい、ムシュー旭！　あの一撃ならよほどのことがない限り浮き上がっては来ない！　これで邪魔者が一人減ったというわけだ！」

「あっひゃっひゃ！　金沢、あちらを見なさい！」

金沢の神たちが協力して鶴見の神に連携の攻撃をしかけている間、保土ケ谷の神と栄の神を乗せた鯨は扇島を抜けて鶴見区に接岸しようとしていた。

「これが真の狙いですか！　なんて狡猾な！」

前座のつもりで用意した保土ケ谷の神に前座扱いされたことで、磯子の神は笑いながらも悔しさを滲ませている。

「抜け駆けなど許すものか！　ムシュー港南！　急ぐのだ！」

針路変更を指示した途端、海中で爆発が起きた。今までにない大きさの爆発は海水を上空まで吹き上げ、空に舞い上がった水はやがて重力に引っ張られて雨のように神々に降り注いだ。

「はっ！　これでおしまいか？　まだまだ物足りないぜ！」

全身で呼吸をしながらも、鶴見の神は周囲に降り注ぐ海の雨を瞬時に蒸発させ、火口から沸き立つような熱い湯気を身にまとっている。港南の神に無数の火球をお見舞いした後、自陣に近づこうとする鯨の影を見て、鶴見の神は叫び声を上げた。

「誰の許可で、上陸しようとしてやがるんだよ、てめえら！」

「いかん！」

危険を察知し、神々を乗せた鯨に近づこうと旭の神が指笛を鳴らしてイルカの道を作り出した時には、すでに巨大な火球が保土ケ谷の神と栄の神に襲いかかっていた。

「ほ、保土ケ谷さん！　う、後ろ！」

熱に気付いて栄の神が背後を向いた時、火球は海水を瞬時に蒸発させ、落ちてきた太陽のようにまばゆい光を放っていた。保土ケ谷の神の背中にしがみついていた栄の神は、火球が直撃する直前、手を無理矢理剝がされて、前方に蹴り飛ばされた。

「何を……」

次の句が栄の神から放たれることはなく、視界には炎に直撃されて爆発を起こし、海に放り出される保土ケ谷の神の姿が映し出されていた。黒焦げになった保土ケ谷の神は水しぶきを上げて海に沈んでいき、兄に向かって呼びかける旭の神の声が遠くから聞こえてくる。上陸は目前で、旭の神に訓練された鯨は背中でどれだけ巨大な爆発が起きようとも動じることなく海を泳ぎ続け、このましがみついていれば目的を達することは可能だった。

だが、爆発する光景の次に栄の神が目にしたのは、鯨の背中を蹴って海に飛び込んでいく自分の足であった。真っ暗な海に沈んでいく保土ケ谷の神に向かって、何とか両手と両脚をばたつかせながら接近を試みようとしている自分が、なぜこんな衝動に駆られたのかは分からない。今はただ無心で凍るように冷たい水の底を進んでいくことだけが栄の神の心を突き動かしていた。

「兄者！　栄殿！」

旭の神の命を受けた忠実なる鯨は、埋め立て地の近くで動きを止めたが、その背中に神々の姿はなく、真っ暗な海は気泡を一つも浮かべず、緩やかに揺れていた。

第五章　宮中編

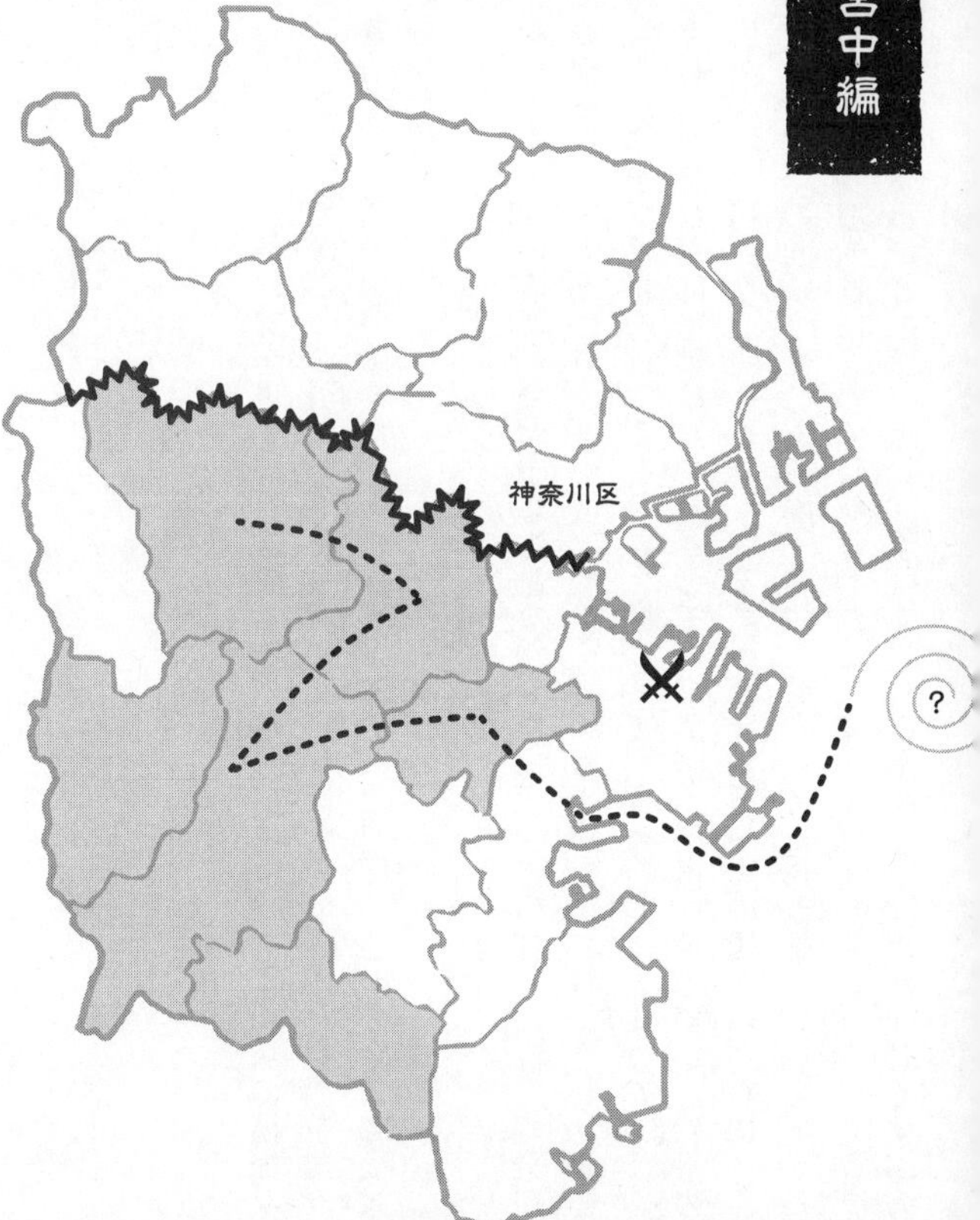

磯臭いにおいが、保土ケ谷の神を現実に引き戻した。目の前には、タイル状の模様が広がっている。壁紙にしてはごつごつとしており、よく見れば動いている。視界を覆う靄《もや》を瞬きでかき消すと、真っ黒い瞳を持つ大きなカメにじっと見下ろされていることに気付いたのであった。

「カメェェエッー！」

枕元に大きなウミガメがいることなど予想もしなかった保土ケ谷の神は、慌てて飛び起きるが、眠る神を見守るようにじっとしていたウミガメは大声を出されても一切動じず、泰然自若《たいぜんじじゃく》とした様子で前足をぴょこぴょこと動かして、奥へ行ってしまった。

床と壁が大理石で囲まれた部屋はひんやりとしていて薄暗く、奥に続いている鉛丹《えんたん》の塗られた赤い橋が灯籠《とうろう》の明かりで照らされているのが見える。中央の橋から左右にいくつも橋が延びており、その向こう側にある障子の張られた戸では影が揺れていた。かつての遊郭を思わせるような光景に思わず目を奪われてしまった保土ケ谷の神だったが、全身ずぶ濡れになっていることを思い出し、急いで辺りを見回した。横に同じくずぶ濡れになったまま横たわる栄の神を見つけると、首筋に手を当てる。かすかに脈はあったが意識は回復していない。

「おい、しっかりしろ！」

上半身を抱き起こして、青白い顔をしている栄の神の頬を軽く叩きながら保土ケ谷の神は叫ぶ。

「俺が分かるか？　おい！」

苦しそうに声を上げて額に眉を寄せながら、栄の神はぼうっとした様子で目を覚ました。必死に呼びかけているのが保土ケ谷の神だと分かり、安心して全身の力を抜いたかと思えば、直前の記憶が次々と蘇ってきたのか見る見るうちに気色《けしき》ばんでいき、目に涙を浮かべながらむくりと起き上がるや、栄の神は自分を介抱しようとする神の首を力一杯締め上げていた。

「な、何しやがる」

赤くなる視界の先で保土ケ谷の神が見たのは、本気で怒る栄の神の姿だった。

「それはこっちのセリフですよ！　どうして泳げもしないのに、私をかばうような真似をしたんですか！」

開口一番に怒られてしまい、保土ケ谷の神は抵抗すらできずにいる。

「自分を犠牲にして誰かを助ければ、あなたは満足するかもしれませんが、それをされた方の気持ちを考えたことはあるんですか？」

勢いで怒鳴りつけてしまっていたことに気付いた栄の神は、はっとして首から手を離し、保土ケ谷の神は呼吸を整えながら言う。

「お前こそどうして海に飛び込みやがった。あの時はお前と二人で爆発に巻き込まれるか、お前一人を残す以外に道はなかったんだ。最善策を採ったってのに、これじゃあ台無しだ」

呆れた様子で保土ケ谷の神は言うが、栄の神の怒りは収まる気配がない。

「保土ケ谷さん、あなたの後ろで色んな作戦を見てきましたが、どうしても私には解せないところがあるんです。あなたの考える作戦はどれもその場しのぎで、ぶっつけ本番だからこそ、相手も策が読みにくくて結果としては成功しています。ですが、お姉ちゃんを助けた時も、私をかばった時も、あなたは自分の命をいつでも捨てていいものだと考えていませんか？」

冗談交じりで嚙み付いてくるいつもの栄の神の様子とはまるで異なった口調に、保土ケ谷の神は口をつぐんでしまう。

「私は保土ケ谷さんほど知略には長けていませんし、未熟なのは承知しているつもりです。それでも、勇敢さと無謀なのは別のはずです。今回にしたって、あなたは自分のことを軽視しすぎています。自分を大切にできない人に優しくされるのは、傷付けられるのと同じことです。あなたにかばわれて生き延びたところで、自分が無力だという事実を突きつけられるだけなんです。私だって、一応土地神です。自分の身の処し方くらいわきまえています。保土ケ谷さん、初めに言っていたじゃないですか。足手まといになるなら容赦なく切り捨てると。そのチャンスはいくらでもあったはずです。これ以上自分を傷付けるようなやり方を続けるのなら、私を置いていって構いません。もうこんな思いを味わうのはまっぴらご免です」

ここまで本気になった栄の神を見たのは初めてのことで、保土ケ谷の神はむずがゆくなった首の後ろを掻くことしかできなかった。髪が指に触れ、ずぶ濡れの姿に目をやると、ご自慢の大洋ホエールズのベースボールシャツが所々焦げてしまっていることにようやく気付いた。

異界へ続く道にも見える奇妙な部屋は、噂に聞く天界の門前で、任務中に死んだ土地神を昇天させる場所だと推測すると妙に納得がいく。怒れる栄の神の矛先《ほこさき》を逸らすように、保土ケ谷の神は立ち上がって言った。

「ここは一体どこだ？　もしかして本当におっ死《ち》んじまったか？」

橋の向こうから、ゆらりと人影が近づいてくるのが見えた。紺色の着物の上に羽織をまとった背の高い男が、閉じた扇子で左手を叩きながらぶつぶつと何かを呟いている。

「またレオナルドなのかい？　あちこちからおもちゃを拾ってこなくていいと何度言ったら分かるんだ。片付けるのは僕なんだぞ。まったく、これじゃあ何のための休暇なんだか」

大あくびをしながら近づいてきた男は、来客に気が付くと露骨に腰を引いた。

「げっ！　保土ケ谷に栄！」

「神奈川[28]さん！」

　とてもリラックスした姿で現れた神奈川の神を前に、栄の神はほっとした様子で声をかけた。保土ケ谷の神の鋭い視線に戸惑いを見せる神奈川の神は、扇子を開いて口元を隠しながら言う。

「何をそんなに険しい顔をしているんだい、物騒だな。来るなら来ると事前に言っておいてくれればいいのに。そうすればきちんとお断りしたものを」

　見慣れない景色に目をやりながら、保土ケ谷の神は厳しい口調で言う。

「こんなところで何をしている。ここはどこだ。俺たちはどうしてここに連れてこられた。お前の狙いは何だ」

　深いため息をつき、邪気を払うように扇子を振りながら神奈川の神は言う。

「そんなに沢山質問をしないでおくれよ。びっくりしているのは僕も同じなんだ。見たところ、すんごく面倒くさそうな事情を抱えてそうだね、君たち」

　濡れている点はまだしも、全身が焦げ付いていて目が血走っている保土ケ谷の神を見ているだけで、神奈川の神は疲れてくる。

「そりゃあ、こんな大騒ぎがあればだな……」

　事情を話そうとする保土ケ谷の神を、神奈川の神は遮る。

「ああ、ストップストップ！　もうそれ以上話さなくていいから。超面倒くさそうなにおいがぷんぷんするもの」

一切の関わりを持とうとしない神奈川の神に、呆れた調子で栄の神は言う。

「なんなんですか、この神は。まるでやる気というものを感じません」

「横浜一のマイペース、神奈川の神とはこいつのことだ」

再び大あくびをして、半眼のまま神奈川の神は背中を向けた。

「よし、このことはお互い忘れることにしよう。どうせ今年の忘年会で顔を合わせることになるだろうし、今日のところはお引き取り願えないかな。僕は念願の長期休暇をさあこれから満喫するぞっていう時だったのに、鬼気迫った君たちの顔を見ていると、せわしない気持ちになってへとへとになっちゃう。ミケランジェロ！　お客様のお帰りだ！　帰りの準備をしてやってくれ！」

神奈川の神がそう叫ぶと、さっきとは違う種類のウミガメが奥からぴょこぴょことやってくる。追い出されそうなのに気付いて、保土ケ谷の神は慌てたそぶりを見せる。

「おい、待て！　そもそもお前が俺たちをここまで連れてきたんじゃないのか？」

顔をしかめながら、神奈川の神はうなだれる。

28　**神奈川区**　横浜市の中央東部に位置する区。一九二七年に区制施行。人口は約二四万人で市内六位。面積は約二四㎢で市内九位。江戸時代には東海道神奈川宿が置かれ、程ケ谷、戸塚と同じく街道を賑わせた。浦島太郎伝説発祥の地としても知られる。

「どーして僕がそんな厄介ごとに巻き込まれるような真似をするのさ。君たちを連れてきたのはレオナルドだよ。あの子は海に落っこちてくる変わったものを、ここに持ち帰る習性があってね。コンクリート詰めにされたドラム缶とか、やけにリアルな石膏の人形とかをお土産にするものだから僕も困っているんだ」

一瞬気の毒には思ったものの、論点がすり替えられていることに気付き、保土ケ谷の神は冷静になってツッコミを入れる。

「いやいや、土地神が二人も海に沈んでいる状況は、どう考えても普通じゃないだろ！お前も横浜の土地神として、同胞が海に沈んでいるのはおかしいと思わないのか？」

ウミガメの甲羅を優しく撫でながら、神奈川の神は言う。

「変だなとは思うよ、もちろん。でも、僕は今長期休暇中でね。半年前から休暇申請書を大神様と天界の事務局にも提出して、待ちに待った休みなんだ。僕は君と違ってだらだら働くのは好きじゃないから、土地神として働く時間と休む時間はきっちり分けている。そもそも、横浜の土地神は大ざっぱなのが多いから、諸手続きの申請や書類の管理を実質僕が代行してあげているのを忘れたわけじゃないよね？」

「うっ、それは、確かにそうだが」

「僕はきちんと言われた業務をこなしてきた。今の休みというのは、僕の労働に対する正当な権利であって、これは大神様だろうが巨神様だろうが侵害することはできない。休暇中に仕事をするなんてもってのほかだ」

諸々の雑務を、神奈川の神に任せてしまっていることへの心苦しさはあったものの、だからと言って引き下がるわけにもいかず、保土ケ谷の神は意を決して言った。

「横浜大戦争が起きてる、ってのに休暇もクソもあったもんじゃねえだろ！」

不穏な言葉を耳にして、即座に神奈川の神は両手で耳を塞ぎ、奇妙な声を上げる。

「あーあー、きこえなーい。今何かものすごく不穏な単語が聞こえた気がしたけど、何も聞こえなかったぞー僕は」

「お前それでも土地神か！」

「……保土ケ谷さんにまで言われるのはよほどのことですよ、これは」

栄の神の冷たい言葉にもめげずに、神奈川の神は咳払いをする。

「いいかい、土地神ともあろう存在が休日返上で働きに出るなんて時代錯誤も甚《はなは》だしいよ。過剰な労働は身を滅ぼすだけだ。この国の特徴なのか、土地神の性分なのかは分からないけど、君たちはそもそも働き過ぎだよ。言い換えれば休暇をナメている。自分をどれだけ過大評価しているか知らないけどね、人も神もきちんと休息を取らなければ使い物にならないんだ。一時《いっとき》に消費できる生命の運動量には限界値があるのに、君たちはそれが無限にあると思い込んでいる節がある。年間で十ある運動量を一ヶ月ずつ適量に消費すれば効率的なペースで働けるし、何より身体にも精神にも負担が少ない。けれど君たちときたら十しかない運動量を、百だの千だのと思い込んで、しかもそれを一年で消費しようとする。消費した年は確かに成果が出るかもしれないけど、それは未来の運動量を借金して得た対価であって、後で必ずツケが回ってくる。身体を壊したり精神を病んだり、企画そのものを潰してしまったりね。己の運動量を把握していない勤勉家ほど、タチの悪い存在はいない。結局、そういう一時的な衝動に駆られて後先考えない行動が、後々足を引っ張ることになるからこそ、長期的な運用を考えれば、適切な休暇というのは絶対に必要であって、それは怠惰でも何でもない。ああ、もうこんな長台詞《ながぜりふ》を喋ったせいでとんでもない運動量の浪費をしちゃったじゃないか。こりゃあ追加休暇申請を提出しないと」

筋の通った意見にぐうの音も出ない保土ケ谷の神であったが、論旨をすり替えて言う。

「お前の労働論にケチを付けるつもりは全くない。どちらかと言えば俺もお前と同じように働きたくない性質《たち》だから気持ちはよく分かる。んが、今はどう考えても超法規的な手段が必要になっている」

身をよじらせながら苦悶に喘ぎ、何度も深いため息をついてから、神奈川の神は大変不機嫌そうに声を絞り出す。

「……じゃあ一応訊くけど、なんで君たちは海に落っこちたの」

「海の上で鶴見と一戦交えていたんだ。金沢や旭たちに鶴見を引きつけてもらい、俺とこいつで鶴見区に上陸しようとしたところでやつの火の玉に命中し、海に落ちちまった。本当ならこいつだけでも上陸できたのに、何をとち狂ったか俺を追って海に飛び込みやがってこのざまだ」

「まだ反省が足りないみたいですね！　あなたの自己犠牲の精神にはうんざりなんですよ！」

「助けてやったってのに、なんだその言いぐさは！」

「なんですか！」

またしても火花を散らす二人を見て、心から辟易して神奈川の神は言う。

「これ以上やかましくするなら、ほんと帰ってくれないかな。ただでさえ聞きたくもない話を聞かされているんだから」

「ああ、すまんすまん」

目を閉じて、神奈川の神は言う。

「なんで君たちが鶴見と喧嘩しているの？　何かあった？」

あまりにも自然に尋ねてきたことに驚いたのは、栄の神だった。

「何かあったも何も、神奈川さんは聞かなかったんですか？　大神様が横浜一の土地神を決める大戦争を始めると、宣言なさったんです」

腕を組んで首を傾げながら、記憶を遡って神奈川の神はぽんと手を叩く。

「そういえばそんなこと言っていたね。あれ、本気だったんだ」

呆れた様子で保土ケ谷の神はいぶかしむ。

「お前はおかしいと思わなかったのか？」

「もちろん思ったさ。でも、宣言があった日は、ちょうど僕の休暇が始まる日でもあったんだ。時間外労働は僕が最も嫌う習慣の一つでね。戦争だろうが何だろうが、僕は自分の権利をきちんと行使させてもらったわけ」

がっくりと肩を落として、保土ケ谷の神はため息をつく。

「俺にもお前くらいの傲慢さと胆力があれば……。結局、ジジイの茶番に付き合っちまっている自分が情けない」

「いや、ここまで融通が利かないのもどうかと思いますけどね」

白い目で見つめてくる栄の神を軽やかに無視して、神奈川の神は感心して言う。

「わりとみんなマジで戦っているんだ、大変だね。あ、だから緑が僕の所にやってきたのか」

「おい、緑が、ってのはどういうことだ。お前がたぶらかしたんじゃないのか」

聞き捨てならない情報を耳にして、保土ケ谷の神は目を光らせる。

「この別荘にやってくる直前にさ、突然緑がやってきて力を貸してくれ、って言ってきたんだよ。横浜大戦争がどうのこうのって言っていたんだけど、僕はもう休暇期間に入っていたからテキトーに受け流してたんだよね、営業時間外だって言って」

「なんだか保土ケ谷さんがマシに思えてきましたよ」

珍しく褒められた保土ケ谷の神は、首を横に振る。

「こいつで俺を見直さないでくれ」

「本来ならとっととお引き取り願ってもらうんだけど、緑もしつっこくてさ。泣きわめめくし、港北の所に行けばいいじゃないかって言っても迷惑はかけられないとか言っちゃって、僕ならいいのかよって話だよ、まったく。埒があかなかったからちょっとだけ力を貸して、あとはもう全部ほったらかしにして辛くもここに逃れてきたというわけ。少しは同情してくれたっていいと思うんだけどな」

まったく共感できなかった神々は、改めて立派な作りの部屋に目を向ける。壁の一部がガラスになっていて、タコや小魚が通りすぎていくのが見える。窓に近づいた栄の神は、ガラスの向こうで泳ぐ生き物にすっかり目を奪われてしまう。

「うわあ、魚がいっぱいいますよ！　そういえばここはどこなんですか？」

「竜宮城だよ」

事も無げに言うが、保土ケ谷の神は口をぽかんと開けている。

「実在したのかよ！」

肩をすくめながら神奈川の神は言う。

「本当は誰にも教えたくなかったんだ。特に君たちを誘うとうるさくなって休暇にならなそうだからね。言っておくけど、ここであんまり騒いだり、調子に乗ったりするのはおすすめしないよ。昔、ここに迷い込んでらんちき騒ぎを起こした世間知らずの人間がいてね。怒ったここのオーナーが、老化促進の香をお土産に渡して後々不幸にしたらしいんだ。言わばここは会員制のホテルみたいなものだから、くれぐれもショナイで頼むよ」

「ショナイ……」

神奈川の神のマイペースぶりにすっかり乱された栄の神は言葉を失ってしまう。諦めたように鼻から息を吐きだした神奈川の神は、橋を渡っていく。

「仕方ないな、玄関で喋るのも何だから案内するよ。おーい、ドナテロ。応接間にシャンパンを用意しておいてくれ。君たちも服は洗って乾燥機にかけておくから、その間バスルームにあるローブでもシャツでも適当に着てくれて構わない」

バスルームの場所を指示する間を、またしてもウミガメがのしのしと横切っていく。意外に陸を速く進むウミガメを見て、保土ケ谷の神は首をかしげる。

「ところで、さっきから呼んでるレオナルドとかドナテロってのは何なんだ」

きょとんとした様子で神奈川の神は、頭上に疑問符を浮かべる。

「何なんだ、ってここの従業員のカメに決まってるじゃないか」

「それは分かるんだが、どうしてこう西洋チックなネーミングなのかな、と」

「カメの名前と言ったら西洋の画家から拝借するのが相場と決まっているじゃないか。何を言っているんだい君は、まったくもう」

「そういうものなのかな」

着替えを終えた保土ケ谷の神と栄の神がウミガメに案内された部屋は、赤い絨毯《じゅうたん》が敷き詰められ、柔らかそうなソファの正面に大きな液晶モニターと大小様々なスピーカーが並び、その背後は全面ガラス張りの壁になっていて深海の様子がよく見えた。錫《すず》製のワインクーラーの中に入れてあったシャンパンボトルをナプキンで摑んで、神奈川の神は背の高いグラスに泡立つ酒を注いでいく。

「東京湾にも魚がいるんですね。そういえば、私たちを運んでくれた鯨さんは無事なんでしょうか。あ、見て下さい！　今大きい魚が横切りましたよ！」

すっかり水族館気分で魚を観賞している栄の神を横目に、神奈川の神は保土ケ谷の神にシャンパングラスを渡す。

「海に落っこちてきたのが君なのは意外だな。鶴見とか西とか、あるいは旭あたりが沈んでくるならまだしも、君は横浜の土地神の中でも僕と同じ種類の神だと思っていたんだけど」

乾杯はしたものの、保土ケ谷の神はグラスに口を付けず、気泡が消えていくのを見つめている。それを見て、神奈川の神は背を向けた。

「横浜大戦争と聞かされて、君にも思うところがあったのかな」

シャンパングラスを神奈川の神に手渡された栄の神は、うきうきしていた気分からはっと我に返り、自分の中にあるもやもやとした問題が解決しないまま、ここまでやってきてしまっていることを思い出した。保土ケ谷の神は何も言わずに黙ってソファに座り込んでいる。栄の神は黙り込む保土ケ谷の神と、それを見ながらシャンパンを飲む神奈川の神の二人に向かって口を開いた。

「ずっと、気になっていることがあるんです」

ガラスの向こうで魚の群れが通りすぎていったが、それに気付いた神は誰もいなかった。

「昔、こんな噂を耳にしました。かつて、保土ケ谷の地を司る神、天界と対を成す冥界に送られん、と」

保土ケ谷の神は沈黙を保ち、神奈川の神は食卓の椅子を持ってきて腰をかけた。

「一九八六年、私は栄区の誕生と共に、現世へ顕現しました。来年で、ちょうど三十年が経ちます。今では青葉[29]さんと都筑[30]さんという二人の後輩もできましたが、それでも横浜の土地神としては若輩者です。横浜大戦争が起きたと聞いて、私は勝とうと思うより、どうしたらやられないで済むかと考えてしまうあたり、力には自信がありません。仮に横浜の名を冠する土地神になったとしても、分不相応なのは承知しています。栄区は、鎌倉と横浜の境界に位置していて、目立った名所はありませんし、人口も面積もみんな普通です。地味と言われてしまえば、腹は立ちますが返す言葉はありません。それでも、私は自分が司る地も民も愛しています。私が顕現する前は、どのような民が住み、歴史が育《はぐく》まれてきたのかを知りたいとも思っています。考古学を研究するようになったのも、その理由の一つです。民に話を聞いたり、図書館に通ったり、栄の地に何があったのかを知る努力は欠かさないでいるつもりですが、やはり土地神として、人よりも長い時を生きてきたお二人に、見識では敵《かな》いません」

海の底から気泡が浮かび、ぼんやりと光る海面に向かってゆっくりと舞い上がっていく。深く呼吸をして、気持ちを落ち着かせてから栄の神は再度口を開いた。

「かつて保土ケ谷さんに何があったのか、私たちのような若い神に語ろうとしないのは、皆さんが私たちを厄介ごとに巻き込ませないよう、よかれと思ってのことなのかもしれません。でも、私は未熟な神として、いえ、未熟な神だからこそ、皆さんが用意してくれた結論を鵜《う》呑《の》みにするのではなく、自分の目と耳で知ったことを、自分の頭で考えたいのです。たとえそれで皆さんと同じ結論に至ったとしても、それは私にとってとても意味のあることだと思うんです。この件について質問することは、保土ケ谷さんを傷付けてしまうかもしれません。でも、もしも保土ケ谷さんに何か抱えている傷があるのならば、それを私たちにも共有させて下さい。もう、何も知らされないまま、右往左往するのは嫌なんです」

かすかに瞳を湿らせた栄の神を見て、神奈川の神は自分の髪の毛を指でくるくるとい

29　青葉区　横浜の最北部に位置する区。一九九四年に港北区と緑区を再編して区制施行。人口は約三一万人で市内二位。面積は約三五㎢で市内二位。横浜の中で最も新しい区の一つであり、東急田園都市線沿いの新興住宅地は都内へのアクセスも優れていることから人気も高い。

30　都筑区　横浜の北部に位置する区。一九九四年に港北区と緑区を再編して区制施行。人口は約二一万人で市内八位。面積は約二八㎢で市内七位。青葉区と並び最も新しい区の一つであり、港北ニュータウンを形成している新興ベッドタウン。横浜市歴史博物館の所在地。大塚・歳勝土遺跡は国内でも珍しい弥生時代の環濠集落とされる。

じりながら言う。

「別に、秘密にしていたわけじゃないよ。ただ、何となく話す機会もないまま、今の今まで来ちゃった、って感じかな」

シャンパングラスを栄の神に傾けて、神奈川の神は静かに語りかける。

「君も三十になるのか。月日が経つのは速いものだね。いいだろう、僕も時を司る神として、若い世代に過去を伝える義務がある。構わないだろう?」

そう告げると、保土ケ谷の神は手つかずのシャンパングラスをテーブルに置いて言った。

「洗濯物が乾いたか見てくる」

部屋の扉を開けて出て行く保土ケ谷の神に向かって、栄の神は立ち上がって呼びとめる。

「保土ケ谷さん!」

返事はなく、しゅんとする栄の神に神奈川の神は座るよう促す。

「いいさ。僕らが蒸し返さなくとも、彼は自分の中で何度も考えていることだから」

ブルーチーズののったクラッカーを摘まんで、神奈川の神は口に運んだ。

「僕が横浜の地に顕現したのは一九二七年。今からざっと九十年も前で、横浜市に初めて区制が導入された年だった。僕ら土地神は、神といっても初めから大地に根を生やしているわけじゃない。人間が新しい生活区分を定めた時、その地に適応しそうな土地神の候補生を、天界から地上へ顕現させることで初めて土地神となる。どうしてそんなことになっているのか、いつからこんなことが始まったのかは、人類が己の出自を知らないのと同じで、僕らにもよく分からない。ともかく、候補生だった僕らは当時まだ若かった横浜の大神に召喚されて、横浜に新しく生まれた区を司る土地神として誠心誠意働くよう命じられた。けんかっ早い鶴見、実験マニアの磯子、みんなの世話役の中、それに僕と保土ケ谷の五人はその頃からずっと横浜にいるんだ」

「もっと古い土地神もいるんですか？」

「もちろん。僕らが顕現した頃は、古くから武蔵国《むさしのくに》や相模国《さがみのくに》の一部を司っていた橘樹《たちばな》[31]の大神や久良岐《くらき》[32]の大神といった僕らの教育係を務めてくれた神もいたんだ。郡が消滅したことで彼らも役目を終え、天界へ戻っていったけれどね。すごく世話になったから、彼らが去ると知った時は、みんな泣き腫らしたものだよ」

「私の知らない方々も沢山いるんですね」

「ただ、昔から沢山の土地神がいたわけじゃないんだ。今、日の本の人口は一億二千万

31　**橘樹郡**　律令制により、武蔵国橘樹郡として成立。現在の川崎市のほぼ全域と横浜市の北部に位置する。一八七八年に郡制施行。一九三八年消滅。

32　**久良岐郡**　律令制により、武蔵国久良郡として成立。現在の横浜市南部に位置する。一八七八年に郡制施行。一九三六年消滅。

くらいだけど、明治が始まった頃はせいぜい三千万くらいで、行政区画の数も今よりずっと少なかった。何より江戸から明治までの間は新しい町が生まれたり、国の根幹が変わったりするようなことはほとんどなかったから、土地神もまあのんびりとやっていたんだよね。でも、明治政府が樹立して、廃藩置県が行われると、国の在り方が幕藩体制から近代的な中央集権体制に変わったせいで、土地神もほぼ全員が異動になったり引退したりと、それはもうてんやわんやだったらしいよ。加えて西洋文明が入ってきたことで生活や文化の水準が格段に上がるにつれて人口も増えていったから、人間が住む領域も拡大していってね。新しい市や区ができる度に、天界から候補生が送られていって、人口増大と比例するように土地神の数も増えていったというわけ。土地神の数だけで言えば、昔より今の方がずっと多いと言えるだろうね」

「なるほど」

神奈川の巨神と同じ名を持つ神奈川の神の昔話には説得力があり、栄の神は真剣に耳を傾けてしまう。

「とは言ってもさ、いきなり地上に呼び出されて守護をしろと言われたって、何をしたらいいか分からないじゃない？　今は天界が色々と教えてくれるみたいだけど、僕らの時代は出たとこ勝負みたいな感じだったから、ほとんどほっぽり出されるように横浜に召喚されて、途方に暮れちゃったわけよ。だから僕らはそれぞれの借家に毎晩集まってこれからどうしようか会を開催し、とりあえず民の生態を知ろうと結論を出して、片っ端から飲み屋を渡り歩いたんだ。いやあ、今だったら絶対逮捕されていると思うよね、ほんと。関内に出てはあらゆる飲み屋の酒樽を空にして、汽車の無賃乗車は当たり前だし、酔っ払った水夫と本気の殴り合いはするわ、陸軍の軍事演習に忍び込んで銃をかっぱらうわ、大使館に侵入して高そうなウィスキーを飲むわ、みんなでアヘンを試してベロベロになるわ、釣り船を盗んで千葉まで行くわ、僕らも何が正しくて何が間違っているのか分からなかったから、毎日のように大神様に怒られていたよ。あの中でさえ、結構な粗相をしてるからね、言ったら殺されるけど」

「信じられません！」

過去の蛮行を思い返して苦笑いを浮かべていたものの、神奈川の神は懐かしさを覚えていた。

「一九二七年は昭和が始まったばかりで、関東大震災[33]からようやく復興しかけてきて、モボ・モガのファッションが流行《はや》ったりとモダンな雰囲気もあったりして、結構楽しい時期ではあったんだよ。長くは続かなかったけれどね。三〇年代に入ると世界恐慌の影響で、どの国もむっつりするようになり、血生臭い話が増えるようになった。戦争の時代に、僕らも巻き込まれていくんだ」

33　**関東大震災**　一九二三年九月一日一一時五八分に発生したマグニチュード7・9の巨大地震。死者は推計十万人強とされる。

首をこきこきと鳴らして、神奈川の神は続ける。

「これは昔から変わらない大原則だけど、土地神は人事不介入が絶対なんだ。何千年も昔は土地神が人間社会を統治したこともあったみたいなんだけど、やっぱり神は天界の生き物だし、地上は民のものだからね。ただ、近代化を経て戦争の規模が拡大し、戦渦に巻き込まれてこの世を去る民の数が桁《けた》外れに多くなっていくと、土地神の世界も揺れたんだ。僕らは地上へ降りる際に神器を託される。この力を用いれば、人間の戦争を止めるのはたやすい。アメリカ南北戦争から第一次大戦ぐらいの時期にかけて世界の土地神の間で、土地神が人間の戦争を止めるために神器を用いるべきかどうかの大論争が巻き起こるようになったんだ。地上に生きる民の繁栄と安寧を願うのが土地神の役目だとするならば、常軌を逸した戦争行為で人口減少が起きるのを黙認するのは原則に反する、というのが介入派の意見。もう一つは、天災も疫病も戦争もすべては人に等しく訪れる試練であり、土地神はそれらの不条理に翻弄されながらも生きようとする人間を見守り続けるのが義務である、という穏健派の意見。どちらとも正しさがあるし、完璧とは言えない。人類が戦争に参加するかどうか苦境に立たされていたように、僕ら土地神も人間の戦に介入するか否かの瀬戸際に立たされていたんだ」

空になった自分のグラスにシャンパンを注いで、神奈川の神は言った。

「僕ら横浜の土地神は、横浜港から出征する多くの民を見送りながら、土地神としてどう考え、いかに行動するのが正しいのか、まとまった答えが出ないまま、ただ民が死地に赴《おもむ》いていくのを見ているしかできなかった。太平洋戦争が勃発《ぼっぱつ》した頃は、横浜の土地神でも介入派と穏健派が分裂するような事態にはなっていなかったんだけど、時代が進むにつれて僕らの間に亀裂が入っていく」

栄の神は冴えすぎてしまっている頭を冷やそうと、シャンパンを一気に飲み干し、アルコールが緊張をほぐしてくれることを祈った。

「一九四五年の五月二十九日は、とても暖かかった。新聞やラジオから聞こえてくる連戦連勝の報告とは不釣り合いなほど配給が減っていても、空が晴れていれば洗濯物を干して、野草も摘みに行ける。小さな喜びを探しながら、何とか辛い日々を乗り越えようとしていたその日の昼、横浜は一瞬にして火の海になったんだ」

「横浜大空襲ですね」

当事者である神奈川の神から、今初めてその実情を耳にするとあって、栄の神は足がかすかに震えていた。

「関東大震災からようやく復興しかけていた街は、もう一度更地に戻ってしまったんだ。民の疲弊や戦況の悪化を耳にしても、人事不介入を決めていた僕らも、横浜大空襲を経て、意見の対立が深まっていった。民間人の虐殺を黙認できるはずがない、土地神は民を守護する神である以上、庇護下にある民に仇《あだ》なす存在には、相応の報いを与える必要がある。そう意気込んで、土地神の決起を企てたのが、他ならない保土ケ谷なんだ」

鼓動が調子外れの音を立て、身体を流れる血の巡りが速まっていくのを栄の神は感じていた。

「そんな！　だって、保土ケ谷さんはいつも寝てばかりいる、だらしない神なんですよ？　それに、人間社会には絶対に干渉しないと言っているのに」

「当時の保土ケ谷は、とにかくクソがつくほどの大まじめでね、二七年生まれの僕らを率先して仕切って面倒を見ていたのは、彼だったんだ」

立ち上がった神奈川の神は、マントルピースの上に並べてあったウィスキーの瓶を取ってグラスに注ぎ、ぐいっと一気に飲み干してしまう。栄の神はその姿を見て喉が焼ける熱さを想像したが、鼓動の高鳴りは収まらなかった。顔色一つ変えず、神奈川の神は話を続ける。

「終戦の直前は、日の本全土が空襲の被害を受け、各地で土地神決起の噂が流れていた。横浜大空襲が起きた時点で、横浜に顕現していた神は九名。決起を促した参戦派が保土ケ谷、鶴見、西の三名。参戦を頑《かたく》なに反対したのが、中、南、戸塚の三名。どちらでもない立場にいたのが、僕と港北と磯子。ちょうど綺麗に三つの勢力に分かれてしまったんだ。タイミングの悪いことに、三九年の前後に僕らを教育してくれた橘樹の大神や久良岐の大神、都筑の大神といった先輩たちはみな天界に戻されてしまい、唯一前の世代で残されていた先代の鎌倉の大神は、新しい鎌倉の大神と新体制の引き継ぎに時間を取られていたから、僕らを取りまとめられる存在が、まだ半人前だった横浜の大神しかいなかったんだ」

「それで、保土ケ谷さんは何をしたんですか？」

「横浜の大神は一貫して参戦に反対し、事態を見守る指示を出していた。だから、無闇に決起を主張しても立場を追われるのは明白なことを理解していた保土ケ谷は、東京や山梨、静岡といった近隣にいる参戦派の土地神と連絡を取り合い、神器や移動手段の準備が整い次第、アメリカに攻め込もうとしていたんだ。これは実際に計画されていたもので、今でも決起のために連絡を取り合った証拠が、天界の法律図書館に保存されている。もしも彼らが本当に海を渡っていたら、今の僕らはなかったかもしれない」

つばを飲み込んで、栄の神は尋ねる。

「なぜ失敗に終わったんでしょうか」

「広島と長崎に原爆が落とされて、土地神の参戦ムードはピークに達した。今まで中立の立場だった土地神も惨禍の現状に耐えきれず、介入やむなしという空気が日の本中に漂っていた。それでも、土地神の決起は実行されなかった。理由は凄く単純だよ、ポツダム宣言が受諾されたからに他ならない」

もう一度グラスにウィスキーを注ぎ、ガラスの向こうの深海を見つめながら神奈川の神は言う。

「人間が、これ以上の戦争継続を拒否すると、はっきり宣言したんだ。戦争が終わるとなれば、土地神が何も言う必要はない。僕らにとって、戦争の勝ち負けはどうでもよくて、無意味に民が死ぬ機会がなくなるのであれば、人間の判断を受け入れない理由はない。ただ、終戦だけでは納得できない土地神もいた。それが保土ケ谷なんだ。鶴見はある意味僕とよく似ていて、自分の理想より現実を優先する。彼が参戦派に回ったのはひとえに戦争継続を望まなかったからであって、戦争が終結すると決まったのなら、彼に反旗を翻《ひるがえ》す理由はなくなった。保土ケ谷は違った。無辜《むこ》の民が殺された痛みは、終戦という結果だけでは対価を払ったとは到底言えず、一矢報いない限り死んでいった民に示しがつかないと、アメリカ襲撃という考えを曲げることはなかった。終戦を機に参戦派の土地神は数を減らしたものの、終戦直後はまだ相当数存在していたから、対抗心が薄れる前に保土ケ谷と西は、残党をかき集めて再度、敵陣襲撃を目標とする戦争計画を企てた。これが実行直前になって発覚し、天界の執行官に逮捕された保土ケ谷と西は勾留されることになった」

今の姿からは考えられないような行動をする保土ケ谷の神を想像して、戸惑う栄の神は質問を続ける。

「でも、冥界に送られたのは保土ケ谷さんだけだと聞きました」

ソファに腰をおろした神奈川の神は、スリッパを脱いで、足の指を一本ずつ点検しながら言う。

「そう、最後の最後で保土ケ谷が裏切ったからね」

「どういうことですか？」

仰向けに寝転がると、神奈川の神はクッションを抱きかかえて言う。

「終戦後、参戦派の活動工作をしていたのは保土ケ谷と西だけだ。どちらも主犯格なのは間違いない。けれど、逮捕後に開かれた裁判で、保土ケ谷は一貫して自分の単独行動であったと主張し、西の関与は自分の強制によるもので、不本意だったと述べたんだ」

この言葉を聞いた時の感情は、栄の神にとって間近に覚えたものに似ていた。

「保土ケ谷さんは昔から変わらないんですね。自分が厄介ごとをすべて抱え込めばそれで解決すると考える、悪い癖です」

神奈川の神は続ける。

「西は当然それを裁判で否定し、自分こそ率先して作戦を企てたと主張した。作戦の立案や同志の集結など大半の主導権は保土ケ谷が握っていたのは僕らも知っていたけれど、彼一人で罪を被ろうとする主張には無理があると思っていた。当時は、終戦に反対しようとした土地神に対する裁判があちこちで開かれていたんだ。下された判決は、保土ケ谷の冥界追放と、西の謹慎という極めて隔たりのあるものだった。直ちに西は控訴したけれど、保土ケ谷は冥界追放を受け入れ、西の控訴は棄却された」

しばらく黙ってから、栄の神は言った。

「もしも私が西さんだったら、すごく腹が立っていると思います。アメリカを襲撃することには賛成しませんが、それでも志を同じくした相手に、実は全部自分が巻き込んだことであなたには責任がないと言われてしまったら、それは信頼されていなかったと言われているのと同じことですから」

暗闇を写し出す液晶モニターに反射した自分を見ながら、神奈川の神は言う。

「二人の判決が出た後、僕らはすぐに減刑の嘆願書を天界に提出しようとした。保土ケ谷は、誰かを殺したわけじゃない。計画を企てただけで、冥界に追放されるのはいくらなんでも量刑が重すぎる。それに、僕らは保土ケ谷たちの考えに、真っ向から反対していたわけじゃない。絶対に戦争には干渉しないと宣言していた中でさえ、激情に駆られる気持ちは責められないと言ったんだ。嘆願書は、横浜の土地神の連名で提出する必要があった。ただ、保土ケ谷が恩赦を受けて横浜に帰還するまで、僕らが一度も天界に嘆願書を提出できなかったのは、西が書面にサインするのを拒み続けたからなんだ」

栄の神は言葉を奪われていた。もしもその時自分がその場にいたら、どのような選択をしていたのか、それが本当に正しいのか、確実なことは何もなかった。

「西さんは、どんな気持ちだったんでしょうか」

「西が横浜に顕現したのは、一九四四年の四月。戦争で疲弊しきり、民には活気がなく、土地神が互いを探り合う時期に横浜へやってきた彼に対して、僕らは同じ土地神として、今の若い土地神のように手厚く面倒を見てあげられたわけじゃないんだ。民と同様に、あの頃は土地神の世界も二分するような事態に見舞われていて、土地神として僕らがどうあるべきかを、当時の彼に伝えられるものは誰もいなかった。西は、平時を知らない時代に生まれ、普通や平和といった感覚を、想像で補わなければ知ることができない厳しい立場にあった。彼が限りなく軽い刑で済んだのは、育った環境が考慮されたからなんだろう。みんなが右も左も分からなくなっていた時期に、民のために土地神の力を発揮しようとしていた保土ケ谷は、西にとって雄々しく見えたはずだ。民がむざむざと死んでいく状況を変えるにはもはや土地神が力を貸すしかない。飢えと暴力に苦しむ世界を早く終わらせて、平和の道を歩むには、天から与えられし力を行使することこそ唯一の活路である。僕や磯子はつかみ所がないから、西にはあまり影響を及ぼさなかったけど、当時の保土ケ谷の主張は無垢《むく》な西に多大な影響を与えた。姉である中は穏健派だったことを考えると、保土ケ谷の方がずっと西の心情を理解してくれる立場だったんだ」

空になったグラスについた気泡が消えるのを見ながら、栄の神は言う。

「それでも、西さんは嘆願書に名前を書かなかった」

「僕らは西に署名をしろと、強くは言えなかった。保土ケ谷にも、西にも罪を背負わせてしまったように感じていた僕らが、傷付いている西にかけられる言葉を見つけられなかったんだ。やがて世界が平和条約を結ぶようになり、破壊から再生の時代に変わっていくともうアメリカ襲撃という考えはすっかり過去のものとなり、新しい土地神もどんどん増えてきて、僕らは日常へ回帰していったんだ。西も急激に進歩する横浜を理解するのに没頭するにつれて、本来の土地神としての仕事を覚えていくようになった。変わりゆく時代の速さが、過去の痛みを和らげ、新しい土地神や民に多くの希望をもらいながら、僕らの傷も癒え始めた頃になって、ひょっこりと保土ケ谷は冥界から戻ってきた。まあ、びっくりしたよね、みんな」

「なぜ戻ることができたんでしょう?」

「冥界で保土ケ谷が何をしていたのかは、みんなよく知らないんだ。ただ、お勤めを終えて戻ることが決まったといきなり大神様から通達を受けたものだから、誰も彼もひっくり返っちゃってさ。で、船に乗せられて帰ってくる彼をみんなで大桟橋に迎えに行ったわけよ。きちんとした格好までして。そうしたら、髪も髭もぼさぼさで、全身から脱力感は滲み出ているわ、すでにべろべろに酔っ払っているわで、僕らは度肝を抜かれちゃってさ。今でこそ考えられないけど、彼はいつも身なりはきちっとしてて、毎日シャツにはアイロンをかけるし、髭は丁寧に剃るし、歩き方はしゃんとして、そこそこモテていたんだけど、戻ってきた彼は競馬場の隅でゴミの一部になっている素寒貧とさほど変わらない姿になっていたものだから、誰もが別人だと思ったくらいなんだ」

久々に呆れた表情を浮かべ、栄の神は少しほっとする。

「冥界に送られた、って聞かされるとそれこそやせ細って修験者みたいな顔になって帰ってくる姿を想像しちゃいますよね」

「まさにそんな姿を思い描いていたんだけど、ありゃあどう見てももはや受験する気なんかさらさらなくなった浪人生そのものだったね。ある意味で冥界は恐ろしいところだと思ったよ、あの品行方正を絵に描いたような保土ケ谷をここまで脱力した神に仕上げちゃうんだからさ。でも、戻ってきてからの保土ケ谷は、すごく生き生きとしていた。とにかく生まれ変わった横浜が楽しくて仕方ないらしく、僕らは結構忙しかったのに、毎日飲みに行ったり街歩きに付き合わされたり、高校野球や箱根駅伝を見て花見に行き、遊んでばかりだった。見た目の変わった保土ケ谷にみんなびっくりしていたのは最初だけで、しばらくすると昔遊んでいた記憶が蘇ってきて、彼といるとやっぱり楽しいと分かってからは、何があって彼の宗旨をここまで変えたかについては誰も訊く気にならなくなっていたんだ。何だかんだ言って、彼といると退屈しないからね。まあ過去のことはひとまずおいて、また楽しくやろうよ、って感じになっていった」

「あれほどのことがあったのに、随分とあっさりしていますね」

「これに怒ったのが西だったんだ。僕らも、保土ケ谷が西に対して何を言うのか気にしていたんだけど、彼は何も言わなかった。保土ケ谷が沈黙を貫いたことで西は帰還を祝う宴会の席で激昂し、それ以降彼らはずっと疎遠になったんだ」

クッションを枕にし、天井の模様を見つめながら神奈川の神は言う。

「年を重ねると、若い頃なら何の迷いもなく訊けたことが訊きにくくなってくる。西だけでなく、僕らも保土ケ谷には訊きたいことが沢山あったはずなのに、傷をほじくり返して彼を傷付けることにならないかと妙な遠慮をしてしまったり、昔に抱えた僕らの傷をもう一度見つめるのが怖くて遠ざけてしまったりと、ためらいが生まれてしまう。昔の罪は過ぎたこととして、今の彼だけを受け入れるのが正しいという考えは懐が広いようにも聞こえるけど、それは過去から逃げているだけだ。戦後に生まれた金沢や旭たちはなかなか訊きにくい話題だし、僕らも様々な躊躇から口を閉ざしてしまった。それが西を怒らせてしまい、今の今まで君たちに過去の話をできずにいた理由なんだ」

ずっと伏し目がちだった視線を上げて、栄の神は言った。

「過去の痛みに触れたくない気持ちは分かります。けれど、私たちも横浜の土地神ですから、過去を知る責任があるはずです」

ソファに座りなおした神奈川の神は、ようやくはっきりと栄の神の目を見て言った。

「その言葉を、若い君自身の口から聞けたことが、僕らの活路につながるかもしれないね」

大きく伸びをして、立ち上がった神奈川の神は少し疲れたように問いかける。

「これから君はどうするつもりだい？」

「全員と話がしたいと思っています。横浜南部の神々とはコンタクトが取れましたが、北部には土地神の侵入を拒む結界が張られてしまったせいで、私たちは海路から北へ向かうしかなかったんです。そこを鶴見さんに狙われて、海に落とされてしまいました」

眠そうに首を曲げながら、神奈川の神は呆れたように言う。

「つくづく鶴見も愚直な男だね。きっと、今回の戦は大神様がやると言ったんだから正しいに決まっている、なんて言ってるんじゃないかな」

保土ケ谷の神とやりとりをしていた時の鶴見の神を思い出し、栄の神は驚いて言う。

「どうして知っているんですか？」

予想が当たっても、神奈川の神に嬉しそうな様子はない。

「扱いやすい男だからね。悪いやつではないんだよ、海に沈められておいて何のフォローにもならないだろうけどさ。ああいう無鉄砲な存在も、組織を形成する上では欠かせないんだ。それにしてもおかしいな。僕は結界なんて張った覚えはないぞ」

「神奈川さんは、緑さんに何をしたんですか？」

栄の神に問いかけられると、ソファの下から一匹のウミガメが現れた。案内をしてくれた他のウミガメと比べると、甲羅が金色に光っている。金のウミガメの甲羅を撫でながら、神奈川の神は言う。

「緑は、横浜の豊穣を司る神で、彼女の持つ神器『森林沃《しんりんよく》』は植物の成長を促進する力を持っている。と言っても、砂漠に米が育つような劇的な変化は起こせなくて、せいぜい風土の地味を増やしたり、たまに水害を防いだりするくらいのものなんだ。神器は人間の生態系に影響を与えないよう、天界から抑制を受けているからね。あ、でも、僕の力を貸しちゃうと、まずいかもな」

「何がまずいんですか？」

金色のカメは人懐っこく、栄の神が手を差し出すと開いた口で指をはもはもと噛んでいる。神奈川の神は、輝きを放つウミガメを見ながら言う。

「この子は僕の神器『飛光亀《ひこうき》』と言って、こう見えても百歳をゆうに超えている。例えば君の持つ神器『匙下減』は新しい時代のものに分類されるから、人間社会に強く干渉できるほどの力はもともと備わっていない。ただ、この『飛光亀』のように古い神器は、まだ土地神と人間との距離が曖昧《あいまい》な時期に生み出されたものだから、とても強力なんだ。時を操ることができるこの子の力を使えば、未来へタイムスリップすることもできるし、君たちが永遠に僕へ近づけなくなるよう、時を遅延することも可能だ」

「と、時を操ることができる?」

のほほんとするカメを見て、栄の神は驚きを隠せずにいる。

「思えばこの子の力を借りたことなんてほとんどなかったから、僕も力の入れ具合をよくわかっていなかったんだよね。あんまりにも緑がうるさいから仕方なく力を貸したつもりだったんだけど、よく考えたら植物の成長促進の神器に時の流れが加速されたら、横浜が樹海みたいになっちゃうかもね。きっと緑は今頃力を制御するのに目一杯で身動きが取れなくなってるかもしれないな。はっはっは、やっちゃったね」

「やっちゃったね、じゃないですよ! おかげでどれだけ苦労したことか!」

光るウミガメの背中を、神奈川の神が指でとんとんと二度叩くと、発光が弱まっていき、本来の琥珀《こはく》色をした甲羅の色に戻っていった。光が弱まるのを確認すると、神奈川の神はまたしてもソファに飛び込み、ごろごろして言う。

「僕はご覧の通り休暇中だから、横浜大戦争には参戦しない。もし僕に参戦して欲しいのであれば、大神様が休暇申請の取り消しを申し込み、天界の法務局と事務局を通して正式の召集令状でも届けてもらわない限り動けないよ。きちんと手続きを踏んでもらうのが、僕のやり方だからね。でも、緑に貸した力はおじゃんにしておいたよ。君たちがやってきてほとほと迷惑していたけど、緑にもう力を貸さなくて済むようにしてくれたことを考えると、少しは感謝したほうがよさそうだ。礼と言っては何だけど、君たちの着替えと今飲んだシャンパンの代金は僕のおごりにしておいてあげる」

「これ、自腹だったんですか？」

あまりにも飲み口がよかったシャンパンの記憶が蘇り、値段を想像するとさっきまでまったく訪れる気配のなかった酔いが回ってきそうになる。

「何を言っているんだ、勝手に押しかけてきた君たちにごちそうする道理がどこにあるんだよ、まったく。さあ、もういいだろう。保土ケ谷を連れてとっとと出て行ってくれないかな」

なんだかんだと言いながら協力してくれた神奈川の神に、ぺこりと頭を下げて栄の神は言う。

「ありがとうございます。何とかして、戦いが本格化しないよう頑張ってきます」

「礼なんて言わなくていい。僕の願いは今すぐ君たちにここから去ってもらうことだからね。そのためならなんだってするよ」

栄の神は素直に喜べないまま部屋を出ようとすると、神奈川の神は言った。

「あ、そうだ」

ソファの背もたれの向こうから、神奈川の神の手だけが見えていた。

「保土ケ谷のこと、頼んだよ」

小さく頷いて、栄の神は応接間を後にした。

第六章　勤労編

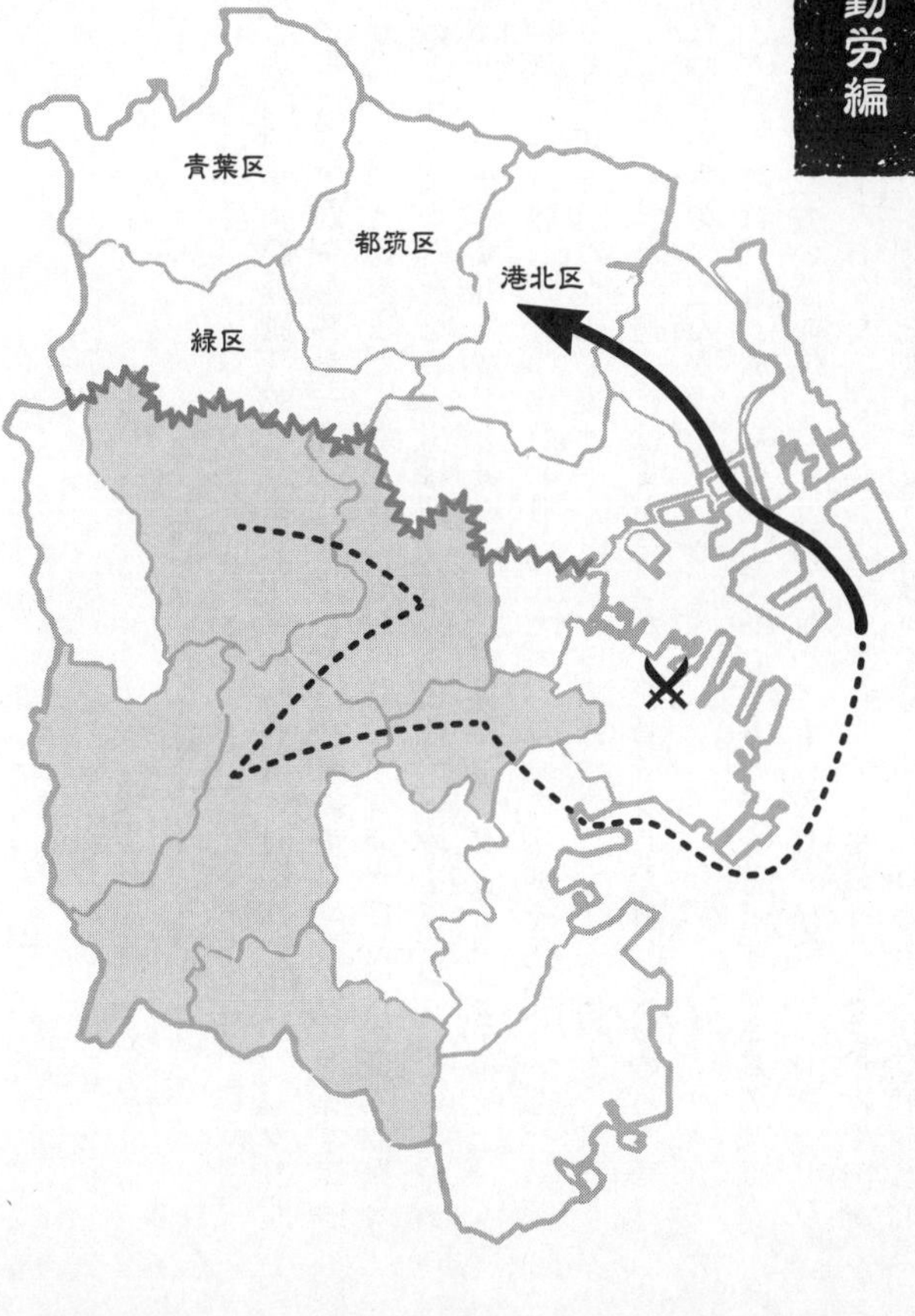

午後八時過ぎの東急東横線通勤特急、元町・中華街行きは、日吉駅でホイップクリームを搾《しぼ》り出すようにドアから乗客を一斉に吐き出した。疲れた表情で改札を目指す人々は生気が失われているのと比べると、帰宅時にもかかわらず背筋がぴんと伸びて散髪を終えたばかりのように整った髪をした男は、意気揚々と駅の階段を下りていた。混雑した車内から抜け出して新鮮な外の空気を吸い込むと、男の腹が夕食を求める声を上げてくる。どれだけ電車が混雑し、仕事の終わりが見えず、部下の失態を尻ぬぐいし、残業が重なっても、男は日吉駅の改札を抜けるといつも自由だった。大きな仕事も一段落し、今日は珍しく早く退社できた。週末にはまだ早いが、粉骨砕身した自分を慰めるためにも今夜の食事は特別なものにしたかった。

男の脳裏をよぎったのは、真っ赤な炭火の上でじりじりと脂を落とす焼き鳥の映像だった。しばらく顔を出していない焼き鳥屋は何と言ってもひな鳥が格別だ。レモンサワーを片手にうな肝をつまみ、今なら春野菜の天ぷらも頼んでしまおう。焼き鳥は生肉から焼いているので、胃がよだれを垂らすような思いで待たされるのは辛いものがあるが、串にかぶりついた時の鶏肉の柔らかさと香ばしさを思えば、おあずけを食らうのも苦にならない。

中華という選択肢も悪くない。空心菜炒めと春巻きでビールを飲みながら、卵とトマトの炒め物で主賓《しゅひん》を待ち構える。水餃子を頼む頃には紹興酒へシフトし、身体が充分に温まったところで一気に辛味チャーハンをかきこんでいく。今日ならそれにワンタンを追加してもよさそうだ。学生のような食べ方を想像している自分に、照れを感じた男は咳払いをして、作戦を練り直す。

駅前の裏路地は、腹を空かせた男を迷子にする。とんかつという手段もありだ。上ヒレカツ定食に、カキフライを二つ足してもいい。飲むのは生ではなく、瓶ビールだ。ぐいっと飲むなら生ビールの方が俄然《がぜん》美味いはずなのだが、カツが揚がる時間を待っている時は、なぜか瓶ビールが似合う。

あるいは焼肉という強攻策に出てしまおうか。今夜の空腹は、安堵感もあっていつもの比ではない。上品にグラスを傾けながら瓶ビールを飲むのではなく、ジョッキを片手にタン塩、ハラミ、ロースにカルビ、自家製のキムチを白米の中継基地に載せて目一杯搔っ喰らう。悪くない、まったくもって悪くない。むしろ今までなぜ自分が今夜の食事を体裁よくまとめようとしていたのか不思議に思うくらいだ。

激務に追われたここ数ヶ月は、コンビニのサンドイッチで朝食を済ませて、昼食は行きつけの牛丼屋に通うだけ。夜はスーパーの半額お惣菜を、他のサラリーマンと奪い合いを繰り広げ、帰宅してからは晩酌もできずに持ち帰った仕事を片付ける日々。時間に余裕がある今をもっと大切にするべきであり、身体が獣のように食い物を欲している時こそ、がっつりと食べることが正解のはずだ。

方針は決まった。さて、どの店にするか。角を曲がって、初めに目に留まった店に決めてしまおう。もはや何を食べたいか、ではない。入った店で、どう食べるかが問題だ。シェイクスピアも似たようなことを言っていたのだから、この作戦に間違いはない。アタリかハズレかなど心配する必要は皆無である。今ならどんな店だろうと、満足できる自信がある。

意を決して角を曲がろうとした瞬間に、男の胸ポケットが静かに震えた。天を仰いでスマートフォンを取り出すと、一件のメール着信が表示されている。差出人は部下。もはや中身を見るまでもなかった。あれだけ騒ぎ立てていた胃がぴたりと抗議の声を止め、今宵の宴《うたげ》が中止になったことを身体で感じる。

ここで肩を落としてしまえば、今日という日がすべて否定されてしまう。今こそ、鼻《び》腔《こう》を抜けようとするため息を思い切り吸い込み、今晩のメニューを考え直さなければならない。これから家での仕事が待っているとは言え、夕食そのものが延期になったわけではないのだ。つくづく自分の食い道楽っぷりに笑みがこぼれていることに気付くと、男はチェーンの弁当屋に入って生姜焼き弁当とポテトサラダを注文し、自宅近くのコンビニで缶ビールを二本買って家に向かった。

マンションの玄関で暗証番号を入力し、エレベーターで三階を目指す。家での夕食になってしまったが、生姜焼きをどのように食べるかを考えているうちにがっかりした気分はどこかへ消えていた。そういえば昨日封を開けた長芋の漬物がまだ残っている。早めに食べなければいけないことを考えると、むしろ今日は自宅で食事をするのが正解だったようにも思えてくる。長芋の漬物でビールが飲めるわくわく感を抑えきれず、急いで鞄から鍵を取り出して家の扉を開けた。

本来家にはない履き物が二足並んでいる。娘たちが遊びに来たのだろうか？　一足は女性サイズのスニーカーだが、もう一足は便所サンダルだ。リビングの電気がついていて、奥からは声が聞こえる。誰かを招いた覚えはないし、泥棒にしては随分と賑やかだ。どうあれ今日はとことん夕食が邪魔される運命なのか。一度は堪えたため息が飛び出す前に、男はリビングの扉を開けた。

「よお、港北。上がらせてもらってるぜ」

「すいません、勝手に上がっちゃって。私は下で待ちましょうって言ったんですが、買ってきたカツ丼が冷めるからって、保土ケ谷さんが無理矢理侵入したんです」

すでに保土ケ谷の神は空にしたプラスチックのどんぶりに枝豆の莢《さや》を捨てながら、ビールをごくごくと飲んでいる。部屋に散らばった洗濯物をたたみながら、栄の神は不法侵入の罪を少しでも減刑しようと、申し訳なさそうな表情で港北の神に挨拶をした。

侵入者の正体が分かってほっとした港北の神は、スーツを脱ぎながら言う。

「誰かと思えば君たちか。連絡を入れてくれればよかったのに。今はおもてなしできそうなものはないな、困ったぞ」

部屋を片付けている栄の神を見て、港北の神は言う。

「いいよ、栄。お客さんなんだから、ゆっくりしていてくれ」

生ゴミや埃《ほこり》はきちんと掃除されている港北の神の家ではあったが、クリーニングから戻ってきてビニール袋に入ったままのスーツやワイシャツがソファに重ねられており、書斎の机にはパソコンの横で書類が山を作っていた。

「せめてこれくらいはやらせて下さい。押しかけたのは私たちですから」

缶ビールを飲みながら、保土ケ谷の神は散らかった部屋を見まわしている。

「しかし随分と散らかしたもんだな。緑とか青葉たちに来てもらっていないのか？」

港北の神はキッチンで手を洗い、冷蔵庫から長芋の漬物が入った器を取り出した。

「彼女たちには彼女たちの生活があるからね。私に付き合わせて、彼女たちの貴重な時間を奪うわけにはいかないよ。それと保土ケ谷、青葉と都筑の家庭教師をしてもらって助かっているよ。自覚がないみたいだけど、君にはものを教える才がある。あの子たちも君と勉強をするのは楽しいと喜んでいたよ」

「感謝するくらいなら月謝を払ってもらいたいな」

困ったように笑って港北の神は言う。

「そうだ、月謝代わりと言っちゃ何だけど、君もこの漬物食べないかい？　昨日買ったばかりだから美味しいよ。いやあ、すまないね、本当なら君と酒盛りと行きたいところなんだけど、夕食もまだなんだ。ぱぱっと食事させてもらうよ」

「俺の授業料も安いもんだ」

乾杯をした保土ケ谷の神は、テンポよく生姜焼きを平らげていく港北の神を見ている。

「お前が部屋の片付けを手伝ってくれって言ったら、緑も青葉も都筑も喜んで飛んでくると思うぞ。一応お前は港北一家の大黒柱なんだから」

しゃきしゃきと音を立てながら長芋を嚙んで港北の神は言う。

「一家と言っても、私たちは疑似家族のようなものさ。青葉と都筑が顕現したばかりの頃は、私と緑がつきっきりで土地神のいろはを教えたけれど、もう今では立派な土地神になった。彼女たちはとても飲み込みが早いし、私たちの若い頃と比べると道徳心もしっかりしている。私が教えることなんてほとんどなかったくらいさ」

なぜか不服そうな表情を浮かべている保土ケ谷の神を不思議に思いながら、栄の神は空になった港北の神のグラスにビールを注いで問いかけた。

「お疲れさまです、港北さん。最近仕事はどうですか？」

すっかり弁当を平らげた港北の神は、冷蔵庫からワインとチーズの盛り合わせを取り出して、客に振る舞った。

「昨日までロスに出張だったんだ。これ、お土産のカリフォルニアワインだから是非飲んでくれ。優秀なプログラマーと契約が成立して、ようやく帰国したかと思えば今日から本社で別の企画の会議が立て続けに重なったものだから、今になってようやく横浜に戻ってきたと実感しているよ」

「土地神の渡航制限には引っかからないんですか？」

「近年の悩みはそこなんだ。私としては土地神の渡航制限をもう少し緩和して欲しいと思っている。私が今勤めている会社は、取引先のほとんどが海外だからどうしても国の外へ出なければならなくなる。けれど土地神の海外渡航は年間最大で二週間と決められていて、しかも満期の申請となると手続きが非常に厄介なんだ。年末が近づいて渡航制限のリミットを迎えそうな時に、突然向こうから呼び出しをかけられることもよくあるから、率直に言ってとても動きにくいし、不合理だ」

オリーブを摘まんで、ワインを飲んだ保土ケ谷の神は言う。

「天界の肩を持つわけじゃないが、俺たちはあくまで土地神だから、守護する土地に土地神が不在っていう状況を避けたい向こうの言い分も分かるがな」

「それには私も反対しないよ。土地神が本来司る地にいるべきだという考えには異論ない。ただ、昔と今では土地神の在り方も変わってきている。私は、人間を知るために、彼らと同じような生活をすべきという考えなんだ。毎朝満員電車に揺られて、企業の理不尽なルールに縛られ、ろくに家にも帰れず、悪化する景気の中でいかに公益を増やせるかを考えるのは、決して楽じゃない。それでも彼らと近い生活を送ることで、なぜ港北の地に人が集まってくるのかを知る機会が増えたのは大きな成果だと思っているんだ」

クリーニングされた服の山を見て、保土ケ谷の神は呆れている。

「あのなあ、いくら土地神が社会進出する時代だとは言え、お前はちょっとばかり働き過ぎじゃないのか？　国内で働くならまだしも海外出張が多すぎる気がするぜ」

港北の神は爽《さわ》やかに笑った。

「私は仕事をしていないと落ち着かない性分でね。ああ、でも決して土地神としての品位を落としているわけではないから安心してくれ。部屋は少し散らかってしまっているけれど、健康には気を配っているんだ。どこにいても朝の四時には自然に目が覚めて、軽くジョギングをしてシャワーを浴びた後に、朝食を済ませて六時には出社する。みんな早起きは辛いと言うけれど、始発の電車で通勤するのもなかなか悪くないものだよ。何せ始発の乗客たちはみな何かしらの目的を持っているから、昨日の疲れが取れなくて嫌々出社しようとする人たちと、遅い時間に満員電車で揺られるよりずっと気分がいい。最近はこれでも残業はしないようにしているんだ。私の部下たちは毎日定時に帰らせているよ。以前、残業が百五十時間を超えた時に、労働局からマークされたことがあってね。天界の人事局からも、人間が土地神と同じ体力を持っているわけじゃないとこっぴどく注意を受けたんだ。私は他人に無理な仕事は押しつけないし、できる限りの仕事をしようとしているだけなんだけど、人に囲まれたところで働いていると、つい自分が土地神だということを忘れちゃいそうになってね。反省が多い毎日だよ」

非人道的な残業時間を耳にして、顔が真っ青になった栄の神は人類に同情していた。

「港北さんの近くで仕事をする人たちが、気の毒になってきますね。どれだけ頑張っても、自分が怠けているような錯覚に陥ってしまいそうです」

栄の神にだけ聞こえるように、保土ケ谷の神はこっそりと言う。

「こいつ、昔からワーホリなんだよ。土地神がまだ人間社会へ進出するのが厳しかった頃に、ハマ神のジジイの書記をやったことがあるんだが、その時あまりにもてきぱきと働き過ぎたものだから天界の人事局からヘッドハンティングがかかってな。自分より能率よく働かれては困ると危惧《きぐ》したジジイが、特例としてこいつに人間の企業への就職を促したんだ。考えてみりゃ、人間にとっても迷惑な話だよ」

「何をこそこそ話しているんだ？」

咳払いをして、保土ケ谷の神は言う。

「熱心なのはいいが、ほどほどにしておけよ。土地神が人間の仕事を奪っちゃ世話ないんだから」

「もちろんさ、これでも色々と学習しているんだ。前にいた会社で入社した月に昨年度分の収益を上げてしまった時は、さすがにマズイと猛省してね、今では土地神がどれくらい企業で成果を上げるのが適切なのか、考えるようになったよ。土地神が人間の企業に就職すると一口で言っても、煩雑《はんざつ》なことが多いんだ。最大のネックが年齢でね。私たちは人間より年を取る速度が緩慢だから、同期の社員が定年を迎えても新卒と変わらない姿のままだ。ずっと若い姿のままだと怪しまれてしまうから、一定の期間を経たらどうしても転職を余儀なくされる。しかも転職先が同じ業界なのはタブーだ。金融に行ったら次は飲食、建設から医療、自動車メーカーに畜産、海運と来てようやく今は商社にたどり着いたわけだ」

目を丸くしながら栄の神は言う。

「よくそこまで違う業種に適応できますね」

労働について熱く語る港北の神の瞳は、きらきらと輝いている。

「労働は、人間が生み出した文明の一つだ。私が横浜に顕現した頃は、業種など限られていてITや機械産業が勃興するなど考えられもしなかった。職業は永遠というわけでもない。横浜の古い豪商は生糸の輸出で成り上がったものだが、化学繊維が発達した現代に生糸で生計を立てるのは難しい。東京湾で海苔を養殖する姿は見られなくなり、鶴見川沿いの農地もみな宅地へ変わっていった。一方で、今は病院や福祉の施設が次々と現れ、サービス業の幅も広がってきている。人類が各時代にどんな仕事を生み出すかが、私の最大の興味であり、産業を生み出す気風を保つのが土地神の使命だとも思っている。ましてや今はその中に潜入して自分も働けるのだから、こんなに楽しいことはない。覚えた仕事をすぐに離れなければいけないのは残念だが、また新しい職業に触れられるのだから、私は永遠に働いていたいとさえ思うよ」

感服するように息を吐きだした栄の神は、保土ケ谷の神に向かって言う。

「聞きましたか、保土ケ谷さん。この意欲を少し分けてもらえばいいんですよ」

露骨にどん引きしながら保土ケ谷の神は呟いた。

「こいつは完全にイっちまってるよ。人間界に放り込んで、ジジイはほっとしているだろうな」

持ち帰った仕事の準備をし始めている港北の神を見て、保土ケ谷の神は言った。

「で、お前は最近緑たちとは連絡を取っているのか？」

鞄を探りながら港北の神は言う。

「ずっと出張続きだったからね。最後に会ったのは、そうだ、確かバレンタインの時にみんなで食事をしたんだ。どうしてだい？」

「お前にとって緑や青葉たちはどういう存在なのか、ということを改めて訊いておきたいと思ってな」

軽く笑いながら、港北の神は返事をする。

「藪から棒にそんなことを訊くなんて、君も妙だな」

気さくに振る舞う港北の神とは対照的に、保土ケ谷の神の表情は真剣であった。

「面と向かって言うのも恥ずかしいが、俺はお前を立派な神だと思っている。程度はともあれ、土地神として人間の実情を知ろうと積極的なのはいいことだと思うし、お前は緑を教育した後に、青葉と都筑の面倒を見る役目まで担うことになった。俺は旭しか面倒を見たことがないが、お前や戸塚のように、一度教育を終えた後に、新しく生まれた土地神を指導するのはとても困難を要する。しかも、お前は青葉と都筑を兄妹という形ではなく、親子という家族構成で育てる道を選んだ。これは、本当に大変なことだ。そして、お前はまだその大変さに気付いていていない」

「どういうことだい？」

「単純な話だ。お前は一日のうちに、どれだけ緑や青葉、都筑たちのことを考えている？　人間の仕事に従事するのも結構だが、お前は兄妹ではなく親子としてあいつらを育てる道を選んだはずだ。この部屋の散らかり具合とお前の仕事ぶりを見る限り、あいつらがお前の生活に入り込む余地は、微塵《みじん》もないように見受けられる」

わずかに表情を厳しくして、港北の神は言う。

「彼女たちはみな土地神だ。それぞれ司る地を守護する役目があり、私たちがずっとそばにいるわけにはいかない。何より、彼女たちはもう私が教えることなど何もない一人前の土地神になっている」

いつの間にか緊迫した空気になっていることを察した栄の神は、はらはらした様子で見守ることしかできずにいた。

「それは土地神の理屈だ。だが、お前は青葉と都筑を娘として育ててきた。言い換えれば、お前は家族という人間の制度を用いて、あの二人に関わっていった」

「それに何か問題があると？」

「家族とは、呪いにも似ている。お前は緑を一人前に育てた後、青葉と都筑も教育して、先輩土地神としての役目は終えたと思っているかもしれない。だが、家族という集団に任期満了はない。仮に子育てを終え、遠く離れて暮らすようになったとしても、家族という宿命は呪いのようにつきまとってくる。無論、それが愛に満ちた環境ならば呪いとは感じないだろうが、お前が青葉や都筑を育てるために用いた家族という制度は、契約期間が終わったらすぱっと切り離せてしまうような単純なものじゃないんだ」

不快感を露わにしながら、港北の神は言った。

「さっきから君は何を言っているんだ？　いきなり家に押しかけてきた理由も、まだ話してもらっていないし。私に説教をするためにやってきたのか？」

小さく息を吐いて、保土ケ谷の神は言った。

「先日、俺たち横浜の土地神が覇権を争って戦うことを命じられた、横浜大戦争の宣言を、お前は耳にしたか？」

一瞬呼吸が止まったものの、あまりにも馬鹿げた言いぐさに緊迫感が薄れた港北の神は苦笑いを浮かべる。

「何を言うかと思えば、君も冗談が過ぎるぞ。あの大神様がそんなふざけた私闘を命じるわけないいじゃないか」

そう言って同意してもらおうとしたが、栄の神ははっきりと首を縦に振った。

「本当なんです。大神様が横浜大戦争を宣言してから、すでにいくつかの神々が争いを始めていて、事態を収束するために、私たちは各地の土地神に話を聞いて回っているんです」

鼓動が高まっているのに身体が急に冷えてきた港北の神は、ベランダの窓に近づいて外を見ながら言った。

「緑たちは無事なのか？」

落ち着いた様子で、保土ケ谷の神は言う。

「お前は昨日まで海外出張をしていたから、ハマ神のジジイの宣言が聞こえなかったのは無理もない。だが、たとえお前が海外にいたとしても、これほどの大事件が起きたというのに、家族の誰からも連絡がこないのは、どういうことだろう。横浜に残っていた土地神は、大戦争の宣言を受けて、真っ先に身寄りの土地神に集っていった。俺ならば旭、栄ならば戸塚と泉、磯子なら金沢、西なら中と言ったように、それぞれが血縁に当たる神と何らかのコンタクトを取っている。戦争という一大事なら、身近な神に連絡を取るのは至極当然だ。それに、お前たちは俺たち兄弟以上に家族という強い関係を結んでいるのだから、真っ先にお前の元に青葉や都筑から連絡が行くはずなのに、現実はそうなっていない」

そう言葉を突きつけられた港北の神は、先ほどまで自分の家族についての話を向けられた意味を理解し始めていた。憔悴しきった港北の神に何か言葉をかけようにも、栄の神は何も思い浮かばなかった。

窓の外を見ようと、保土ケ谷の神が椅子から立ち上がろうとした時、大きな音を立てて倒れてしまった。転がった椅子を直しながら、栄の神は保土ケ谷の神に近づいて言う。

「もう、何やってるん……」

言葉が最後まで続かなかったのは、自分よりもはるかに背の高い保土ケ谷の神が立ち上がると、自分よりも身長が縮み、何より顔付きが幼くなっていたからであった。事態に気付いた港北の神も慌てて駆け寄り、保土ケ谷の神に問いかける。

「何が起きたんだ?」

ぶかぶかになったベースボールシャツを着た保土ケ谷の神は、ガラスに映った自分の姿を見て、驚きながらもどこか納得した様子で言う。

「俺の心配をするのも結構だが、港北、お前も以前よりハンサムになっているぞ」

そう指摘された港北の神も鏡で自分の姿を見てみると、横浜に顕現する以前の若々しい顔立ちになっていた。一方、栄の神に大きな変化はなく、戸惑いはいっそう強まっていく。

「くそっ、どうやらのんびりし過ぎたようだな。向こうも本気らしい」

保土ケ谷の神の身体はどんどん小さくなっていき、思考が減退するせいか激しい眠りに襲われて、立っているのも厳しくなる。栄の神は保土ケ谷の神を抱き寄せて言う。

「しっかりして下さい、保土ケ谷さん！　何が起こっているんですか?」

すっかり高くなってしまった声で、保土ケ谷の神は振り絞るように言う。

「神奈川と緑が張った結界が解けて、北部の攻撃が始まったんだ。いいか、栄。この戦いには時間制限がある。まともに動けるのは、お前のような若い神だけになる。ありったけの知恵を働かせるんだ。お前だからこそ、分かってやれる痛みがある。頼んだぞ」

「何言ってるんですか！　目を覚まして下さい！」

子供の姿に変わってしまった保土ケ谷の神は言葉を失い、すやすやと眠りについてしまった。ベッドに幼い保土ケ谷の神を寝かせた後、リビングのテーブルに肘をついて黙り込んでいる港北の神に向かって、栄の神は問いかけた。

「保土ケ谷さんが子供になってしまったのも、誰かの神器の力によるものなのでしょうか」

港北の神は、この数分ですっかり頬がこけたようにも見えた。

「これはおそらく、青葉の仕業だ」

栄の神は、港北の神が戸塚の神とは比べものにならないほど厳格に、青葉の神と都筑の神を教育している事実を昔から知っていた。特に神器の扱いには極めて厳しく、濫用することなどあってはならないと教えていたことを知っているがゆえに、港北の神が、事態の犯人を口にした時の心の内を想像すると胸が痛むのであった。

「青葉の持つ神器『思春旗《ししゆんき》』は、旗を振られた相手が、数秒の間子供の姿になるおもちゃに近いものなんだ。姿を変える神器としてはとても強力だが、相手が目の前にいないと子供の姿に変えることはできない。保土ケ谷が幼児化した原因が『思春旗』にあるのは間違いないが、なぜ遠くにいながらこんなことができたのか、私には想像も付かない。

それに、なぜ青葉が……」

事態の理解と事の発端を同時に考えるあまり、港北の神は肘をついたまま身動き一つ取れなくなってしまった。灯が一つしかついていなかったので、気分を変えようと栄の神はつけていない方の灯のスイッチを押し、部屋はぼんやりとした光に包まれた。光に照らされる港北の神を見て、栄の神は声を上げた。

「こ、港北さん！　か、影が！」

驚いた声で話しかけられた港北の神が、テーブルの上に腕を伸ばしてみると、本来その下から伸びていなければならない影が、どこかへ消えてしまっていた。港北の神に近づいて、自分の影も探してみるが、栄の神も同様に自分の影が見当たらなくなっている。動揺する栄の神とは反対に、事態が深刻になるにつれて港北の神は理解が深まっていた。

「なるほど、都筑が手を貸したのか」

「どういうことなんですか？　私、幽霊にでもなっちゃったんですか？」

今は栄の神が素直に驚いてくれることが、港北の神を妙に安堵させた。

「都筑の持つ神器『狐狗狸傘《こっくりさん》』は、霊界にいる有象無象《うぞうむぞう》と交信できるようになるかなり特殊なものだ」

怪談が何よりも苦手な栄の神は、しゃがみ込んで言う。

「ほ、ほんとなんですか？　じゃあ、やっぱり私たちはもうお化けに……」

「いきなり相手を亡き者にするほど強力なものじゃない。『狐狗狸傘』もせいぜい一瞬お化けが見えるようになったり、他人の影を操ったりすることができるようになるだけだ。だが、もしもその力を最大限に発揮すれば遠くからでも私たちの影を盗むことはできる。影を盗んだところで何か問題が起きるわけでもないから、規制の対象から外れていたようだが、どうやら『思春旗』の対象は、必ずしも肉体でなくとも限らないのだな。二人とも、かなり策を練っているのは間違いない」

　どのような理屈で自分たちが襲撃されているかの見当がつき、多少の安堵は生まれるものの、やはり原因を考えようとすると港北の神は失望で打ちのめされてしまうのであった。

「だが、なぜあの子たちがこんな真似を」

　うちひしがれる港北の神を見ていると、言葉が出なくなってくる。保土ケ谷の神は子供の姿に変えられて力を失い、今この場で動けそうなのが自分しかいないと、栄の神は自覚しつつあった。保土ケ谷の神が言った言葉の意味はよく分からなかったものの、自分や港北の神も影がなくなっていることを考えると子供に変えられてしまうのは避けられない。そう思い至ると、悩んでいる時間はなかった。

　俯いて考え込む港北の神を覗き込むようにして、栄の神は言った。

「港北さん、ここで考えていてもゲームオーバーになってしまうだけです。今は青葉さんと都筑さんを探して、『思春旗』の力を止めましょう。二人とも、とても優しい神々であることは、私も知っています。きっと、何か理由があるはずです」

　決意を込めた栄の神を見て、気が抜けかかっていた港北の神ははっきりと頷いて返事をした。

「迷惑をかける」

手早く食事の後片付けをしながら、栄の神は笑った。

「構いませんよ。横浜大戦争とは、どうやら迷惑の掛け合いのようなものみたいですから」

家の鍵を閉めた二人は、エレベーターで地下の駐車場へ向かい、港北の神が運転する車は、深夜の住宅街を駆け抜けていった。

第七章　乱麻編

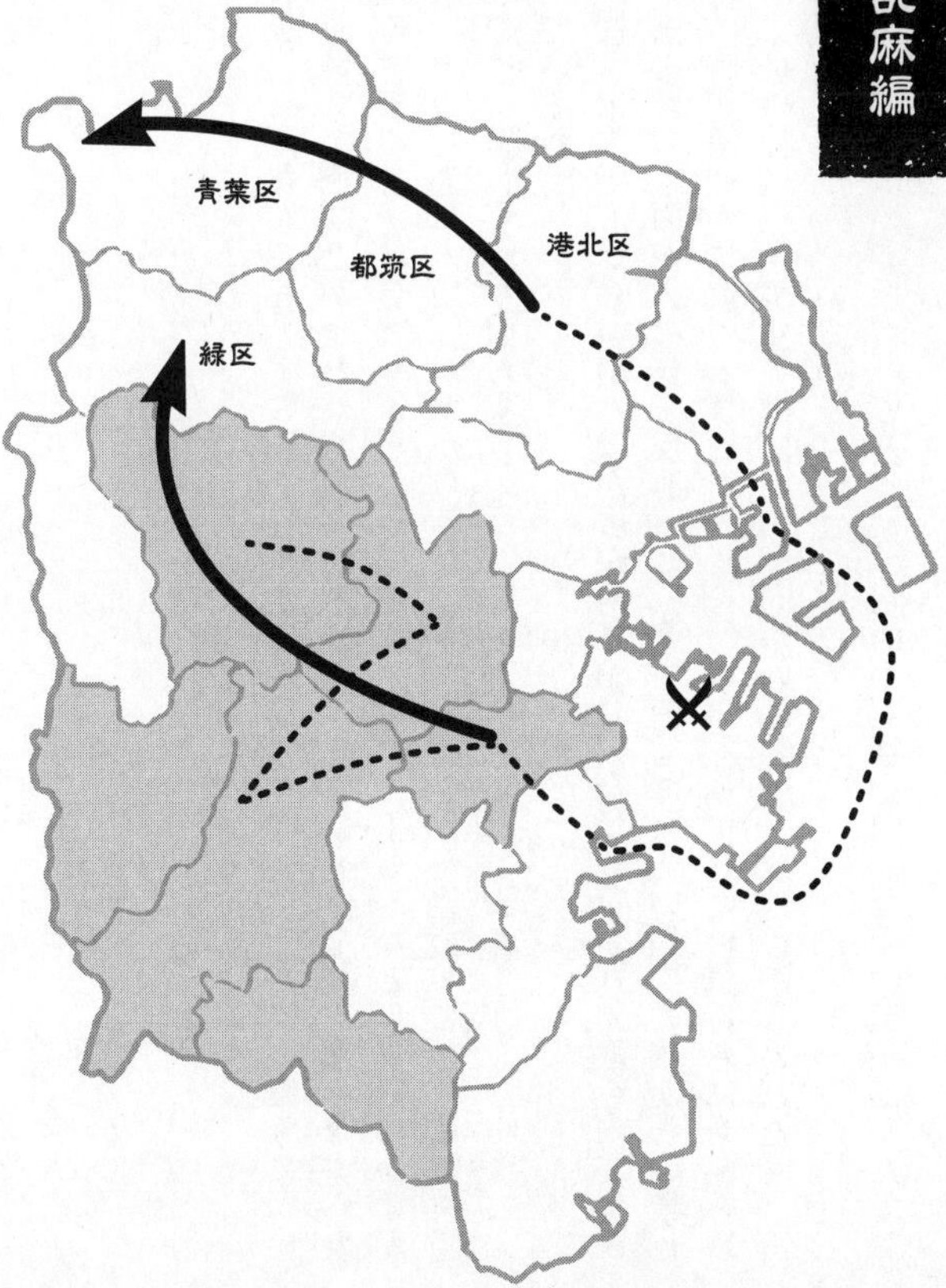

黒装束に身を包んだ女が、杉の木の枝を軽やかに飛び移っていくと、深い眠りについていた鳥たちが驚いて飛び上がった。背の高い木のてっぺんに登り、枝を摑みながら女は周囲を眺める。東の方角に目をやると、ランドマークタワーとみなとみらいのかすかな灯が見えた。ずっと入れずにいた森からみなとみらいの光景が望めることに驚きを隠しきれず、泉の神は思わず声を漏らす。

「結界が解けているわ」

眼下には、横浜市内でも珍しい田んぼが広がっており、今は雑草が刈り取られて水が張ってある。田んぼの水面が月の光を反射させ、姿を消して久しい里山の懐かしい景色が蘇っていた。時が緩やかに流れるような光景をしばらく見ていたい気持ちにも駆られるが、先を急ぐ泉の神に一息つく余裕はない。向かいの木へと飛び移ろうとした時、田んぼの水面に何かが浮かんでいるのを見つけた。

木を下り、あぜ道を歩いて近づいてみると、水面から目を閉じた人の顔が浮かんでおり、思わずぎょっとしてしまう。

「こんな時に、別の事件に巻き込まれるのはご免よ」

そう呟きながら死体の顔を眺めた途端、泉の神は叫び声を上げていた。

「緑！」

田んぼに浮かんでいるのが緑の神だと察するや、泉の神は我を忘れて泥の中に突っ込んでいき、沈みゆく神の身体を揺さぶる。鼻の下に手を当ててみるとかすかに呼吸があり、頸動脈も動いている。とは言え、何ら反応を見せないことに不安がつのった泉の神は、大きな声で呼びかけを続ける。

「緑！　目を覚まして！」

何度も必死に声をかけると、緑の神は眉間にしわを寄せて口をもごもごし始めた。煩《わずら》わしそうに重い瞼を開けて、定まらない視線のままけだるい声で言う。

「なあに、もう朝？」

手で目をこすり、片手を思い切り高く上げて伸びをしながら、緑の神は大あくびをした。ふわりとしている髪は泥だらけになり、着ている作業用のカットソーもぐっしょりと濡れてしまっている。酷い有様にもかかわらず、緑の神はベッドで目を覚ました時のように心地よくまどろみ、ともすれば再び泥に横たわることも辞さないほどリラックスしている。血が巡ってきて、先ほどから声をかけていたのが泉の神だと分かると、緑の神は眼をしぱしぱさせて、勢いよく抱きついてきた。

「泉ちゃん！　久しぶりだね！　どうしたの、こんなところで？」

避《よ》ける隙を与えられず、泉の神は泥だらけの緑の神に熱く抱擁され、背中から田んぼに倒されてしまった。頰ずりしてくる緑の神を押しとどめながら、上半身を起こした泉の神は呆れて言う。

「訊きたいのはこっちの方よ。あなたこそ、どうして田んぼの真ん中で寝ているの？　私はてっきり溺れちゃってるのかと思って、肝を冷やしたわ」

記憶がぶっ飛んでしまっているのか、首を傾げて大きく唸り声を上げると、ぽんと手を叩き、頰を膨らませて緑の神は抗議する。

「ねえ、泉ちゃん聞いた？　おーかみ様ったら酷いんだよ！　横浜だいせんそーとか何とか言って、戦わなくっちゃいけないんだって！　それを聞いたらあたし、すっごく怖くなっちゃってね、神奈川ちゃんに、助けてってお願いしに行ったの。そしたら神奈川ちゃん、なんて言ったと思う？　僕はもうゆーきゅー期間に入ったから、土地神のぎょーむに関することは手伝えない、だって！　酷いよね、一大事だっていうのに」

緊迫感のない緑の神と神奈川の神のマイペースぶりのどちらにも等しく呆れながら、泉の神は言う。

「タイミングが悪かったわね。彼、そういう融通は絶対に利かないタイプだから。それで、どうしてあなたがここに寝ていることになるのかしら」

緑の神は田んぼに手を突っ込み、作った泥団子を遠くに投げた。

「あたしもね、食い下がったの。そんなこと言わないで助けてよーって。あたしの神器じゃみんなとなんて戦えそうにもないし、そもそも戦いたくもないって言ったらね、信じられないような深いため息をついた後に、神奈川ちゃん、カメさんを貸してくれたの」

「『飛光亀』ね」

拍手をしながら緑の神は言う。

「そう、ひこーき！　この子の力を使えば君の神器もパワーアップすると思うから、あとは自分で頑張れって言われてね、よし、それならいっちょやるか！　って決心したあたしは、カメさんに目一杯の力を貸して、ってお願いしたの。そうしたらなんだか温泉に入ったみたいに力が抜けていって、気付くと眠っちゃっていたんだ」

少しの間考えてから、泉の神は言った。

「あなたの『森林沃』に、時の加速が加われば短時間で横浜中の森が樹海に変わってしまうはずよ。他の土地神があなたたちの陣地に侵入できなかったのは、急激に成長する森の熱量が結界のようになってしまったからと考えられるわね。その場しのぎにしては、かなり効果的な防御策だわ。さすがに神奈川も厄介な神ね」

さっぱり事情を理解していない緑の神は、きょとんとした様子で言う。

「泉ちゃんはここで何をしてるの？」

あまりにも無防備な緑の神に、少しお灸《きゅう》を据えた方がいいと考えた泉の神は悪事を企むような顔をした。

「あら、私がここにいるということで何か気付かないかしら。あなたは戦いをやり過ごそうとするために、神奈川に力を借りたわけよね？　『森林沃』と『飛光亀』の結界は確かに強力で、戦局は膠着《こうちゃく》状態に入った。あなたの作戦は見事に成功したと言える」

「へへん、すごいでしょ」

鼻の下を指で拭って、緑の神は得意げに言う。

「でも、私は今、緑区に入っちゃってるわよ」

「あ」

泉の神は緑の神に顔を寄せる。

「横浜大戦争は、土地神同士で戦うこと。すなわち、殺し合いも辞さない」

泉の神は『絹ノ糸』をぴんと伸ばして、緑の神の首筋に近づけた。

「今のあなたは寝起きで油断しまくっていて、私にはこの糸がある。これがどういう意味か分かるかしら？」

感情表現が豊かな緑の神は、泉の神が終わりまで言う前に、目に涙を浮かべて洟《はな》をすりながら言う。

「い、泉ちゃんは、あ、あたしを、こ、ころ、ころ、ころころころ……？」

軽く脅したつもりが、すっかり怯えてしまった緑の神を見て、泉の神は『絹ノ糸』をしまう。

「そんなわけないでしょう。私は、他のみんながどういう動きをしているのか調査をしに来ただけ。私もあなたと一緒で誰かと戦うことには不向きだもの」

「冗談でも酷いよ、泉ちゃん！」

泉の神の胸をぽこぽこと叩きながら、緑の神はいじける。

「私が緑区に入れるようになったということは、結界が解かれてしまっているのよ。もう優雅に眠っている猶予はないわ」

「どうしよう、泉ちゃん」

しょぼくれた緑の神を見て、泉の神は初めから浮かんでいた疑問を投げかけた。

「ねえ、横浜大戦争が勃発したと聞いて、どうしてあなたは青葉や都筑たちと共に行動していないのかしら？　こんなことが起こったら、あなたは真っ先に港北に連絡を取って、港北一家で動くものだとばかり思っていたのに、神奈川と手を組んだと聞いて、かなり意外だったわ」

今までになく落ち込んだ姿を見せた緑の神は、俯いたまま返事をしなかった。泉の神は、緑の神の肩に手を寄せる。

「何かあったの？　喧嘩でもした？」

優しい泉の神の問いかけに、ここまで我慢していた孤独や不安が一気に溢れ出てきてしまい、緑の神は肩を震わせて泣きじゃくり始めた。今はいち早く戦線の状況を調査して、戸塚の神か保土ケ谷の神に連絡をしたかったのだが、こうも落ち込んでいる緑の神を放っておくわけにもいかず、泉の神は息を吐き出して言う。

「場所を変えましょう。夜の田んぼで泥まみれになりながら話をしていたら、風邪を引いちゃうわ。向こうがあなたのおうちでしょう？　ほら、手を貸してあげるからしっかり歩いて」

手を繋いだまま、泉の神は田んぼの近くにある平屋建ての戸を開けた。玄関脇には干したタマネギが吊されており、ジャガイモやにんじんの沢山詰まった段ボールが置かれている。下駄箱の横に鋤《すき》や鍬《くわ》が立て掛けられ、どこからともなく石油の臭いが漂ってきた。泥だらけになった緑の神を風呂場に叩き込み、汚れた服を洗面台で洗っていると、湯気で曇った浴室から声が聞こえてきた。

「泉ちゃん、一緒に入ろ」

「私はこれから青葉たちを探さないといけないのよ。ただでさえ時間がないんだから、お風呂に入っている余裕はないの、残念だけど」

返事はなく、しばらく汚れた緑の神の服を洗っているうちに、今度はすすり泣くような声が響き、泉の神は服を脱いだ。

「まったく、仕方のない女神様ね」

浴室に入るとすでに、緑の神は湯船に浸かって機嫌良く笑っていた。せっかく風呂に入ることになったので、泉の神は手早く髪を洗った後にタオルで束ね、身体についた石けんを流し風呂場を出ようとした。そそくさと去ろうとする泉の神に、緑の神は慌てて声をかける。

「一緒に入ろ」

「もう、子供じゃないんだから。私の言ったこと、聞いてなかったの？」

文句を言いながら、二人が入るにはやや狭い湯船に浸かると、緑の神は嬉しそうにはしゃいでいた。先ほどまで落ち込んでいた気持ちが少し和らいだのを見て、泉の神も安堵する。

「それで、どうして港北たちと一緒に行動をしていないのか、話してくれる気になった？　落ち込んでいるあなたを見るのは、心地よいものではないわ」

湯船に顔の下半分を沈め、ぶくぶくと泡を立てながら緑の神は口ごもっている。もじもじとして埒があかない緑の神に痺れを切らした泉の神は、お説教をするように言った。

「そんなに話す気がないなら、私が推理してあげましょうか。喧嘩という線はなさそうよね。もしも港北や青葉たちと揉めていたなら、あなたのことだからもっとわかりやすくぷんぷんしているはずだもの。あるいは共闘を断られたか。それもなさそうね。あなたから助けを求められたら、港北も娘たちも断るわけがないもの。それに、あの付き合いにくい神奈川にわざわざ協力を求めに行っている点を考えると、あなた、もしかして港北たちと連絡も取っていないんじゃないのかしら」

身体をびくつかせて、わかりやすい反応を見せた緑の神は、さらに湯船に沈んでいく。

「横浜大戦争という一大事にもかかわらず、あなたが家族に連絡を取ろうとしないからには、相当に根が深い何かを抱えていると考えるよりほかないわね」

のぼせかけてしまった緑の神は、湯船から顔を出した。

「泉ちゃんはほんとに頭が冴えるね。それともあたしが隠しごとするの下手っぴなのかな」

「前者はともかく、後者はその通りでしょうね。この際だから話してしまったらどう？　悩みを解決するにはまず、洗いざらい言葉にして整理することが大切だと思うの」

お湯に波を立ててぷかぷかと浮かぶあひるのおもちゃを泳がせながら、緑の神は言った。

「あたしが横浜にやってきた一九六九年はね、久々に新しい土地神がやってくるとあって、教育係を任されたみんなはすごくキンチョーしていたんだって」

「ブルーライトヨコハマ[34]が流行った年ね」

緑の神は嬉しそうに手を叩いた。

「泉ちゃん、知ってるの？」

「一応私もヨコハマの土地神だからね」

緑の神が少しリラックスしたのを見て、泉の神は笑みを浮かべた。

「大きなせんそーが終わって土地神のルールも色々と変わったから、あたしたちをどういう風に育てればいいのか、何も分からなかったみたい。今でも覚えているけど、初めて港北ちゃんに会った時、カチカチに固まっているのを見て大笑いしちゃったんだ、あたし。でも、どの神もみんなすごく大事にあたしたちを育ててくれた。南ちゃんは港南ちゃんの優しい性格をすぐに見抜いて幼稚園で働かせたし、戸塚っちは瀬谷っちが植物好きなのを生かして樹木医を勧めて、腕白な旭ちゃんはいっつも保土ケ谷ちゃんと色んな所を遊び回ってたっけ。同期のみんなは、土地神としてもすごく立派で、すぐに横浜の地に慣れていくのを、あたしはすごいなあって見てたんだ」

「あら、私はあなたも他のみんなと同じくらい尊敬しているわよ？　天候を読んで収穫のタイミングを見計らうのは誰にでもできることじゃないし、あなたより美味しく野草を調理できる土地神はいないわ。あなたがいるおかげで助かっている農家も少なくないはずよ」

「へへへ、照れますなあ。ただ、あたしはのんびり屋だから、植物の知識や農業のやり方なんかを覚えるのにすごく時間がかかっちゃってね。あたしの教育係を務めた港北ちゃんは、横浜でも一、二を争うべんきょー家さんだから、物覚えの悪いあたしにつきっきりで色んなことを教えるには、とっても骨が折れたと思うんだ」

小さく笑って泉の神は言った。

「あなたの物覚えが悪くて、彼が機嫌を損ねたことがあったかしら」

「きっと、港北ちゃんとあたしは正反対のタイプ。港北ちゃんは、物事をてきぱきとこなすけど、あたしはどれだけ時間をかけてもなんだかぱっとしなくて。もしもあたしが港北ちゃんだったらね、あたしがいつまで経っても土地の名前を覚えられなかったり、

34　ブルー・ライト・ヨコハマ　一九六八年にリリースされたいしだあゆみの楽曲。作曲は筒美京平。

転んで田んぼに突っ込んじゃったりするのを見ていたら、間違いなくむきーって怒っているると思うんだ。自分でも思うの、なんでもっとしっかりできないんだ、って。でも、港北ちゃんがあたしに怒ったことなんて一度もなくて、いっつもにこにこ笑ってくれたの」

「彼はそういう優しさのある神だからこそ、青葉と都筑の教育係も任されたんだと思うわ」

二人の関係を愛おしむように泉の神は言ったつもりだったが、緑の神の表情は暗かった。湯気で曇った鏡が水滴を垂らし、一本の線が伸びていく。

「他のみんなは、どんどん色んなことを覚えて土地神らしくなっていくのに、あたしはいつまで経っても半人前。自分がダメなのは別にいいの。時間をかけていけば、いずれ何とかなるだろうって思ってたから。でもね、あたしがぐずぐずしている間、港北ちゃんの時間を奪っちゃってもいたんだ。港北ちゃんは、ただでさえ人間社会の調査をしたくてたまらないのに、のろまなあたしに付き合わせて、大切な時間を無駄にしちゃっているっていう申し訳なさを、あたしはずっと感じていたの。泉ちゃんが褒めてくれた、食べ物の知識とか作物の育て方を必死に覚えたのはね、早く港北ちゃんを無駄な時間から解放してあげないといけないと思ったからなんだ。あたしの世話なんかより、土地神の仕事をする方がずっと大事に決まっているから」

ステンレスのシャンプーラックには、緑の神が普段使っているものの他に、男物のシヤンプーやニキビケアの洗顔剤も置かれている。泉の神は黙って話に耳を傾けていた。

「あたしがようやく一人前になったのは、泉ちゃんと栄ちゃんがやってきた頃なんだ。あたしにとって、泉ちゃんと栄ちゃんは、初めての後輩だったからどんな子たちなのかって思っていたら、どっちもすごく優秀でびっくりしたんだよ。周りともすぐ打ち解けるし、佇まいもしっかりしていて、あたしが学ぶことの方が多かったくらい」

「姉さんは兄さんを育てた経験があるから、私たちはそれにあやかっただけよ。若い神を見て、優秀さに驚くのは、私も青葉と都筑で覚えがあるわ」

緑の神は苦笑いを浮かべて続ける。

「泉ちゃんたちがやってきて、あたしももっとしっかりしなきゃと思っていたある日、大神様に呼び出されて、これから現れる青葉と都筑の教育係に任命されたの。正直に言って、あたしには自信がなかった。自分のこともしっかりできていないのに、新しい土地神を、しかも二人も育てるなんてとてもできそうにない。辞退しようにも断れなくて、どうしようかと悩んでいた時に、港北ちゃんが一緒に育てよう、って言ってくれたんだ」

「その話を聞いた時、私はとても驚いたわ」

「青葉と都筑は、土地神の中でもかなり若々しい容姿をしていたから、人間の子供社会を知ることを求められてもいたんだ。しかも、他の土地神はみんなきょうだいの関係だったけど、あたしたちはより人間に近い家族という関係で青葉と都筑を育てていく方針に決まって、あたしは形の上で港北ちゃんの奥さん、青葉と都筑のお母さんという立場になったの」

　ここここそが緑の神を悩ませているところだということに気付き、泉の神は開きかけた唇をそっと閉じた。

「港北ちゃんがあたしと一緒に青葉と都筑の教育をしてくれるのはとても嬉しくて助かったけど、奥さんとしてどう振る舞えばいいのか、分からなかった。あたしは、頼まれたものをいつも忘れて帰ってくるし、乗る電車を間違えて待ち合わせには遅れるし、あたしがゆっくり喋るから港北ちゃんはまったく話せないし、港北ちゃんに辛い思いばかりさせてしまっているのを、一緒にいるようになってから余計強く感じるようになっちゃって」

「彼はそんな風に思っていないと思うわ」

　泉の神の慰めを、緑の神は笑いながら否定する。

「実際に青葉と都筑が一緒に住むようになって、あたしがあの子たちに教えてあげられることはほとんどなかったんだ。泉ちゃんも言っていたけど、青葉と都筑は、物事の理解も早いし、人間社会に交わっていくことにも臆さないし、とっても勉強熱心。あたしたちが横浜にやってきた時なんて、けっこー遊び回っていたのに、あの子たちは人間の子供と同じ塾に通ったり、色んな学校に転校してみたり、すごく積極的で、しかも、分からないことがあったら港北ちゃんが全部教えてくれるから、あたしがあの子たちにやってあげられることは、せいぜいご飯を作るくらいだったんだ」

緑の神は両手ですくったお湯を見つめる。指の隙間からこぼれ落ちた雫《しずく》が湯船に小さな波紋を浮かべた。

「港北ちゃんとずっといられるようになったのはとても嬉しかったし、青葉も都筑もあたしに懐いてくれて、沢山助けてもらった。会社や学校に行くみんなを見送って、家事を一生懸命こなして晩ご飯を同じテーブルで食べる生活は、一人でいる時よりずっと楽しくて、人間たちがどうして家庭を築こうとあれだけ必死になるのか、ちょっぴり分かったような気もするんだ。でもね、青葉と都筑が独り立ちするようになると、みんなすごく忙しくなったの。娘たちは学校の後に塾へ行って帰りは遅くなるし、港北ちゃんも仕事で帰れなくなる日が続くようになって、それでもみんな、この家に帰ってこようとしていた。それがね、だんだん、みんながあたしに気を使っているんじゃないかって思うようになっちゃったの」

「そうかしら」

緑の神はお湯を湛《たた》えていた両手をぱっと開いて、不規則な水しぶきが上がる。

「本当ならね、わざわざあたしのいる家に帰ってこない方が、ずっと時間を有意義に使えるはずなの。港北ちゃんの家はここより会社に近いし、あたしの家は青葉と都筑が通う学校へは乗り換えがすごく面倒で。それに、あたしの作る料理はそれほど豪華でもないし、掃除もあんまり上手じゃないから居心地だってきっとよくないと思う。あたしは青葉と都筑の役に立つどころか、みんなの足を引っ張っているんじゃないかと思ってね、ある時、娘たちも充分に成長したし、もう一緒に住むのはやめようって提案したんだ」

その言葉を突きつけられた時の、港北の神や青葉の神たちの気持ちを想像すると、泉の神は身が凍るような思いだった。

「あたしたちは土地神だし、自分が守護する土地とは別の場所で生活するのはおかしい。みんな独立した土地神として、役目を果たす時期が来たんだと言って、あたしたちは別々に暮らすようになった。元々、あたしは港北ちゃんの奥さんなんて役割、分不相応だったんだよ。青葉や都筑だって、あたしみたいにぽんこつな神が母親で、恥ずかしいと思っていたはずなんだ」

そこで話を終えると、緑の神は泉の神に背中を向けてしまった。いつもにこにことしていた緑の神が、ここまで痛切な思いを秘めていた事実にまったく気付けていなかった泉の神は、横浜大戦争に巻き込まれている現状すら忘れそうになるほど激しい自責の念に襲われる。

「それで、あなたは本当に納得しているの？　土地神の理屈とか、そんなことはどうだっていい。あなた自身は、どう感じているの？」

緑の神は沈黙を貫くだけだった。さらに問いただそうと肩を摑んだ時、泉の神はある変化に気付き、緑の神の顔をまじまじと見ながら言った。

「ねえ、あなたこんなに童顔だったかしら？」

緑の神の頰に両手を当て、肩や腰に手を回していく。くすぐったそうな表情を浮かべる緑の神とは対照的に、泉の神の顔は深刻さを増すばかりであった。

「おかしいわ。あなたも鏡を見て。顔付きが幼くなっているの」

泉の神に指摘され、鏡を覗こうと湯船から身体を出した時点で答えは出ていた。身長が半分ほどの高さになり、身体の凹凸がなくなってしまっている。泉の神は明らかに身体が縮んでいる緑の神に驚いて、自分の顔や身体にも触れてみるが、何かが変わったようには思えない。戸惑い続けていると、緑の神は冷静に言った。

「青葉と都筑が神器を使ったんだ」

やけに落ち着いている緑の神が信じられず、泉の神は取り乱した。

「つまり、あの二人が私たちに攻撃をしかけてきているということ？」

すでに諦めてしまっているのか、緑の神の表情は浮かない。

「青葉の神器『思春旗』は、神を子供の姿に変えることができるの。相手を目の前にしていないと姿は変えられないんだけど、都筑の神器『狐狗狸傘』で盗んだあたしたちの影に向かって旗を振ればきっと効果があるはず。ほら見て、泉ちゃん、あたしたちの影が見えなくなってる。あの二人は本気で、このせんそーを勝とうとしているみたい」

「この際なんであなたの身体が小さくなっているかなんて、どうでもいいわ。あなたはこれでいいの？」

力の抜けきった緑の神は、視線をそらした。

「神奈川ちゃんに力を借りられなくなっちゃった時点で、あたしに勝ち目はないの。むしろ、あの子たちに負けるのなら一番いいのかもしれないね」

その言葉を聞いた瞬間、泉の神は自分が緑の神の頰を叩いてしまったことに気付いた。呆気に取られる緑の神に向かって、泉の神は真に迫った声で言う。

「いい加減にしなさいよ。あの子たちに負けるのならそれでいい？　そんなわけないでしょう。地上にやってきて初めて育ててくれた神を、自分たちの手で追い出さなければいけない、あの子たちの気持ちを考えたことはあるの？」

頰の痛みで熱い感情がこみあげてきた緑の神も、声を荒らげた。

「だって、これはせんそーなんでしょ？　どちらかが負けなければ終わらないんでしょ？　あたしは、誰かを傷付けて追い出すようなことなんてしたくないよ！」

「じゃあその痛みを、あの子たちに背負わせればそれでいいわけ？」

反論しかけた緑の神は、言葉を失っていた。

「あなたが誰かの足を引っ張ってしまった負い目を感じるのは、私にもよく分かる。私だって、姉さんに迷惑をかけたことを数えたらキリがないから。でも、あなたが港北の奥さんにふさわしくないとか、青葉と都筑の母親には力不足なんて、あなたが勝手に思っているだけで、彼らからそう言われたわけじゃないんでしょう？」

「でも、あたしはみんなの足を引っ張ることしかできなかった」

「じゃあこのまま横浜大戦争に負けて、港北とも青葉とも都筑とも話をしないまま、横浜を追放されて、あなたはずっと孤独に生きていくつもり？　私は、戦えと言っているわけじゃない。こんなくだらない戦争の勝ち負けなんてどうだっていい。でも、自分の気持ちを、きちんと打ち明けられないままあの子たちにあなたを追放させたら、みんな酷い傷を負って生きていくことになるのよ？　そんなのって、間違っているわ。あなたには分からないかしら、あなたに頼れず、横浜大戦争というハチャメチャな騒動を乗り越えなければいけない二人の気持ちが」

喉を震わせながら、緑の神はゆっくりと顔を上げた。戸惑う緑の神を落ち着かせるように、泉の神は肩を摑んだ。

「横浜大戦争とか、土地神とか、妻とか、母親とか、そういうものはこの際全部忘れてしまいましょう。今のあなたは、何を望んでいるのか、よく考えてみて。私はそれをわがままなんて言ったりしない」

両手で涙を拭いながら、緑の神はお湯の熱と気持ちの高ぶりで真っ赤になった鼻をぐずぐずさせ、長い間言葉にできずにいた気持ちを声に出していた。

「やっぱり、離れて暮らすのは寂しいよ」

その言葉を聞いて泉の神は安堵の表情を浮かべ、緑の神の頭にそっと手を乗せた。

「なら、会いに行きましょう。あの子たちに、親を傷付けるようなことをさせてはいけないもの」

急いで風呂を出た泉の神は、簞笥から昔青葉の神が着ていた服を取り出して緑の神に着せた。自分も服を借りようと考えたが、着慣れない服で動きが悪くなることを嫌い、結局汚れた黒装束を再び身にまとうことにした。身支度を整えて家を出たはいいものの、行く当てがないことに気付き、泉の神は途方に暮れている。

「けれど、青葉たちはどこにいるのかしら。徐々に子供の姿に変えられてしまっていることを考えると、闇雲に探し回っている余裕はなさそう」

「泉ちゃん、あたしにね、心当たりがあるの」

家の鍵を閉めた後、緑の神は車庫のシャッターを開けた。車庫に停められていた軽トラの助手席に座り、緑の神は運転席に泉の神を招く。

「本当ならあたしが運転したいところなんだけど、もう、足が届かなくなっちゃった。お願いしてもいいかな?」

運転席に飛び乗った泉の神は、シートベルトを締めながらニュートラルになったシフトレバーを左右に遊ばせた。

「任せて。姉さんと栄には、二度と運転しないでくれって言われているんだけど、結構自信あるんだから」

鼻息を荒くする泉の神を見て、緑の神は手に汗をかきながら言う。

「あ、安全運転でお願いね」

大きなエンジン音を上げながら、二人を乗せた軽トラは夜の田んぼを後にした。

第八章　帰参編

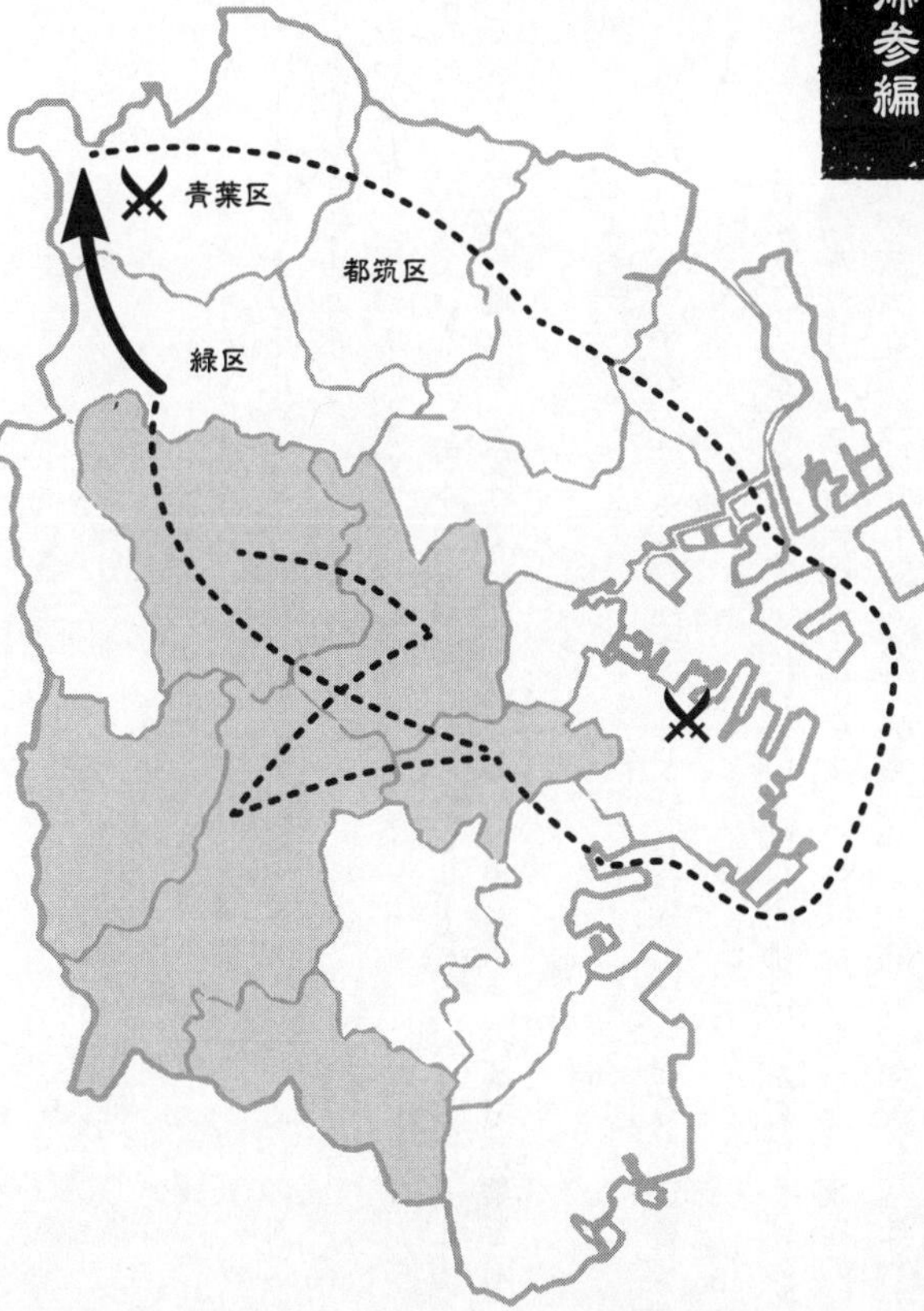

こどもの国[35]の駐車場に軽トラを止めた泉の神は、助手席でぐったりしている緑の神にシートベルトを外しながら言った。

「ほら、緑。着いたわよ。眠っていないで探しに行きましょう」

緑の神は眠っているわけではなく、軽トラでは考えられないほどのスピードでこどもの国までやってきた運転に意識を失いかけていただけであり、青ざめた表情で言葉を漏らした。

「あ、頭がぐるぐるぐるするよお」

「今からそんなに緊張してどうするの。これからきちんと話し合うんでしょう。気をしっかり持たないと」

体調不良の原因が自分にあることなどまるで気付いていない泉の神は、ふらつく緑の神を車から降ろして歩道橋を渡り、こどもの国の入園ゲートの前へやってきた。夜なので門は閉じており、周囲が広大な森に囲まれているせいもあって、寂しい気配に包まれている。中へ入るには、門を強引に乗り越えていくしか手段はなかった。強攻策へ出る前に、泉の神は確認するように問いかける。

「ねえ、青葉と都筑は本当にこどもの国にいるのかしら。ここを外すと大きなタイムロスになると思うの」

自信なさげな泉の神を安心させるように、緑の神は毅然とした態度を見せる。

「あたしたちは、土地神であることを人間に見つかってはならない。普通に暮らしているだけなら見つかることはないけど、神器を使っているところを見られてしまえばあたしたちが人間とは異なる生き物だと簡単に分かってしまう。もしも、あたしが青葉と都筑だったら、どうしても神器を使わなければならなくなった時、戦いになっちゃうことに備えて人目につかなそうな広い場所を選ぶと思うんだ」

「広い場所なら都筑区にも遺跡のある大きな公園があるわよ」

緑の神は首を横に振る。

「都筑中央公園も、遺跡の公園も、暴れ回るには申し分ない広さだけど、地下鉄の駅や商業施設に近すぎる。こどもの国の方がより人の流れから外れた場所にあるし、奥まった場所だからあの子たちも力を発揮しやすいはず。そう考えると、ここ以外に可能性はないと思う」

35　こどもの国　横浜市青葉区から東京都町田市にまたがる公園。一九六五年開園。元は旧日本軍の弾薬製造・貯蔵施設であり、戦後アメリカに接収され一九六一年に返還された。

緑の神のおとぼけな姿しか見てこなかった泉の神は、彼女が鋭い分析力を見せたことで、どれだけ自分に自信がなかろうと、間違いなく港北の神の知性に育まれた神なのだと強く実感するのであった。安心した泉の神は、緑の神を抱きかかえた。

「それなら安心ね。しっかり摑まってて」

軽やかに門の上まで飛び上がった泉の神は、園内に飛び降り、緑の神と手を繫ぎながら広いこどもの国を歩き始めた。緑の神は眠そうに目をこすっており、幼児化が進んでいることを考えると早く青葉の神たちを見つけなければならない。焦る気持ちを何とか抑えながら、中央広場にやってくると、声が聞こえてきた。

「泉！」

広場の向こうからやってきたのが、一人の少年の手を摑んで歩いてくる栄の神だと分かり、泉の神は慌てて双子の妹に近づいて行く。

「栄！　無事だったのね、海に落っこちたと聞いたから心配していたのよ」

栄の神と手を繫ぐ少年に心当たりはなかったものの、よく見てみるとその子が港北の神と瓜二つの姿をしていることに気付き、泉の神は緑の神を引き合わせて言う。

「あなたも『思春旗』にやられてしまっているのね」

緑の神ほど酷い眠気に襲われていない港北の神は、涙ぐむ緑の神を抱き寄せる。

「緑を連れてきてくれてありがとう、泉」

礼を言うのが精一杯で、家族間できちんと連絡が取り合えないまま現状を迎えてしまっていることを恥じるように、港北の神は口を閉ざしてしまった。気まずい空気になるのを避けるために、泉の神は冷静に質問をする。

「どうしてあなたたちの方が早く子供になっているのかしら」

ほとんど小学生と変わらない姿になっている港北の神は、すでに答えが出ているらしく、即座に返事をする。

「長く生きている土地神は、年々抵抗力が弱まっているんだ。君たちはまだ若い神だから、進行も緩やかで済むけれど、私や保土ケ谷のように古い神だと簡単に姿を変えられてしまう。おそらく、他の神々も今頃は子供の姿に変えられて慌てふためいているはずだ。通常と変わらない動きができるのは、泉と栄、君たちしかいない」

時間が刻一刻と迫っているのを、肌で感じている栄の神は慌てて言った。

「私たちも着いて間もないんです。急いで青葉さんと都筑さんを探しましょう！」

中央広場を探した後、閉園している屋外プールやスケート場の近くを回ってみても、青葉の神と都筑の神の姿はなく、一行は園内の奥にある白鳥湖へ近づいていきていた。若い神々が本気で走るのを、港北の神と緑の神は追いつくのがやっとで、体力の低下が著しく、襲いかかる眠気で足元もふらついてしまう。暗い公園を走り回っているだけでも不安がつのり、何とかして見つけ出せないものかと湖に視線を移すと、橋の向こうで舞う女性の姿が目に入った。

彼岸花が咲いた紺色の着物を身にまとい、朱色の和傘を差した女は、非常にゆっくりと舞い、時折見せるはかなげな笑みは月の光を浴びて、女神たちも胸が高鳴る艶《あで》やかさに包まれている。周囲の景色をすべて自分の舞台に変えてしまうその存在感に、神々は息を呑んでしまった。時が一瞬止まったかのような静寂に包まれた後、港北の神は舞い続ける和装の女性に向かって声を上げた。

「都筑！　そんなところで何をしているんだ！」

大きな声で呼びかけても和装の女性にまるで聞こえている様子はなく、左手で和傘を支えながら右手で空を切り、淡々と舞っている。

「都筑！」

緑の神も一緒になって呼びかけたことで、和装の女性は舞いをやめ、神々が近くにいることにようやく気付いたらしく、袖を広げながら腰を軽く下げて挨拶をした。

「あら、パパにママ。それに、泉さんと栄さんもいらっしゃるではありませんか。今日はなんていう日なんでしょう。沢山のお知り合いに囲まれて、わたくし、とても幸せですわ。申し訳ありません、すっかりお話に夢中になってしまって」

栄の神は辺りを見渡すが、都筑の神以外に誰かいる気配はない。

「お話？　誰もいませんよ？」

和傘の柄《え》を指でなぞりながら、都筑の神はとろんとした表情で言う。

「何を仰《おっしゃ》っていますの、栄さん。あなたの横にもいらっしゃるではありませんか」

そう言われて横を見ると、栄の神の肩にぼんやりとした黒い手が乗っており、全身が寒気に襲われる。

「ひいっ！　なんですかこれは！」

驚く栄の神をまるで気にかけず、都筑の神は話を続ける。

「まあ、ご機嫌麗しゅう、わたくしのためにわざわざお越し頂いて感謝致しますわ。少し輪郭が濃くなられたかしら。取り憑いた方がお引っ越しなさったから、しばらくお目にかかれずにいたのですね。わたくしに近い霊場の方がよろしい？　まあ、お上手なんですから、そうやって他の土地神にも同じことを言ってらっしゃるのでしょう？　以前より生き生きとしてらして、わたくし安心致しましたわ。死んでいるのに生き生きしているなんておかしい？　あら、生きてらした時より、今の方がずっと素敵ですわ」

ごく自然に虚空と会話する都筑の神を見て、栄の神は泉の神にしがみつきながら恐る恐る言う。

「……もう一度伺いますが、つ、都筑さんは誰と話をしているのでしょうか」

すっかり青ざめている泉の神に代わって、港北の神が言った。

「都筑は昔から、私たちには見えない何かが見えるんだ。彼女の持つ神器『狐狗狸傘』は、どうも人間や土地神とは異なった世界に生きるものたちと交信できるようになるらしい。あの子は愛想がいいから、そっちの方々にも好かれていてね」

どことなく娘を自慢するような口調の港北の神であったが、栄の神の震えは激しさを増す一方だった。

「そ、それってつまり幽……」

「栄！　それ以上言わないで！」

いつも動じることのない泉の神が、珍しく唇を紫にして額から汗をだらだらと垂らしている。すっかり戦意喪失してしまった女神たちを見て、気を取り直した緑の神は、微笑みを浮かべる都筑の神に向かって言った。

「都筑、こんなところで何をしているの」

目に見えない友人との会話をやめた都筑の神は、和傘を肩に載せて申し訳なさそうに言う。

「ごめんなさい、ママ。わたくしとしたことが、はしたないとは分かっておりますが、皆様の影を拝借させて頂きました。苦しくはありませんか？　じきにすべての方々が子供の姿に変わると思いますので、そうしたら元の姿に戻して差し上げますから、今しばらく辛抱して頂けますかしら」

「そういうことではない。なぜこんな騒ぎを起こしているんだ」

港北の神が問いかけると、都筑の神はきょとんとした表情を浮かべた。

「なぜって、大神様が横浜大戦争の開戦を宣言なさったからに決まっているではありませんか。パパとママこそ、今まで何をしていたのです？　わたくしたちが、パパとママに連絡を取らなかったとでもお思いですか？　パパは横浜を離れて人間の仕事に従事するばかりで、ママは神奈川さんと早々に手を組んで門戸を閉ざしてしまいました。皆様を子供の姿に変えるのは、青葉の苦渋の決断なのです。よそでは血の気の多い争いも行われているようですが、皆様を子供に変えることで土地神としての力を奪い、降伏を要求する手段は、最も平和的かつ合理的な戦法と言えるのではありませんこと？　わたくしたちのような若い神に、こうも易々と姿を変えられてしまうようならば、土地神としての力が欠けると大神様に認識されて、追放を言い渡されても何も文句は言えないはずですわ」

厳しい言葉を口にしながらも、都筑の神はどこかぽーっとした様子で、端《はな》から神々を相手にしていない余裕が感じられる。同じ横浜の土地神を追放するという事の重大さを理解していないと感じた泉の神は、都筑の神に視線を合わせる。

「大神様は唯一の勝者を残して、すべての土地神の追放を目論んでいるわ。私や栄はもちろんのこと、港北や緑まで横浜を離れることになるのよ？　仮にあなたたちが勝利を収めたとしても、青葉とあなたのどちらかを優勝者に決めなければならない。あなたは、愛する青葉に手をかけることができるの？」

青葉の神の話題が上ったことで、白く薄化粧をした都筑の神は顔が紅潮していき、身体が火照《ほて》り始めたのか、瞳が爛々《らんらん》と輝きを増す。

「わたくしの望みは、愛する青葉のために己のすべてを尽くすこと。横浜一の覇権も、大神様の目論見も、わたくしには何の興味もありません。わたくしは、青葉が心を痛めれば、それを癒やす薬となり、青葉が力を欲すれば、彼女の剣となり、青葉に足りないものを埋め合わせることを切望しているのです。ふふ、そして」

いつしか汗で頬に張り付いていた髪をなびかせながら、都筑の神は黒い瞳を鈍く輝かせて興奮を隠しきれずに言う。

「やがてわたくしの命が、青葉と一つに交わり、青葉の呼吸も喜びも悲しみも、すべてを感じられるようになり、死してなお永劫《えいごう》の時を共にあり続けることこそ、わたくしの真の願い！　ふふ、青葉と命が混ざったら、どんな気分なのかしら。青葉を思うだけでもこんなに身体が熱くなるんですもの、それが命ともなれば、それはもう現世では到底味わえないような激しい快楽が、わたくしの全身を貫くに違いありません！　ああ、想像しただけでもこの甘美に酔いしれるあまり、あちら側へ行ってしまいそうになりますわ」

震える己の身体を抱きしめながら、都筑の神は顔を真っ赤にしてへたり込んでしまう。思わず泉の神と肩を寄せ合ってしまった栄の神は凍り付いた表情で言う。

「……都筑さんって、あんな子でしたっけ」

ため息をついて泉の神は言う。

「多感な時期を迎えているのは間違いなさそうね」

快楽に溺れかけている都筑の神に向かって、港北の神は真剣な表情を浮かべる。

「君はこんな形で土地神が争うことを、正しいと思っているのか？　いくら大神様の命令とは言え、私たちが反目し合うなど間違っている。私は何度も言ったはずだ。神器を無闇に使うべきではないと。争いが起きていることも嘆かわしいが、君たちがこんな短《たん》慮《りょ》な手段に出てくるとは、失望を禁じ得ない」

短慮という言葉を耳にして、まどろみの中にいたような表情だった都筑の神は、唇をきっと結んだ。

「パパこそ、勘違いをしてらっしゃいませんか？　青葉は決して直情径行な性格ではありません。行動の一つ一つに熟慮を重ね、最善と思える選択をする賢明な女神です。青葉が選んだ道には必ず、その道に進むだけの理由が存在していて、それはただ流されるままに選ばれたものでも、考え無しに決められたものでもありません。パパにはここまでする青葉の思いや覚悟が分からないのですか？」

決然とした都筑の神に気圧《けお》されて、港北の神は気勢を殺《そ》がれ言葉を失う。痛々しい沈黙に穴を開けるように、緑の神はぽつりと言った。

「でも、やっぱりこんなことっておかしいよ」

言うべき言葉が何も見つからずにいた緑の神は、瞳に涙を浮かべてそう呟くことしかできなかった。弱々しい緑の神の声を耳にすると、都筑の神は鋭い目で神々を見ながら傘を回した。

「なぜもっと想像力が持てないのですか？　だから青葉が苦しんでいるというのに！」

都筑の神がそう叫ぶと、神々の周囲に雷雲のような霧が立ちこめ始めた。黒い霧は鳥肌が立つほど寒く、視界が悪くなり、泉の神と栄の神は子供に変わってしまった神々に近づいて警戒を強める。霧は濃くなるにつれ次第に人形《ひとがた》を作って群れを成していく。黒い影が腕を伸ばして神々の頬に触れ、足を引っ張り、あっという間にうごめく亡霊に囲まれてしまった。

「い、泉、しっかりして下さい！」

黒い霧が人の形に変わった時点で意識を失ってしまった泉の神はその場に倒れ込んでしまい、栄の神が涙目で呼びかけるが反応はない。すっかり怯えてしまった緑の神の手を引っ張り、港北の神は叫んだ。

「栄！ 退《ひ》くんだ！ このままだと向こう側に飲み込まれてしまうぞ！」

後退を試みようとする神々に向けて、都筑の神は容赦なく『狐狗狸傘』を踊らせて、黒い霧から現れた有象無象を操ろうとする。その背後から近づいてきた少女が、都筑の神の服を軽く引っ張って声をかけた。

「もういいよ、都筑」

襲いかかってきた亡霊たちが忽然と姿を消したことで、栄の神は足が止まり、再び橋の向こうに目をやった。

紺色のセーラー服を身にまとった少女が、逃げ惑う神々をじっと見つめていた。短めにカットされた髪型や、わざと長くスカートを穿いている姿は少女であることを窮屈に感じているのが伝わってくる。目は据わっていて、この世のすべてに不満を持っているような悶々とした気配を放っていた。

「青葉さん！」

栄の神とさほど身長の変わらない青葉の神は、左手で旗を握りながら、慌てふためく神々を睨んでいる。潤んだ瞳は怒りや悲しみが複雑に入り交じっていたが、緊張した顔が表情を読み取られまいと強く堪えているのが伝わってくる。何かに強く抑圧されていることは自覚しながらも、その正体が分からずに怒りの矛先を見失っていた。

港北の神は、今まで見たことのない明確な敵意を露わにしている娘に、かける言葉が見つからずにいる。親として振る舞えなくなっている港北の神と緑の神に、栄の神はとても心苦しさを覚えてしまう。

都筑の神の前に立って、青葉の神は言った。

「今更何しに来たの」

都筑の神と比べると、感情を抑えることに慣れていない青葉の神の、突き放した言葉にはかすかな震えが含まれている。港北の神は、幼児化が加速していても最後まで威厳を保っていようと臆することなく言った。

「君たちを止めに来た。いたずらに神器を扱って他の土地神に仇なすことは、ひいては己を傷付けることにもなる。誰の命であろうと、常に自分で考えなさいと私は常々言っていたはずだ。それを……」

話の途中で青葉の神は叫び声を上げて、港北の神を遮った。

「もう正論にはうんざりだよ！」

視して胸を押さえながら声を荒らげた青葉の神は瞳を潤ませながら、港北の神と緑の神を凝視しており、押しとどめていた感情が心の奥から今にも溢れ出しそうなのを必死に堪えて言う。

「パパの言っていることは正しいよ。土地神同士は争うべきじゃない。神器の力を簡単に使ってはいけない。自分の頭で考えなさい。そして、困ったことがあったら、みんなで話し合おう。パパはずっとそう言っていた。なのに、どうして横浜大戦争が起こった時、横浜にいなかったの？　大神様が大戦争の宣言をして、ぼくはすぐにパパへ連絡をしたのに。ママに会いに行こうとしても、もう神奈川さんと手を組んだと知って、どうすることもできなかったんだ。まさか、ぼくたちがいきなりみんなを子供に変えるなんて思っていたわけじゃないよね？」

　あまりにも痛烈に失態を指摘され、港北の神は言い淀みながら弁解を試みる。

「大きな仕事を片付けるために、どうしても横浜を離れなければならない事情があったんだ。そのせいで大神様の宣言を聞くことができなかったのは私の落ち度だ」

「パパは土地神なんでしょう？　人間の仕事にばっかり明け暮れて、大神様の命を聞けなかったのはどういうことなの？」

　青葉の神の正当な主張に、港北の神は言葉を失ってしまう。青葉の神はおどおどする緑の神に対しても、容赦なく言葉を吐きかける。

「ママだって、ぼくたちの約束を覚えていないわけじゃないでしょう？　ぼくたちに何か大きな問題が降りかかったら、一人で抱え込まずにみんなで話し合おうって決めていたはずなのに、ふたを開けてみれば森に結界が張られて、話し合うどころか会うことすらできなかったんだ」

都筑の神は、興奮する青葉の神を慰めるようにそっと撫でるが、落ち着こうとする気配はまるでない。

「ぼくたちが無茶苦茶なことをしていると思う？　違うよ、最初にぼくたちを見捨てたのはパパとママの方じゃないか！」

弁解しようのない意見に、港北の神も緑の神も返す言葉がなく、黙り込んでしまった両親を見て張り合いのなさを感じた青葉の神は余計に腹を立てる。

「都筑と一緒に初めて横浜に降り立った時、何をすればいいのかまるで分からなかったぼくたちを、親としてパパとママに迎えてもらって、すごく嬉しかった。ぼくらは子供の生態を観察することを望まれてもいたからプレッシャーも感じていたけど、パパとママは丁寧に人間の仕組みや土地神の在り方を教えてくれた。何より嬉しかったのは、ぼくらが一緒にいられる家があったこと。学校から帰ってきたらママがいて、会社から戻ってきたパパとみんなで夕飯を食べて、休日はどこかへ遊びに行く。この素敵な時間がずっと続けばいいと思っていたし、パパとママの名に恥ずかしくない横浜の土地神になろうと、精一杯努力もしてきたつもりだった。でも、そんな生活が長く続かないことも、ぼくは分かっていた」

深く息を吸って、青葉の神は続ける。

「ぼくらは土地神で、本来なら守護する土地にいなければならない。ぼくらが家族になったのは、あくまで新米の土地神を一人前にするための期間限定のものであって、いつかは終わりがやってくる。パパは港北の地で人間の働き方を知る仕事があるし、ママも緑の地で作物の育て方を勉強しなければならない。できることならずっと一緒にいたかったけれど、ぼくたちのわがままで、二人の重荷にはなりたくなかった。だから、ママが別々に暮らそうと言った時も、甘えそうになる気持ちを抑えて、独り立ちをする覚悟を決めたんだ」

はっとした表情を浮かべて、かすれるような声で何かを言おうとしている緑の神に港北の神は気付いた。

「たとえ離れて暮らすことになっても、ぼくらが家族として過ごした気持ちは変わらない。喧嘩をしたわけではないのだから、いつでもみんなで会って食事をしたり、誰かの家に泊まったりすることはできる。何か困ったことがあったらすぐにみんなで集まって、解決をしていけばいい。ぼくたちは、特別な繋がりがある。そう信じていたからこそ、ぼくは一人の土地神として生きていられたんだ。そして、横浜大戦争が起こった」

青葉の神の思いを耳にして、自分たちの選択がどのような傷を与えたのか、港北の神と緑の神は今になって肌で感じていた。

「特別な繋がりがあるなんていうのは、ぼくの幻想だったんだ。パパは仕事に夢中で、ママは自分の殻に閉じこもり、ぼくたちは二人にまるで信用されていなかった。家族という制度は、ぼくたちを育てるためのシステムであって、人間でもないのにそれ以外の特別な思いを持てると勘違いした、ぼくが悪かったんだ。自分でも変なことを言っている自覚はある。ぼくたちは土地神であって、人間の親子とは、寿命も、産まれ方も何かも異なっている。パパやママに、人間の子供たちが思うような気持ちを持つのはおかしいんだ。だけど、離ればなれになって、こんなにも寂しい思いをするのなら、どうしてぼくらを家族として育てようとしたんだ！」

強く目を閉じながら声を荒らげると、青葉の神の頰を涙が伝っていった。スカートを強く握って青葉の神は言う。

「こんなに辛い気持ちにならなきゃいけないのなら、ぼくたちは家族になんてなるべきじゃなかったんだ。土地神じゃどうあがいたって、家族にはなれないんだよ」

言葉を紡ぐ度に青葉の神の目から涙がこぼれ落ちて、頰がこけたと錯覚するほどげっそりしている。言葉を投げつけられた緑の神は足が震えて立っていることもできず、港北の神の手もずっと震えている。都筑の神だけは、冷静に青葉の神の肩に手を置く。

「パパ、ママ、青葉、わたくしで過ごした時間はかけがえのないもので、わたくしたちを育ててくれたことは青葉同様、とても恩義に感じております。ですが、パパもママも青葉をあまりに深く傷付けてしまいました。わたくしはあくまで、永久に青葉のそばにいると誓った身。青葉を傷付けるものは、たとえパパとママであろうと許すわけには参りません。刃を交えるのは心苦しいですが、わたくしたちは本当に別々の道を歩んでいく時期が近づいてきたのでしょう。これ以上、青葉の傷が深くなる前に、潔く横浜の地を辞去なさって下さい。それが、わたくしのできる唯一の、パパとママに対する返礼です」

都筑の神に支えられながら、絞り出すように青葉の神は囁いた。

「土地神の家族ごっこは、もう終わりにしよう」

その言葉を言い終えた瞬間、鋭い勢いの糸が、青葉の神めがけて飛んできた。それに気付いた都筑の神は『狐狗狸傘』を高く掲げて、周囲に濃い霧を生み、そこから現れた無数の手が糸の勢いを殺ぐ。不発に終わった『絹ノ糸』を巻き取る泉の神に向かって、都筑の神は言った。

「何をするのです？」

『匙下減』を地面に突き刺して、栄の神は胸を張って笑っていた。

「まったく、ちゃんちゃらおかしいとはこのことですね」

緊迫した場面で、急に侮辱的な態度を取ってきた栄の神に怒りを見せる都筑の神は、傘を操ってスコップを持つ神の周囲に濃い霧を巻き起こし、その奥から無数の手を生み出す。栄の神は、全身を冷たい正体の見えない手で触れられていたが、ひるむことはなかった。

「あなたたちは本当に土地神として、多くの民を見てきたのですか？」

思わぬ所から反論の声が上がり、落ち着きかけた怒りがまたしてもぶり返した青葉の神は険しい表情で言う。

「ぼくは誰よりも多くの子供と、家族を見てきたんだ。部外者は黙っててよ」

栄の神は物怖じせず続ける。

「私もあなたも、沢山の家族が住む横浜のベッドタウンを守護しています。それを見ていて、何かに気付きませんでしたか？　この世のどこにも、完璧な家族など存在しないのです。二日酔いの時にハンバーグを出す妻に不満を持つ夫がいて、何度注意しても門限を破る娘に我慢の限界が来ている母がいて、ファッションセンスのない父と一緒に歩くのが恥ずかしいと思っている娘が、この世には溢れかえっています。土地神という立場から見れば、家族とは不合理な集合体そのものです。子孫を残すだけ残して、子が独立すれば家族という不可解な共同体を解散してしまえばいいのに、人間はそれでも家庭というものを保とうとします。なぜ人が家族という集団にこだわろうとするのか、その理由は私にも分かりません」

静かに呼吸を整えて栄の神は続ける。

「唯一はっきりしているのは、誰しも家族という組織の中で与えられた父や母、あるいは子といった役割を全うできる人間などいないということです。それは、人間という生き物が無知で不完全だからというわけではなく、命あるものが集った時、パズルのようにすべてのピースがぴたっとはまるようにはできていないからなのでしょう。あなたが、港北さんや緑さんを恋しく思い、親としての責任を果たしていないと思う気持ちを、わがままだとは言いません。人間のような感情を、土地神のあなたが持ってしまうことも、決して悪いことだとは思いません」

取り巻く影の数が増えても、栄の神は青葉の神から視線を逸らすことはなかった。

「ですが、あなたが聞き分けのないだだっ子だと思われたくないのならば、港北さんと緑さんの立場も考えてあげることです。あなたにとって二人が初めての親であるのと同じく、港北さんと緑さんにとっても、あなたたちが初めての子供だったわけです。私たちは戸塚の神という姉に育てられましたが、あくまで姉という立場であって、人間の家族を模した形で土地神を教育したのはあなたたちが初めての試みです。いきなり親としてきちんと振る舞える人間がいないことから分かるように、親は子の願いを完璧に叶《かな》えてあげられる存在ではありません。ましてや土地神を子として育てた土地神がいない以上、あなたが求めるような理想像を、彼らに押しつけようとするのは高望みというものです」

「だったら、家族になんてならずに、栄ちゃんみたいにきょうだいとして育ててくれればよかったじゃない！　こんなことになるのなら、どうして普通に育ててくれなかったの？」

「ならばあなたにとって、家族として過ごした時間は、痛みや苦しみしか生まれないものだったのですか？　港北さんや緑さんと生きた時間を、無駄だと切り捨ててしまってもいいのですか？」

はっとした表情を浮かべた青葉の神に、栄の神はたたみかける。

「多くの人間たちが大人になる瞬間を私は見てきましたが、その大半は親の限界を子が知った時に訪れます。親が絶対的に自分を庇護し、家庭を永遠に守り続けられる存在ではないと自覚して初めて人は、何にも頼れない世界へ放り出されていくのです。親は常に子より先に衰えていて、親が望むように子を変えることはできても、子が望むような親に変えることはできません。もしも、あなたが港北さんや緑さんに変わることを求めているのならば、あなたが変わるしかないのです」

栄の神は『匙下滅』を片手で握り、青葉の神に突きつけた。

「あなたの言ったように、私は部外者です。あなたがどれだけ傷付いたのかを分かってはあげられませんし、口出しをする権利なんてないのかもしれません。けれど、いくら自分が傷付いたからといって、誰かを傷付けていい免罪符にはなりません。私は横浜十八の土地神の一人として、これ以上緑さんと港北さんが傷付く姿を見ていることはできません。さらに攻撃を続けるつもりなら、私も加勢することになります」

「みんな勝手だよ！　責任を放り出して、周りがどれだけ傷付いているか、考えたこともないんだ！」

栄の神を取り巻く霧が濃くなり、そこから伸びてくる腕の数が増えたのを見て、泉の神は栄の神を抱えて池を見下ろしている木の上に飛び移った。行方を追っている都筑の神たちを木の上から眺めているうちに、自分がさっきまで物の怪に全身を触れられていたことを思い出し、栄の神の全身からどばっと汗が噴き出てくる。

「助かりました、泉。私、柄にもなく熱くなってしまって」

小さく笑って泉の神は言う。

「血は争えないものね。あなたが言わなければ、私が啖呵を切っていたところよ」

泉の神にしがみついたまま、栄の神は落ち込んだ様子を見せる。

「青葉さんが見捨てられたと思ってしまうのも、無理はありません。現に港北さんは、宣言に気付かずに働きっぱなしで、緑さんも連絡を取らずに結界を張ってしまったのですから」

子を育てる自信を失い、家族を遠ざけてしまったことを後悔する緑の神の気持ちを知っていた泉の神は、より家族のすれ違いが複雑になってしまった現状に心が痛む。腕で汗を拭って、栄の神は言う。

「家族という制度は、土地神が思っている以上に厄介な発明品です。実を言うと、ここへ来る前に保土ケ谷さんが、家族は呪いにも似ていると言っていたんです。確かに、そういう側面もあります。もしも青葉さんが緑さんの妹として育てられていたら、家族が離ればなれになる寂しさを、今みたいに感じることはなかったでしょうし、大人になればなるほど、家族の繋がりが重荷になっていくこともある以上、呪いと形容したくなる気持ちも分かります。土地神の中でも特に優秀な港北さんや青葉さんでも、家族を上手に運用できなくなっているのですから、私たちが家族という形で繋がりを持とうとするのは無理があったのかもしれません」

家族が壊れていく姿に心を痛めていた泉の神は、これ以上話を聞いていたくなかったが、栄の神の目は諦めていなかった。

「けれど、私は青葉さんに家族を、呪いだなんて思って欲しくはありません。こうまでして青葉さんが怒りを露わにするのは、それだけみんなと過ごしていた時間を大切に思っていたからなんです。家族は、呪いにも救いにもなる、極めて扱いの難しい繋がりです。だからこそ、横浜大戦争という不条理な流れに巻き込まれて、互いの気持ちを知ることもできずに家族がバラバラになってしまう前に、もう一度、家族で話し合う機会を持って欲しいと、私は思うんです。このまま青葉さんと都筑さんが一方的に、港北さんたちを追い詰めてしまうようでは、二度とそんな機会はやってきません。それだけは、何としても避けなきゃいけないんです」

いつしか栄の神の周囲に霧が立ちこめており、またしても奥から腕が伸びてくる。泉の神は『絹ノ糸』を別の木に伸ばして、悲鳴を上げる栄の神を抱えて霧に引きずり込まれる前に飛び移った。

「なら、こんなところでやられちゃ格好つかないわよね」

意気込んだのはいいものの、栄の神は深いため息をつく。

「どうしましょう。私は、煽《あお》るだけ煽ってしまいましたが、何の策も練っていないんです」

猪突猛進な性格を喜ぶように、泉の神は笑みを浮かべた。

「なんだか無鉄砲さだけを、保土ケ谷から変に学んでしまったみたいね」

「あんな行き当たりばったりでは！……ないはずです、たぶん」

すでに都筑の神は栄の神たちの場所に気付いており、泉の神は木々を渡りながら言う。

「彼に倣《なら》うなら、まずは現状をしっかりと分析することね。おそらく、青葉と都筑は分業で戦っているわ」

「分業？」

「そう、私たちと同じ。青葉の『思春旗』は子供にする対象が近くにいないと効果が発動できないことに加えて、近接の戦闘にはからっきし弱い。姉さんの『夢見枕』に似ているわね。神器が強力である一方で、防御の面に難がある。都筑は青葉の弱点をきちんと把握しているからこそ、自分が彼女の騎士となって露払いをしているというわけ」

呆れた表情で泉の神は続ける。

「横浜の各地にいる土地神の影を盗みながら、青葉を守って私たちに襲いかかってきている都筑の力は、末恐ろしいものがあるわ。今は遠距離の攻撃をしかけてきているけれど、近づいたら何をされるか分かったものじゃない。あの子は柔道や空手といった習い事も一通り嗜《たしな》んでいるし、何より」

「都筑さんにより近づいたら、どんな恐ろしいものを召喚されることやら……」

泉の神も栄の神も苦手なお化けを相手にすると思うと、仲良く背すじが凍りそうになる。

「私とあなたで都筑を攻めるのは上策ではないわね。鶴見や港南のようにとんでもない力を持っているわけではないから、糸やスコップだけで強引に押し切ろうとするのは無理がある。それに、おそらくどんな手を使っても、都筑は屈服しない。あの子の言動は、冗談のようにも聞こえるけど、青葉を思う気持ちは本物よ。殺しに行くつもりでもない限り、都筑を止めるのは難しい。さらに『思春旗』の攻撃は継続していて、私たちにもタイムリミットが迫っている。悩んでいる時間もない以上、もはや万事休すといったところなのかしら」

軽口を叩いて、何とか場の劣勢の空気を変えようと泉の神が言葉を言い終えた時、栄の神は真剣な表情で一点を見つめていた。あまりにも集中していて、怨霊の手で頬を撫でられていることにも気付いていなかった栄の神は、突如声を上げた。

「もはや策はこれしかありません」

そう言って栄の神は耳打ちをすると、泉の神は途中で大笑いをした。

「あなた、本気で言っているの？　そんなこけおどし、通用するかしら」

「私は大まじめです。都筑さんの思いが本物なら、これは痛烈な一撃になるはずです」

いつもおどおどしていた栄の神からは考えられないほど、肝の据わった案に驚いた泉の神はからかうように言う。

「あなたの考え方は保土ケ谷に似てきたわね。これは悪役が好む卑怯な手よ」

「悪役上等です。結局は勝てばいいんですよ、歴史書に細かいことなど書いてないんですから」

「野蛮なこと。でも、面白いわ。チャンスは一度だけよ。上手にやりなさいね」

「泉も気を付けて」

栄の神と別れ、木から地上に降り立った泉の神が池の前に再びやってくると、港北の神と緑の神は幼児化に耐えられなくなり眠りに落ちてしまっている。眠る両親を優しく見つめていた都筑の神は、艶《つや》っぽい笑みを浮かべて、歩いてくる泉の神に視線を移した。

「悪あがきはお済みになったかしら。あなたも以前より顔付きが幼くなっています。いい加減に白旗を揚げてはいかがでしょう」

不発に終わると分かってはいても、泉の神は都筑の神に『絹ノ糸』を投げつけ、予想した通り霧から伸びてきた手がはじき落としてしまった。都筑の神の周囲を飛び回り、あらゆる角度から糸を投げつけながら泉の神は問いかける。

「都筑、あなたは気付いているんじゃないの。青葉がこんなことをしても傷が余計に深くなるだけだって」

『狐狗狸傘』を天に掲げて舞いながら都筑の神は言う。

「あら、今度は泣き落としですか？　あなたは栄さんのように弁が立つわけではありませんから、わたくしの戦意を殺ごうとするのは難しいと思いますの」

糸で拘束することを諦めた泉の神は、一定の距離を保って都筑の神を見つめた。

「青葉が港北と緑を責める言葉を叫んだ時、滲むような痛みが私にも伝わってきたわ。あの子は本心から港北と緑を追い出したいと思っているわけでも、横浜大戦争に勝ちたいと思っているわけでもない。あなたは賢い女神だから、青葉が間違いに気付いていることも知っているはずよ。青葉を痛みから救うことがあなたの願いなら、彼女の過ちを指摘してあげるのも、家族としての優しさなんじゃないのかしら」

その言葉を耳にして、都筑の神は舞うのをやめ、静かに泉の神を見返しながら冷静な口調で言った。

「この戦で青葉が傷付いていることなど、百も承知です。わたくしは、心の底から青葉を愛しているのです。心から誰かを愛するとは、どういうことでしょう？　それは、絶対的な力であらゆる障害から身を守ってやり、この世に痛みや苦しみがないと思わせる世界に閉じ込めてしまうことでしょうか？　それは違います。わたくしは、青葉には自由に生きていて欲しいのです。自由とは、安全を意味しません。己の気まぐれな選択が、時に深い傷を生むこともあります。青葉はとても繊細な性格ですから、小さなことで後悔する彼女の姿を、何度も見てきました。わたくしたちがこの戦で勝利を収め、パパやママ、あるいは泉さんたちといった縁の深い神々をこの横浜から追放してしまえば、後で必ず青葉は傷付きます。わたくしすらそばにいられなくなるかもしれません。たとえわたくしも追放され土地神という立場ではなくなり、霊のような姿になったとしても、痛みを感じながら生きようとする青葉の近くにいると心に決めているのです。わたくしは、痛みから逃げず、傷付いてでも自分の道を行こうとする青葉だから、愛しているのです。青葉がパパとママに刃を向けると決意した道は、痛みが避けられないからこそ、あの子がこれから感じる痛みや苦しみも共に分かち合い、何があってもそばを離れない。それが、わたくしの愛なのです」

「なら、とても効き目がありそうだわ」

泉の神は、都筑の神を囲む木めがけて『絹ノ糸』を巻き付け、いとも簡単に倒してしまった。今までその場を動かなかった都筑の神は、別の木の後ろへ慌てて逃げ込んでいく。

「やっぱりね」

その動きを見た泉の神は、木を次々と倒していき、都筑の神は広場へ逃げていくことしかできなくなっていた。雲一つない月の下、隠れる場所がなくなった都筑の神に向かって泉の神は言う。

「もしも今日が新月だったら、私たちに勝ち目はなかったかもしれないわね。あなたの『狐狗狸傘』は、光の当たる場所では使えないいんじゃないかと踏んだのはどうやら当たりみたい」

その言葉で少しは相手がひるむかと思いきや、都筑の神は取り出した扇子を高く舞い上げ、一瞬だけ地面に影が現れる。その影から現れた腕は素早く泉の神を捕まえると、一気に都筑の神の近くへ引き寄せてしまった。俊足が売りの泉の神も、この動きを予測することはできず、都筑の神はようやく捕らえた逃げ足の速い女神を霊の腕とともに抱きしめながら言う。

「ご明察。けれど、気付くのがいささか遅すぎましたわ。『狐狗狸傘』の中は常に影がありますから、もう逃げられません」

お化けが苦手だったはずなのに、泉の神はにやりとして都筑の神を見つめている。それを不気味に思った都筑の神がもう一言加えようとした時、背後から悲鳴が聞こえてきた。

「何事ですか？」

すかさず泉の神の拘束を解き、都筑の神は声の響いた方向へ駆けていく。都筑の神を追って泉の神が走った先に待っていたのは、泥だらけになった栄の神が『匙下滅』を凶器に青葉の神を拘束している姿だった。もみ合う女神たちの横に大きな穴が空いており、いかにして栄の神が青葉の神に接近したのかを、都筑の神は瞬時に悟った。青葉の神は華奢《きやしや》な身体で抵抗して何とか逃れようとするが、穴掘りで鍛えた栄の神に力で勝ろうとするのは難しい。

愛する青葉の神が苦しめられていても、都筑の神は冷静だった。

「どこへ姿を消していたかと思えば、青葉を楯にわたくしを脅迫するつもりですか？」

栄の神は都筑の神の特性を読み、影に入らない場所で青葉の神を捕らえていた。

「お願いですから、これ以上みんなを子供の姿に変えるのはやめて下さい。このままでは本当に家族がバラバラになってしまうんですよ？」

「わたくしの力を侮らないで下さい」

自分の影から亡霊を呼び出した都筑の神は、栄の神と距離があったにもかかわらず亡者の腕を強引に伸ばして青葉の神の拘束を解こうとする。月の光を浴びていたせいで、引っ張ろうとする力は弱まっていたが、栄の神に鳥肌を生むには充分だった。

「ひゃっ！」

「栄さん、あなたこそ青葉を捕らえてどうするつもりですか？　そのスコップで青葉の息の根を止める覚悟が、あなたにおありで？　わたくしたちは何をされても屈するつもりはありませんし、あなたたちは土地神を殺せるような残酷さを持ち合わせてはいない。覚悟が違うわたくしたちに戦いを挑んだ時点で、もとより勝ち目などなかったのです。それ以上青葉を苦しめるのなら、わたくしとて容赦は致しません」

迫る亡霊の腕より、怒りに満ちた都筑の神の方が栄の神を震え上がらせたが、ぐっと堪えて軽い調子で反論をした。

「そんなことを言っていいんですか？　私こそ忠告したはずですよ、こんなことはやめるべきだと。さらに抵抗するようなら、こちらにも策があります」

「ほう、ならその策というものを見せて頂こうかしら」

ふうと覚悟を決めるように深く息を吸い込んだ栄の神は、あろうことか『匙下減』をぽいっと投げ捨ててしまい、正面に回って青葉の神の両肩をがっしりと掴んだ。あまりにも目が血走っている栄の神を見て、気丈に振る舞っていた青葉の神は拘束されていた時よりも戸惑いを見せている。

「な、何？」

鼻息を荒くし、全身をぴくぴくさせながら、栄の神は青葉の神の肩を掴んだ手にさらに力を込めて言った。

「今からキスをさせて頂きます。し、しかもとびっきりディープなやつを、です！」

「はぁ？」

ついに接吻宣言をした栄の神を見て大笑いする泉の神をよそに、青葉の神は顔を真っ赤にして視線を泳がせながらうわずった声で抵抗を試みる。

「な、何言ってるの？　こ、これは戦争なんだよ？　ふざけてるの？」

歯をカチカチ言わせた栄の神は、目をぎょろつかせてにじり寄っていく。

「私は至って真剣です！　青葉さん、覚悟して下さいね」

首を何度も横に振って瞳を潤ませた青葉の神は、次第に声が小さくなってしまう。

「じょ、冗談だよね？　ぼくも栄ちゃんも、女神なんだよ？　それが、キ、キスだなんて！」

か弱く抵抗を続ける青葉の神の姿にフェティシズムが芽生えたのか、栄の神の迫っていく姿が徐々に板についてくる。

「現代は性が多様化しているんです。愛があれば、同性か異性かなどちっぽけなことです。ましてや、私たちは土地神。愛の形は様々なのだと示してあげましょう!」

接近する栄の神の唇を見て、青葉の神は恥ずかしさと恐怖で眼を何度もぱちぱちさせて必死の声を上げる。

「ちょ、ちょっとタイム! ぼくにだって覚悟が……。いや、そうじゃないよ、こんなのおかしいって! ど、どうしてぼくが栄ちゃんにキスされなければいけないの? キスっていうのは、愛し合ったもの同士がする、とてもロマンティックなもので……」

「ああもう、うるさい女神ですね! すぐに気持ちよくなりますから、黙って私にキスされなさい!」

もはや視線がおかしくなっている栄の神を、青葉の神は押し切ることができそうになかった。

「おやめなさい!」

ヒステリックな叫び声を上げ、戯《たわむ》れる栄の神の動きを止めたのは、他ならぬ都筑の神だった。『狐狗狸傘』を強く握った手はわなわなと震えている。怒りに充ち満ちているかと思えば、都筑の神の表情は確かに激しさがあったものの、栄の神と似たような倒錯も少なからず含まれている。

「なんて卑劣な! あろうことか青葉の貞操を奪おうなど、わたくしの目の黒いうちは、絶対に許しません!」

今までにない本気の叫びで都筑の神が怒りを露わにしたにもかかわらず、妙なスイッチが入ってしまった栄の神はもう青葉の神のみずみずしい唇にしか目が行っていない。

「よく見れば、あなたの唇はぷるんとしていて、とても可愛らしいじゃありませんか。そんなに震えなくても大丈夫ですよ、すぐに私がめくるめく快楽の世界へ導いてあげますからね、そうです、肩の力を抜いて」

お構いなしに蛮行を続ける栄の神に、我慢できなくなった都筑の神は大声で言う。

「青葉から離れるのです、栄さん！　青葉の初めてのキスはわたくしだけのものなのですよ！」

髪を振り乱しながら、青葉の神は二重の抗議をする。

「なんで都筑のものなんだよ！　そ、それに初めてかどうかなんて分からないでしょ」

その言葉を耳にして、都筑の神は一度たりとも手放さなかった『狐狗狸傘』を地面に落として顔を真っ青にした。

「嘘ですよね、青葉？　もしかして、わたくしの知らぬところで、もう誰かとキスを済ませたなんてことが許されると思っているのですか？　相手を教えなさい、今すぐ息の根を止めて差し上げます」

「もう、なんなんだよ、二人とも！　どうかしてるよ！」

「ひひひ、そうやって強がっていられるのも今のうちですよ、直《じき》に立っているのもやっとになってきますからね」

どれだけ身体を押し戻そうとしても、信じられないほど強い力で迫ってくる栄の神に対抗するのはもはや難しく、青葉の神はごくりとつばを飲み込み、目を閉じて言った。

「べ、別にキスくらいすればいいよ！　そんなことをされたって、ぼくは神器の力を緩めたりしない。もうちょっと我慢すれば、栄ちゃんだって子供になるんだ。それくらい、耐えてみせる」

「くーっ、強がりな女だ、ぞくぞくしてくるぜェ」

女神らしからぬ下卑《げび》た言葉を吐いて、よだれを垂らした栄の神は、青葉の神の唇に顔を寄せていく。鼻と鼻が触れ合い、青葉の神が鼻から漏らす温かい息が顔に触れ、嫌でも情欲がかき立てられていく。いよいよ唇が触れかけた瞬間、栄の神の目には今まで青葉の神の閉じた瞳が映っていたはずなのに、背後の景色が見えている。気付かぬうちに小さくなっていた身体が元のサイズに戻っていたせいで、視線がずれてしまっていた。

「都筑、どうして！」

栄の神の背が戻ったのを見て、青葉の神は言った。

青葉の神が叫んだ先には、両手で顔を覆っておいおいと涙を流しながら、都筑の神が地面に座り込んでいた。

「わたくしは、青葉のためならどんな痛みにも耐えられます。青葉の願いはわたくしの望み、わたくしは己のすべてを青葉に委ね、ここまで戦ってきました。ですが、あなたが栄さんとキスをすることだけは、到底承伏《しょうふく》できません！　いくらあなたの意向にすべて賛同してきたわたくしでも、こんな性欲の権化に成り下がった珍神に青葉の麗しい唇が奪われるなど、決してあってはならないのです！」

「もう少しで横浜大戦争に勝って、パパやママの重荷にならない一人前の土地神になれるんだよ！　このくらいどうってことないよ！」

髪を逆立てて、都筑の神は声を荒らげた。

「これは空前絶後の一大事です！　もしもあなたが栄さんとキスをする姿がこの目に焼き付けられようものなら、わたくしは邪神に姿を変え、怨嗟《えんさ》の炎で世界中を焼き尽くすことでしょう。よもやこんな卑劣な手段に走るなど、なんて狡猾な神！」

「もうわけわかんないよ！」

「おう姉ちゃん、早くチューしようや」

幼児化が収まり、戦いがすでに終わっていたことにも気付かずに、欲に駆られた栄の神は未だに青葉の神の唇を奪おうとしている。

「どうやらあなただけは、手をかけなければならないようですね」

鬼のような形相で栄の神に近づいていく都筑の神を、笑って見ていた泉の神は、大慌てで糸を投げつけて痴漢と変わらなくなっている女神を引き寄せた。鼻の下が伸び、へらへらした顔でぶつぶつと何かを呟いている栄の神の頰を軽く叩いてやると、ようやく意識を取り戻す。

「はっ、私は一体何を！」

「危機一髪だったわ。ちょっとでも遅れていたら、あなたの命はなかっただろうから」

わざと深刻に泉の神が返事をしたせいで、栄の神はまだ事態が緊迫感に包まれていると思い込み、真剣な顔で問いかける。

「どうなりましたか？」

「あとは彼らの仕事ね」

女神たちが集まった広場に、二つの影が近づいてきていた。元の姿に戻った緑の神と港北の神が、座り込む青葉の神と寄り添う都筑の神を見つけると、心配そうな顔付きで歩み寄ってくる。青葉の神は両親が近づいてきたことには気付いていたものの、顔を上げることができない。都筑の神は青葉の神を弁護するような顔付きで、無言で見下ろす両親の顔を見ていた。

ふてくされた声で、青葉の神はやってきた両親に背を向けて言った。

「何しに来たの。ぼくはもう負けたんだ。話すことなんてないよ。どっかへ行って」

突き放すような言葉を放った青葉の神に、港北の神が注意をしようとした時、緑の神は都筑の神と青葉の神を二人とも抱きしめた。

「辛い思いをさせちゃってごめん。青葉は、ずっとあたしたちの重荷になっちゃってると、思っていたんだね。そうじゃないんだ」

今になって自分の気持ちに気付いた緑の神に、押し込めていた怒りが蘇ってくるが、それ以上にようやく気持ちに気付いてくれた安堵感が青葉の神の顔を真っ赤に染めるだけで、過激な言葉は生まれてこなかった。緑の神は震えそうになる声を必死に堪えながら、母としての責任を保って続ける。

「あたしは、港北ちゃんみたいに物知りじゃないから、青葉や都筑に何か特別なことを教えてあげられるわけじゃない。青葉や都筑みたいに物分かりもよくないから、港北ちゃんが必死になって教えてくれることの半分も分かってあげられない。あのまま一緒にいても、みんなの邪魔にしかならないと思って、あたしは独立することを勧めたんだ」

激しく首を横に振って、青葉の神は怒気を露わにする。

「そんなの勝手だよ。どうして自分が何も与えられていないなんて思えるの？　ぼくたちが、ただ勉強をしたいがためにママのそばにいたと思っているの？　そんなの、ママが決めつけたことで、ぼくたちの意思じゃない」

青葉の神の責める声の意味を汲み取った緑の神は、感謝するように頷く。

「あなたたちを独り立ちさせたらね、あたしは本当に自分が空っぽだったことに気付かされたの。青葉や都筑や港北ちゃんがそばにいて、ちょっぴり変かもしれないけど土地神が家族でいられる場所っていうのが、あたしにとって何よりも大切だったんだって、みんなと離れて初めてそのことを感じたんだ。土地神としても、母親としても責任を果たせなくて、無理やり家族を解消してあなたたちを傷付けておきながら、これ以上わがままを言うことなんて許されない。だから、今になってこんなことを言うのは卑怯だって、分かってる」

都筑の神は、青葉の神の首筋に顔を埋め、沢山のものを堪えながら、それでも取り乱すまいとする緑の神に、未だ覚えたことのない種類の愛を感じていた。

「でも、みんなバラバラに暮らすのは、とても辛いことだね。こんなに寂しい思いをさせてしまって、本当にごめんなさい。青葉、都筑」

その言葉を最後に、緑の神は自分の身体を支えられなくなり、都筑の神と青葉の神に寄りかかるように抱きしめながら泣きじゃくることしかできなくなっていた。泣きながら寄りかかってくる緑の神が、どういうわけかかつて自分が着ていた服を身にまとっていることに気付き、青葉の神は思っていたよりずっと母親が小さな身体である事実を知ったのであった。何よりも青葉の神が悲しむ姿を見るのが嫌なはずなのに、都筑の神はどこかほっとした気持ちになっている自分がいることに気付いた。

母と娘たちが涙しながらも大きな波が去った空気に包まれているのを、港北の神は遠くから見つめ、足が動かなくなってしまっていた。それを見た泉の神は黙って背中をぽんと押し、足が一歩前に出た港北の神は、一つ大きく咳払いをし、座り込んだ女神たちに近づいた。

「私は、家族というものを、会社の組織のように役割に応じてこなしていくものだと、誤解していたのだろう。家族という集団も組織には変わらないのだから、父は父として、妻や娘たちに金を稼いで教育をし、母は母として、父をねぎらって娘たちに道徳をしつけ、娘たちは子供らしく勉学と遊びに勤《いそ》しんでいれば、自ずと成長していくだろうと、考えていた。だが、それは家族という集団で起こる、すれ違いや喧嘩や、価値観の違いのような様々な障害を無視しようと思い込んでいただけだったのだ」

家族の終焉《しゅうえん》を告げるような言葉を耳にして、消耗しきっていた女神たちは何も返す言葉が浮かんでこない。落ち込んでいたのは港北の神も同じだったが、妙な気持ちに包まれていた。

「こんな言い争いなど時間の浪費で、意見の合わない同士なら、別々に暮らすのが合理的ではないかとさえ、考えてしまう。けれど、緑も青葉も都筑も、そして私も、家族という集団がこんなにも互いを傷付け合う結果で終わってしまったはずなのに、変な安心感というか満足感に近いものを覚えている。いよいよ私の頭がおかしくなったと思うかもしれないが、みんなもどこか、ほっとした気持ちを感じていないだろうか？」

それを否定するものは、誰もいなかった。酷い言い合いをしたにもかかわらず、それほど居心地の悪くない落ち着きが生まれているのは、ただ言いたい放題ぶつけ合ってすっきりしたからというわけではないことにも気付いていた。

「私たちは今になってようやく普通の家族になったのだ。私の考えていた家族とは、父は父らしく、母は母らしく、子は子らしく、それぞれのイメージに沿った役割をこなしていく、とても曖昧なものだ。だが、実際の私は合理的過ぎて君たちの痛みに気付けない薄情者で、緑は娘たちから愛されていることに気付けず自分に力がないと思い込んでしまう勘違いをし、青葉は甘えたい気持ちをごまかして私たちの重荷になっていると焦ってしまい、都筑に至っては青葉以外見えていない、どれも一筋縄ではいかない連中の集まりだ。同じ場所に集まったら、必ずといっていいほど、喧嘩や揉め事が起こる。このちぐはぐさこそが普通の家族の何よりの証拠なのだ。思えば、私たちは一度として家族喧嘩をしたことがなかった。このような言い合いをして、誰もが傷付き、避けるに越したことはない喧嘩をしたはずなのに、妙な達成感に包まれているのは、私たちが家族なら必ず訪れる壁を一つ、越えたからなのかもしれない」

はっきりと頭を下げてから、港北の神は言った。

「私は、家族を諦めたくない。君たちとの関係を、これでおしまいにしたくはないのだ。これからは、人間の仕事ではなく、私たち家族がどうあるべきかを第一に生きていくと誓う。だから、もう一度、同じ家で暮らしてくれないだろうか」

その言葉を受けて、誰も返事をできずにいた。泉の神と栄の神は、次にどんな言葉が交わされるのか固唾《かたず》を呑んで見守っていると、緑の神の抱擁から離れて、都筑の神が立ち上がった。

「わたくしは、反対ですわ」

その発言は場を凍りつかせ、都筑の神は緑の神から青葉の神を引き剝がす。

「だって、ようやく誰にも邪魔されずに青葉と二人きりになれる時間が増えたんですのよ？　またみんなで暮らしてしまったら、青葉がわたくしだけのものではなくなってしまうではありませんか」

青葉の神に頰ずりしながら都筑の神は、呆れた雰囲気など気にせずに話を続ける。

「けれど、わたくしは青葉の意見に従いますわ。わたくしの意思は青葉の意思。わたくしのものは青葉のもの。青葉は、どうお考えですの？」

そう言って都筑の神は、青葉の神の手をいつもより強く握った。青葉の神は右手の甲で涙をぬぐいながら、緑の神と港北の神をじっと見ている。

「ぼくも、都筑も、一つの地を司るよう命じられている土地神だから、こんなことを言うのは幼稚だと怒られるかもしれない。だけど、ぼくはやりなおせるのなら、もう一度みんなと一緒に過ごしたい。今度は、嫌なことははっきりと言うし、もしかしたら今回みたいに喧嘩になっちゃうことだってあると思う。もっと、わがままになるかもしれない。それでもよければ、お願いします」

青葉の神の言葉を耳にして、都筑の神は満足そうに頷いて港北の神と緑の神に目配せをした。

「ほ、ほんとに？　また一緒に住めるの？」

返事の代わりに優しく緑の神を抱き寄せながら、港北の神は娘たちに歩み寄って行った。その様子を少し離れたところで見ていた栄の神は、ほっとした様子で言う。

「なんだか、いつのまにか親子喧嘩の仲裁をしに来たみたいになっちゃいましたね。でも、仲直りができたみたいでよかったです」

自分と同じく、一つの和解を見て安堵しているのかと思いきや、泉の神がどこか虚《うつ》ろな表情で腕を組んでいるのを、栄の神は訝《いぶか》しく思った。

「まだ何かあるんですか？」

栄の神に声をかけられて、つい考え込んでしまっていたことに気付いた泉の神は、仲むつまじく会話する港北の神たちを見ながら言う。

「どうにも釈然としないの」

「何を言うんですか、青葉さんや緑さんが寂しい思いをしなくて済むようになったんですから、一件落着じゃありませんか」

口に手を当てて、泉の神の表情は険しさを増していく。

「もちろん、港北一家が元に戻ったことはよかったと思うわ。私たちもなんとかやられずに済んだわけだしね。けれど、考えてみて。もしも、横浜大戦争が起きていなかったら、青葉や緑が抱えていた不安は、どうなっていたのかしら？」

いまいち泉の神の疑問を理解できない栄の神は、首を傾げて考え込む。

「彼女たちだけじゃないわ。姉さんや金沢だって、何かしらの孤独や不満を抱えていることや、あるいは西がなんらかの不穏な動きを見せていることが、今回の騒ぎを通して初めて分かったのよ」

神奈川の神から聞いた、過去の土地神に関する話も、横浜大戦争が起こらなければ耳にすることはなかったと考えると、栄の神はようやく泉の神が覚えている違和感が分かるようになっていた。

「言われてみれば、確かにそうですね。思えばここまで他の土地神の皆さんと赤裸々に向き合ったのは初めてのことかもしれません」

「みんなの気持ちを知ることができたのは、いいことだと思う。けれど、やっぱり何かすっきりしないのは、おそらく私たちがなぜ横浜大戦争が起きているのか、その根幹にたどり着いていないからなんだと思うわ」

もう少し考えれば、何かに気付けそうだと思ったその時、背後から気配を感じて、泉の神は体勢を低くしたまま後ろを振り向いた。そこには、全身を血だらけにし、肩で息をしながら『化鳥風月』を杖代わりにして立っている旭の神がいた。思わぬ神の出現に戸惑ったのは一瞬で、急いで旭の神に駆け寄って、栄の神は声をかける。

「旭さん！　どうしたんですか、その怪我は？」

栄の神の声を聞いて、港北の神たちも一斉に集まってくる。傷は深かったはずだが、和やかな雰囲気を感じ取った旭の神は、けろりとした笑みを浮かべていた。港北の神に肩を貸してもらいながら、旭の神は言う。

「わっはっは！　栄殿、海に飛び込んで行った時はどうなるかと思ったが、無事で何よりだ。青葉殿と都筑殿も、童《わらべ》の姿から元に戻してくれて感謝するぞ。ああもちんまい姿だと、刀を振るうのも一仕事だからな」

「そんなことよりも、どうしたのその傷は。早く手当てしないと」

青葉の神が心配そうに問いかけると、旭の神はきょろきょろと辺りを見回している。

「ところで、兄者はここにおらぬのか？」

「保土ケ谷さんは私たちより早く幼児化してしまったせいで、今は港北さんの家で寝かせています」

怪我を押してやってきた旭の神にとって、この見当違いは応えたらしく、やせ我慢を見せていた表情が一気に曇っていく。

「そうか、拙者としたことが読みを誤ったようだ。頼む、事は急を要するのだ。兄者を見つけたら……」

最後まで言い終わらぬうちに、旭の神は意識を失い倒れ込んでしまった。一同が戸惑いを見せる中、すでに気持ちを切り替えていた泉の神は木に飛び移りながら言う。

「旭は任せたわ、港北。私は一足先に保土ケ谷へ連絡しに向かうから」

一同の返事を待つことなく、泉の神はこどもの国を後にし、木々を伝って東に駆けていった。横浜一の俊足を生かして、信号で捕まる車や踏切を軽やかに飛び越え、東名高速の上を通過して早淵川《はやぶちがわ》の土手に達すると、走る速度を加速させた。第三京浜の高架をくぐり抜けると、日吉にある港北の神のマンションは目と鼻の先になっていた。正面から入ってエレベーターを待っている余裕はなかったので、電柱を伝って港北の神の部屋がある三階のベランダに飛び移り、窓を開けようとした。

ところが、窓は開けっ放しになっていて、レースのカーテンが外に向かってはためいている。

「不用心ね。よほど急いでいたのかしら」

荒らされた形跡はなく、侵入者の気配も感じられない。寝室の扉を開けるとベッドの上には裏返しになった掛け布団が残されているだけだった。すかさずベッドに手を触れる。

「まだ温かい」

寝室を出て、トイレや書斎も覗いてみるが、誰かがいる気配はない。玄関の鍵はきちんと閉められており、部屋から出ていくならベランダしか考えられなかった。ベランダの手すりに触れながら、泉の神はみなとみらいの方角を見てそっと呟いた。

「どこへ行ったというの？」

空から降り注いでくる月の光が、空っぽの部屋を照らしていた。

第九章　威信編

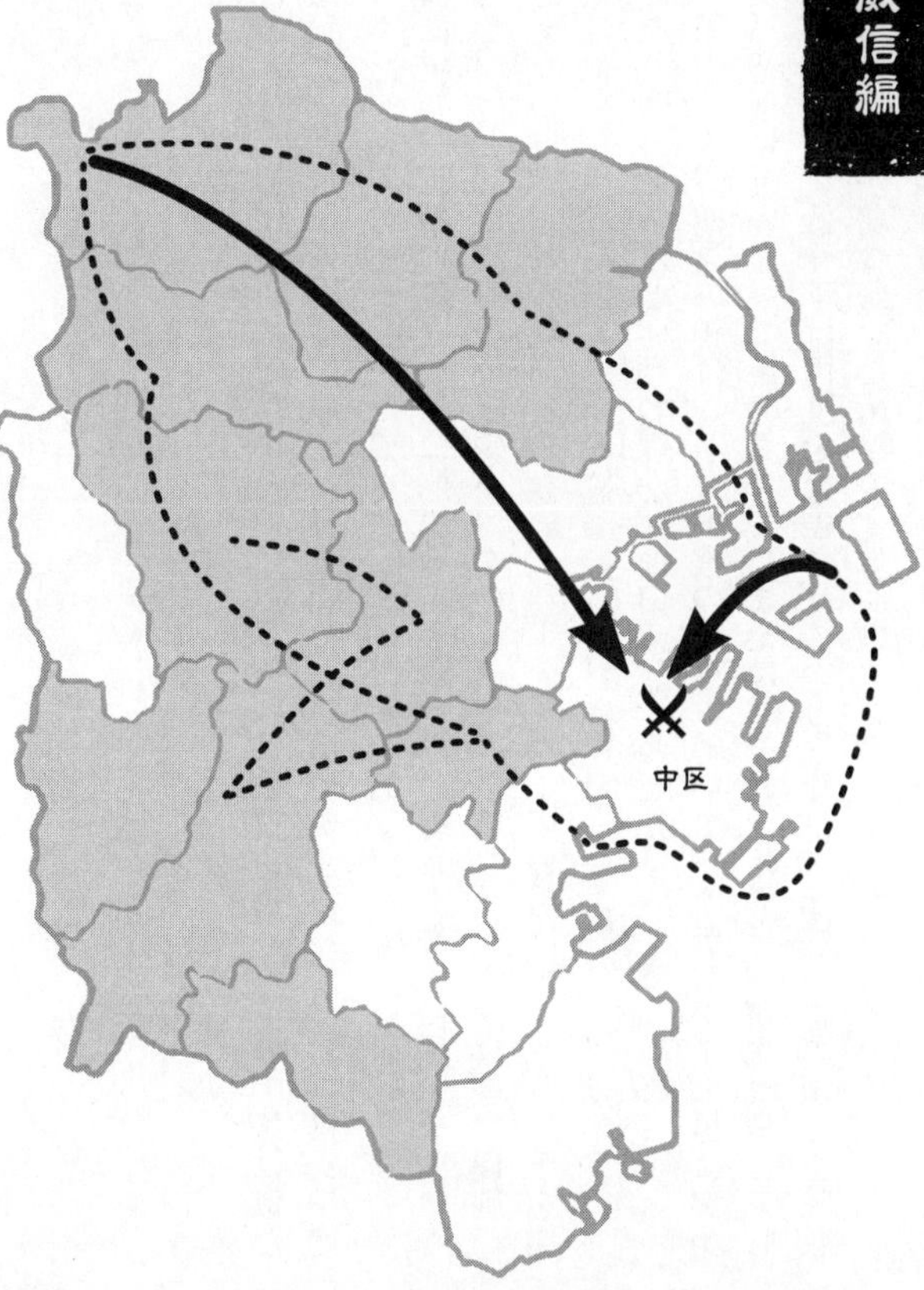

天を見上げると、夜空に丸い月が浮かんでいた。その月を貫くように革の手袋に似た神器『百火繚乱』を高らかに掲げ、静かに息を吐くと右手に炎が漂ってくる。摂氏千度を超える熱でさえ、鶴見の神には白熱灯のようにしか感じない。

視線を正面に戻し、目の前に立つ男に照準を定める。黒の蝶ネクタイに黒のチョッキ。ポマードで撫でつけた髪は綺麗なオールバックのままで、白いワイシャツは長い間戦い続けたとは思えないほど汚れが見当たらない。バーテンダー姿の男はポケットに手を突っ込み、鶴見の神をじっと見据えている。

「はっ、力は有り余っているというわけか。面白えじゃねえか！」

地面を強く踏み込み、鶴見の神はジェット機のような勢いでバーテンダーの男に突っ込んでいった。音速に近い勢いで衝突されてしまえば、それだけで身体が吹っ飛んでしまうはずだが、男は腰を低く下げ両腕を交差させていとも簡単に鶴見の神の衝突を吸収してしまった。男たちがぶつかった衝撃で、地面のコンクリートが砕けていく。

「歯ァ食いしばれよ、西ィ！」

　初速の勢いのまま鶴見の神は、燃える右の拳を西の神の左頬めがけて殴りかかる。猪突猛進な鶴見の神の動きを予測していた西の神は、左手の甲で迫り来る相手の右腕を受け流し、右肘を鶴見の神のみぞおちにめり込ませる。自分の勢いを殺しきれなかった鶴見の神は西の神のエルボーをもろに食らい、口から反吐《へど》をぶちまける。それでも自分の反吐を笑ってかみ砕きながら、今度は西の神の額に勢いよく頭突きをお見舞いした。脳が揺さぶられるのを感じるが、これは相手も同じ衝撃を受けているのに等しい。そう安心したのも束の間で、ひるむことなく西の神は両手で鶴見の神の腰に手を回し、背中の筋肉をそり上げて見事なスープレックスを決めた。鶴見の神の頭はコンクリートの地面を割り、血が噴き出す。

　首を鳴らしながら、西の神はさらなる一撃を加えるために鶴見の神に近づくと、地面を揺らして五メートルほど巨大化した港南の神が、鉄球のような右手の拳を西の神に振り下ろした。

「馬鹿の一つ覚えだな」

　軽やかな身のこなしで港南の神の鉄槌《てっつい》を避けると、そのまま相手の右腕を両手で背負い込み、一トン近くある港南の神をノビている鶴見の神の上に叩きつけた。

　直後に西の神を、七色に光る糸が襲う。金沢の神が『金技文庫』を片手に持ちながら、右手でコピーした泉の神の神器『絹ノ糸』を操り、西の神を縛りあげようと試みる。

「ムシュー西！　これだけではないぞ！」

西の神の足元からコンクリートを破って『森林沃』で成長が加速した木の根が伸びてくる。逃げる間もなく西の神の両足は伸びてきた枝に絡みとられてしまい、身動きがとれない。

同時に複数の神器を操るのは、体力の消耗が激しい。すでに脂汗を額に浮かべながら金沢の神は、声を張り上げた。

「念には念を、押させてもらう!」

『金技文庫』から『飛光亀』が飛び出したことで時の流れが途端に遅くなり、周囲の空間がぐにゃりとゆがむ。西の神としては普通に呼吸をしているはずなのに、辺りの景色がとてもゆっくりと動いているように見える。

「我ながら惚れ惚れする隙のない攻撃! これほど癖の多い神器を同時に操れるのは、この横浜が誇る智将金沢の神をおいて他にない! 多少手こずりはしたものの、これにて終幕。相手が悪かったようだ、ムシュー西よ!」

『金技文庫』を閉じ、糸と枝でがんじがらめになった西の神に、ゆっくりと近づいていく。その直後、背中に激しい痛みが襲ったかと思うと、いつのまにか体が宙に浮かび、金沢の神の目の前には空に浮かぶ月が見えた。

「どういうことだ!」

月を隠すように飛び上がった西の神は、空中で受け身の取れなくなっている金沢の神を無慈悲に殴りつけ、色男はなす術もなく地面に激しく叩きつけられる。全身に襲いかかってくる痛みよりも、あれほど頑丈に縛り上げたはずの拘束を解いて西の神が自由に動き回っている事実が、金沢の神を驚かせていた。

「光速に近い私の動きを、読んだというのか？　ムシュー西は、一体どうなっている？」

起き上がって態勢を整えようにも打撲した全身は言うことを聞かず、金沢の神は近づいてくる西の神を見ていることしかできなかった。

身体に張り付いた糸や枝を引き剝がしながら、西の神は淡々とした調子で言う。

「思い上がるな。貴様がいくら無数の神器を操れようとも、器用貧乏に真価を発揮することはできない」

この世で最も嫌う四字熟語で侮辱されたにもかかわらず、不敵な笑みを浮かべるだけだった金沢の神の背後から、飛んできた試験管が西の神を襲う。

割れた試験管から透明の液が流れ出し、地面を溶かして煙を上げ始めた。さらに磯子の神が投擲した『魔放瓶』が床に広がった液体と混じり合って激しい炎が上がり、周囲は炎と白煙に包まれて視界が急速に悪化していく。

西の神が立ち往生している隙に、磯子の神は動けなくなっている金沢の神に肩を貸しながら言う。

「あっひゃっひゃ！　派手にやられましたね！」

いつもなら軽口を叩く金沢の神が、今は苦笑いを浮かべるのが精一杯であるところから、磯子の神は事態が深刻であることを察する。後退しようと振り向いた時はもう遅く、白煙の奥から腰を低くして拳を握る西の神が突如として現れ、磯子の神は頬を伝って汗が流れ落ちていくのを感じた。激しい痛みに襲われるのを覚悟して歯を食いしばると、痛みが訪れる代わりに銃声が鳴り響いた。音を聞いた西の神はすかさず腰に巻いていた鉄のベルトを外し、煙を引き裂くように振り回す。ベルトは西の神に触れられると巨大な鎖に姿を変え、先端には大きな碇が付いていた。西の神は神器『神之碇《かみのいかり》』をいとも簡単に操り、辺りを取り囲んでいた煙が霧散していく。がむしゃらに『神之碇』を振り回したわけではなく、彼を狙って発射された五発の弾丸が、鎖の輪の中にすべて挟まっていた。

煙が晴れた先で西の神に銃口を突きつけていたのは、裾が破れた修道服を身にまとった長身の女性であった。女性に近づきながら、磯子の神に担がれた金沢の神は息も絶え絶えに言う。

「マダム中、休んでいなさい。貴女には休息が必要だ。それ以上神器を酷使したら、貴女が壊れてしまう」

中の神の長い金髪は煤《すす》と埃にまみれ、凜々《りり》しい瞳には疲弊感が浮かび、ぴんとした背筋も前屈みになって全身で息をしても、酸素の供給が間に合っていなかった。複数の土地神を相手にしてもけろりとしている西の神と長い時間対峙《たいじ》して、疲労はピークに達していたにもかかわらず、中の神は西の神に向けた神器『銃王無尽《じゅうおうむじん》』の銃口を下げようとはしなかった。

「そうはいきません。西を他の地へ進ませるわけにはいかないのです」

『神之碇』を振り回して、挟まった弾丸を落とした西の神がゆっくりと近づいてくる。

「そこの色魔の言う通りです。もはや勝敗は決しました。私としても、これ以上姉上と争いたくはありません。道を開けて下さい」

首を小さく横に振って、中の神は答える。

「西、どうしてここまでして争おうとするのですか？　横浜大戦争など、わたしたち横浜の土地神の結束を脅かす騒擾《そうじょう》。わたしたちが争うよりも先に、やるべきことがあるはずです」

「言ったはずです。姉上には伝えられないと」

「それはわたしが反対すると分かっているからでしょう？」

返事の代わりに、碇を握りしめたまま西の神は姉ににじり寄っていく。

「わたしが反対すると思うことを、なぜあなたは望むのです？」

「これは個人的な問題なのです。大神様が横浜大戦争を起こそうが起こすまいが、私のやることは変わりません。それに、私とて姉上と何もかも共有できるわけではありません」

ひるむことなく中の神は問い続ける。

「それは、土地神の掟に反することなのですね」

足を止めた西の神は、もう何も言葉を口にしなかった。

気を失っていた鶴見の神が重い体をゆっくりと起こし、中の神と西の神のやりとりから目を逸らさずに、同じく気絶している港南の神の頬を叩く。

「オラ、起きろ坊主。もう一暴れしてやるぞ」

指をポキポキと鳴らしながら、鶴見の神は西の神に向かって叫んだ。

「掟に反するってなら、テメェの新しい掟が正しいと証明する力を見せてみろ！　俺様を殺しきれていないあたり、テメェの覚悟は腑抜けてやがるじゃねえか」

西の神は鶴見の神を見ずに言う。

「真の強者とは引き際を察し、命を長らえようとするものだ。どうやら貴様は、己を過信して無様に死んでいった骸《むくろ》たちと同じ道を歩みたいようだな」

「ぬかせ！」

またしてもえぐるように地面を踏みつけて加速した鶴見の神は、全身に炎をまといながら西の神に殴りかかっていく。前よりも加速した動きは西の神でも対応できず、マシンガンのような殴打の連続が続いて、防戦するのが関の山だった。

「どうした！　このままだと全身が灰になっちまうぞ！」

西の神は『神之碇』を振り回して、先端の碇を回転させると、あろうことか自分の身体ごと鶴見の神を巻きつけて強く締め始めた。回転する碇が、二人の神を締め上げ、さすがの鶴見の神も動揺を隠せずにいる。

「どういうつもりだ、西」

西の神は笑っていた。

「この程度の熱で、火の神を称しているのか。まるでボヤだ。もっと燃え上がらせたらどうだ」

この挑発は、誰よりも熱い神を自負する鶴見の神を激昂させるに充分だった。

「面白ぇ……。砂つぶになるまで燃やし尽くしてやるよ！」

西の神と鶴見の神を包む炎は勢いを増し、白くなっていく。

「西、やめるのです！」

中の神の悲痛な叫びを聞いた港南の神は、地面に落ちた『神之碇』を持ち上げて神々を縛り上げている鎖を外そうとする。

「あ、あっぢぃ！」

すでに『神之碇』は炎で熱くなっており、港南の神の力をもってしても、拘束を解くのは難しい。戦況を見守っていた金沢の神は『金技文庫』をめくりながら言う。

「磯子、『魔放瓶』に、ありったけの火薬を詰めて彼らに投げつけるのだ」

「あっひゃっひゃ！　何を言うかと思えば、そんなことをしたら大爆発が起きますよ。私は土地神殺しの禁忌《きんき》を犯したくはありませんね」

「責任はすべて私が取る。私はこれを好機と考えているのだ。厄介なムシュー鶴見とムシュー西を一網打尽にできれば、私のハーレムも一歩近づくというものだ」

その発言を聞いていた中の神が、そっと金沢の神の手に触れる。

「そのような業《ごう》をあなたに背負わせるわけには参りません。何か、他に策があるはずです」

いつもなら横浜一の美神と名高い中の神に手を触れられて、鼻の下を伸ばす金沢の神も、今は表情が険しいままだった。中の神の手に優しく手を置いて、金沢の神は返答する。

「マダム中、もはや猶予はありません。彼らは本気です。一度燃え広がった炎は、すべてを焼き尽くすまで燃え続けるでしょう。延焼を避けるには、根を断つ以外に術はありません」

「ですが！」

何人もの女性を虜《とりこ》にしてきたとびきりの笑顔を見せて、金沢の神は落ち着き払って言う。

「私は、貴女の優しさが何よりの美徳だと思っています。強い力を持つ身でありながら、ここまで決着をつけずにムシュー西の説得に当たられたのは、貴女にしかできないことです。どうやらムシュー西は、貴女のような素晴らしい姉の言葉に耳を傾けられないほど、頭に血が上っているらしい。すべてを、この金沢に任せなさい」

指をパチンと鳴らした音を合図に、磯子の神は燃え盛る西の神と鶴見の神に向かって無数の『魔放瓶』を投擲した。その直後に心臓が破れるかと思うほどの爆発と巨大な粉塵が巻き起こり、黒煙がものすごい速度で襲いかかってくる。

「お、おれの後ろに隠れて！」

自らを壁にして爆風を遮った港南の神の背中に隠れながら、磯子の神ははためく白衣を押さえる。

「あっひゃっひゃ！　こりゃあ大怪我どころか本当に死んでしまうかもしれませんね」

「貴様は、私を軽んじているようだな」

その声とともに港南の神は前のめりで倒れていき、声のする方に急いで視線を移すと巨大な碇が磯子の神の腹を直撃し、倉庫の壁に吹き飛ばされた。

「磯子！」

荒事に慣れていない磯子の神が打撃をもろに食らったことに驚いて声を上げるが、金沢の神の後頭部にも碇は襲いかかり、その衝撃で脳が激しく揺れ、膝から崩れ落ちてしまった。

「金沢！」

黒煙が晴れた先に中の神が見たのは、全身を炎に包まれながら膝をつき、拳で身体を支えてはいるものの動けなくなっている鶴見の神と、『神之碇』を頭上で振り回しながらまっすぐ歩いてくる西の神の姿であった。

倒れこむ金沢の神に近づく西の神の前に、中の神は立ちはだかった。

「まずはわたしから殺しなさい」

両手を広げている姉に向かって、西の神は表情を崩さずに言う。

のですか？」

「あなたは禁忌を犯す覚悟があるのでしょう？　なら、わたしを殺《あや》めることに躊躇などないはずです。あなたの覚悟とは、わたしが壁になるだけで失敗に終わる程度のものな
のですか？」

　中の神の無謀な説得を聞いて、金沢の神は吐き気を堪えて声を絞り出す。

「……マダム中、退くのだ。ムシュー西は本気だぞ」

　空中で旋回する碇が、叫びにも似た音を立てる。腰を低くして右手で摑んだ鎖を回転させながら、勢いがついたところで西の神は碇を振り下ろし、風を切る激しい音とともに中の神へ襲いかかる。女神は最後まで目を開いておこうと決意していたが、それでも肉体の反射は意志を超越し、瞳が閉ざされてしまう。鈍い音が響き、意識が遠のくのを想像していたが、実際は耳を塞ぎたくなるような甲高い金属音が響き渡った。二度と開けることはないと思っていた瞳が再び視界を取り戻すと、そこにはよれよれのベースボールシャツを着て、便所サンダルを履いた土地神が、金属バットを握って立っていた。

「保土ケ谷！」

　金属バットに似た神器『硬球必打《こうきゅうひつだ》』を肩に載せた保土ケ谷の神は咳き込んだ。

「おいおい、どんぱちやってんなお前ら。今のなんかタンカーもぶっ飛んじまうようなえげつない爆発だったぞ。こりゃあ間違いなく警察に通報されてるだろうな」

　渾身の一撃を金属バットで打ち返された西の神は、初めて驚いた顔を見せていたが、

保土ケ谷の神は倒れこんでいる金沢の神を見下ろしていた。

「……ムシュー保土ケ谷、貴君は魚の餌になったと思っていたのだが」

「生憎《あいにく》だが、タダじゃ転ばない性質《たち》でね」

ぼろぼろになった修道服姿の中の神を見て、保土ケ谷の神は呆れた表情を浮かべる。

「清貧ってのは、悪い考えじゃないとは思うが、それじゃあどっちが施しを受ける身か分かったもんじゃないな」

保土ケ谷の神は軽く素振りをしながら、西の神に問いかける。

「お前ほどのシスコンが、最愛の姉と戦うなんざどういう風の吹き回しだ？」

西の神は黙ったまま、保土ケ谷の神を睨み付けている。

「横浜駅やみなとみらいを擁するお前が、横浜一の称号を欲しがるのは欲張りってもんだろう。俺がナンバーワンに選ばれたら文句を言うやつも出てくるだろうが、お前は誰が言わなくとも横浜を代表する土地神だ。これ以上何を望む？」

「それ以上、その軽薄な口でべちゃくちゃ喋るのはやめろ」

静かな口調ではあったが、怒気を含んだ物言いには保土ケ谷の神への敵意が表れている。

「称号に目が眩《くら》んだのでなければ、狙いは景品か？　こともあろうにハマ神のジジイは『金港船』を勝者の副賞に用意しやがった。この船があれば、渡航制限がかかっている俺たちでも、容易に外国へ行くことができる。わざわざヨットハーバーに用意した密航船に、数週間分の食料を積み込むような面倒臭いことをしなくてもな」

「どういうことですか？」

中の神の問いかけには答えず、保土ケ谷の神はバットを西の神に向けた。

「腰抜けはもう黙れ！」

鎖を放り投げた西の神は早歩きで近づくと、保土ケ谷の神の胸ぐらを摑んで叫んだ。

「今の貴様が私に何を言える？　あの空襲の後、侵略者どもに復讐を誓ったはずの貴様は、たった一度の失敗ですべてを投げ出し、あげく裁判で私まで裏切ったのだ。貴様が冥界へ送られても、私は計画の炎を灯し続けた。ところが、横浜に戻ってきた貴様は冥界の毒気にやられてかつての計画について一言も口にすることなく、逃げ続けたのだ」

一切の反論するそぶりを見せない代わりに、保土ケ谷の神は西の神から目を逸らさなかった。

「貴様が、計画を投げ出したことは許しがたい。私を裏切り、一人で罪を被って冥界に追放されたことも許せない。腑抜けになり、あの日の出来事について何も語っていないのは卑怯の極みだ。だが、最も許せないのは、あの日何の罪もなくただ無残に殺されていった民たちの思いを忘却していることだ。神として生きるのならば、志半ばにして散っていった民の無念を晴らしてやるのが私たちの責務のはずだが、貴様は土地神の業務を放棄するだけでなく、今世《こんぜ》を全うできずに去った民への思いすら捨てて、怠惰な日々を過ごしている。過去の痛みを忘れ、ほしいままに振る舞う傍若無人な神など、地上に戻ってくるべきではなかったのだ」

　摑んでいた胸ぐらを突き放して、西の神は歯ぎしりをしながら続ける。

「時が無情に流れていくのは、神も人も変わらない。あの日の痛みを知る民は老いて次々と鬼籍に入り、罪を犯した人間どもは、己の罪の重さを時の流れでごまかし、やがては己が誰かを傷付けたことも忘れ善人のように死んでいく。私は、罪を曖昧にして己を棚に上げる人間を許すわけにはいかない。どれだけ時が流れようとも、己の犯した罪の重さを知り、残りの人生を償《つぐな》いに費やさせるためなら、あらゆる手を尽くす」

『神之碇』を握りしめて、西の神は叫んだ。

「戦後、土地神の法体系は厳しくなり、私たちの自由は奪われた。神器を扱う技術が向上し、罪を犯した人間を特定できたとしても、航空機や船を使わなければ海を渡るのは難しい。『金港船』が手に入れば、時の流れに埋没していく死者の無念を、彼らに代わって晴らすことができる。計画を実行しようとしていた矢先にこの戦が起こり、より効率的に海外へ渡る手段が現れた今、私は貴様たちを斃《たお》すことに躊躇はない。今更何をしに私の前へ現れたのかは知らないが、次に瞬きをする前に消え失せろ。ここは貴様のような日和見《ひよりみ》主義者が立っていていい場所ではない」

　野生の獣のように鋭く、攻撃的な視線を向けられていたにもかかわらず、保土ケ谷の神は両手でバットを握りながら、大きく伸びをしてあくびを漏らした。

「おい、中。今日は何年の何月何日だったっけか」

中の神が答える前に、西の神の怒号が響いた。

「何を言っている」

大あくびを終えて、保土ケ谷の神は言った。

「いや、昭和の亡霊みたいなことをほざくトンチキ野郎が目の前にいるもんだから、俺はてっきり終戦直後にでもタイムスリップしてきちまったのかと思ってな」

「貴様！」

西の神が振り回した巨大な碇は空中を激しく旋回した後、保土ケ谷の神めがけて正確に襲いかかる。動きを読んでいた保土ケ谷の神は、『硬球必打』をフルスイングして、金属の塊を打ち返し、またしても重い金属音が鳴り響く。青白い肌を真っ赤にして、西の神は叫んだ。

「貴様は、未来を奪われた多くの民たちを愚弄《ぐろう》するつもりか？　復讐することに怖じ気付いた貴様が知ったような口を利くな！」

「民を愚弄しているのはお前だ」

碇を打ち返して未だに震えるバットを地面に叩きつけて、保土ケ谷の神は言う。

「西、どうして俺たちの計画が失敗に終わったか、その原因を考えたことはあるか？」

「理由など一つだ。私たちの計画が甘かったからに他ならない。穏健派の政治力を軽視し、私たちは周囲の神々への説得が遅れ、事態を優位に運ぶ前に先手を打たれてしまった」

一度だけ首を横に振って、保土ケ谷の神はバットを肩に載せた。

「そんなことではない。俺たちには民の気持ちを知ろうとする思いやりが欠けていたんだ」

『神之碇』を再び握り直して、西の神は言った。

「何を言う！　目の前で家族や友人を殺され、住む家も思い出も、何もかもをいきなり奪われ、血と涙を流し、侵略者たちに怯え、怒りに打ち震えていた民たちの思いなど一つだ！」

「ならば俺たちは、その民一人一人の声に、耳を傾けたことはあったか？」

中の神を見ながら、保土ケ谷の神は言う。

「俺たちが復讐を実行するため全国を駆けずり回っている間、中は何をしていたと思う。地方の闇市を渡り歩いて食料をかき集め、家も家族も仕事も失った民のそばに寄り添い、ひたすら彼らの苦しみを聞き続けたんだ。俺たちは、そうすることができなかった。なぜか？　俺たちは、民の悲惨な現実から目を背けたくて、復讐に逃げたからだ」

「誰かが民のそばに寄り添い、誰かが復讐を遂げる。各々にやるべきことがあった。それだけのことだ」

「俺たちの誰か一人でも、人間に復讐を頼まれたやつはいたか？　俺たちはなす術なく民を失うしかなかった現実に打ちのめされ、己に芽生えた復讐心を、民に託されたものと思い込んだ。だから俺たちの計画は説得力を欠き、結果として天界に隙を突かれてご破算になった」

「なら貴様は復讐を望んでいた民が一人もいなかったと言うのか？　あの理不尽な現状を前にして、すべての民が仕方のないことと行儀よく受け入れていたと言いたいのか？」

「そう思っていた民もいただろう。だが、俺たちが復讐しなかったのと同じく、民たちも敵地に乗り込んで仇討《あだう》ちをすることはなかった」

激しい身振りで西の神は言う。

「それは、民が立ち上がるより先に、侵略者どもがこの国の中枢を牛耳《ぎゅうじ》って、やつらに都合の良い法と倫理観を植え付け、復讐を試みようにも動き出せない環境を作り上げたせいだ。あの頃は、武器はもちろんのこと、飛行機も船も自動車も、何もかもが足りなかった。豊かになった今こそ、機は熟したのだ。民が行動に出ないのなら、土地神が先陣を切ればいい」

一呼吸置いて、保土ケ谷の神は静かに問いかける。

「じゃあ、なぜ民たちは戦後七十年の間、一度も復讐を試みようとしなかった？」

西の神の勢いは衰えることもなく続ける。

「様々な外圧が存在したからだ。復讐心を殺ぎ、体制に隷属するよう教育され、自意識を軽視する風潮がまかり通ったせいで、多くの民は威信を失ってしまった。支配され、付き従っていた方が楽だと刷り込まれ、今を生きる民たちは、かつて無念に散った人々がいたことなど想像しようともしない。このまま、不本意に人生を奪われる事実が存在したことを、忘却させてはならない。土地神とは、民を守護することこそ使命。民が志を忘れたのなら、思い出させるのもまた私たちの責務だ」

「民が威信を取り戻せば、復讐を遂げ、民としての誇りが蘇ると、お前は考えているのか？」

「無論だ」

肩をすくめて保土ケ谷の神は息を吐いた。

「それが思い上がりというものだ。誰だって、身寄りのものを殺されれば憎しみが湧き出てくる。お前の言うように戦後の教育が民を腑抜けにさせ、過去の過ちを省みようともしない性格にしてしまったのかもしれない。時は流れ、横浜に空襲があったことを知る当事者は減り、平和を享受できることが当然と思い込み、墓に小便をひっかける罰当たりが生まれているのも事実だ。これで、お前も分かっただろう。民とは、威信をいつまでも掲げられるほど、強くはできていないのだ」

西の神は初めて侮蔑を込めた笑みを見せた。

「貴様は民に失望し、己も民に倣って怠惰な生活に身を委ねていったというわけか」

保土ケ谷の神は、西の神の嘲笑に屈することなく続ける。

「どれだけ心を引き裂くような痛みや悲しみも、時が流れ、己が新しい現実に慣れるにつれて薄れていく。それは薄情でも、恩知らずでも、鈍感なのでもなく、人はそれほど弱く頼りない生き物だ。俺やお前は土地神で、人よりも長く生きる。寿命も長いし、あいつらより多少頑丈にもできている。俺が復讐を誓ったのは、民も後悔や無念を片時も忘れることはないと考えたからだ。だが、民は復讐だけに生きることはできない。家族が残されていれば養わなければならないし、子供なら知恵を身につけ戦後という満員電車から振り落とされないよう、必死に生き抜かなければならない。俺たちは、民が殺し合いをしていようと、自分の生き死にを心配する立場じゃない、いわばお気楽な身だ。生きる心配をしなくて済む俺たちだったからこそ、復讐の火を絶やさずにいられたが、生きるのに必死な民は腹の足しにもならない怒りより、日銭を稼いで飯を食わなければならない」

保土ケ谷の神の落ち着いた表情からは、民への非難は窺えなかった。

「実際に民は日々に追われ、誰かの命を奪うより、己の命を繋いでいくことを重視した。それをお前は腑抜けたと呼ぶかもしれないが、これが人間という生き物だ。俺たちは、民の実情を把握していなかったからこそ計画をものにすることができなかったし、賛同する土地神の数も減っていったんだ」

激しく首を横に振り、西の神は問い詰めてくる。

「ならば貴様は敵の罪を追及せず、好き放題やられた過去を黙って受け入れろと、そう言いたいのだな？」

「俺たちが民にしてやれるのは、自由が保たれるのを願う以上にない。和解の教育をするのも復讐に向けた戦争の準備をするのも、すべては人間同士が行うことで、土地神が民の代弁者であってはならない。俺があの計画を失敗だったと考えるのは、復讐が悪いことだと考えたからじゃない。民の声も聞かず、俺たちだけの考えを民の総意だと思い込み、勝手に行動しようとしたことが何よりも罪深い。そもそも、民たちはそういう思い込みを起こした人間たちの過ちで戦災という酷い被害を受けている。俺たちが恥を上塗りするようなことをしたって、失敗に終わるのは当然だ」

『神之碇』を保土ケ谷の神の足元に投げつけて、西の神は言う。

「なぜ今になって、貴様は私に高説を垂れる。冥界から横浜に戻ってきた時、私たちが話し合いの場を設ける機会などいくらでもあったはずだ。しかし、貴様は私と対話することを避け、逃げ続けた。今更良心を振りかざす意見をほざいたところで、貴様が日和見主義者であることに変わりはない。貴様が何をぬかそうと、私は横浜大戦争を降りるつもりはない。立場の違いが明らかになったのだから、ここを去れ。もとより貴様の説教ごときで後ろに引くような覚悟で、姉上に牙をむいた私ではない」

苦笑いを浮かべて、保土ケ谷の神は言った。

「ずっと、そう考えていたわけじゃない。冥界に送られてしばらくは、復讐することを諦めてはいなかった。ただ、横浜に戻ってきて、街は綺麗になって文明は進歩し、人々の考えも一新されたのを見て、俺たちが目論んでいた復讐が、もはや今を生きる民にとって何の意味ももたらさないと肌で感じた。仮に俺たちが向こうの国に乗り込んで首を取ったとしても、民はぽかんとするだけで、民にとって何のリアリティもないことをしようとしていたんだと、痛感した」

表情を改めて保土ケ谷の神は言う。

「あの日の出来事を、俺は一日たりとて忘れたことはない。だが、復讐が意味を持たなくなった現代で、死んでいった民の無念を晴らすにはどうすればいいのか、俺はずっとその答えを出せずにいた。きちんとした考えを持てなかったから、俺はお前と話をすることができなかったんだ。俺には、お前を復讐の道に誘い込んだ責任がある。俺もお前も納得できるような解釈を見つけるまで、俺はお前に合わせる顔がないと思っていた」

『硬球必打』を持ち上げて、西の神に突きつけながら保土ケ谷の神は言う。

「だが、どうやら遅すぎたようだ。お前がこうも古色蒼然《こしょくそうぜん》とした考えに取り憑かれているのは、俺の責任でもある。どうせ、俺が何を言ったところで素直に聞くお前じゃない。もとより頭に血が上りやすい同士、腕っぷしで白黒はっきりさせようじゃねえか」

鎖を握り直し、『神之碇』を頭上で振り回しながら西の神は言う。

「時がどれだけ流れようと、罪は罰でしか相殺《そうさい》し得ない原則は変わらない。俗世に飲み込まれた貴様は、曖昧模糊《あいまいもこ》とした思考の深みにはまるより他に道はない。直々にこの私が葬ってやろう。再び冥界に帰るがいい、古き神よ」

初撃より勢いのある碇が保土ケ谷の神を襲い、バットをフルスイングして打ち返す。碇は大きな金属音を立てて宙を舞ったが、保土ケ谷の神の手には強い痺れが残る。バットを握りかえす前に、鎖から手を離して急接近してきた西の神は、保土ケ谷の神の頬にお手本のような右ストレートをお見舞いし、後方に積み重なっていたコンテナへ吹き飛ばした。コンテナが崩れ、保土ケ谷の神を押しつぶそうとしてくるが、バットで半分に割り、なんとか直撃を免れる。態勢を整える隙を与えることなく、西の神は再度接近を試みると、右足で保土ケ谷の神の腹を深くえぐり、またしても倉庫の壁に激突させた。

二発ももろに食らい、保土ケ谷の神は早くも脂汗が額に滲んでいる。

「くそっ、容赦ねえな、あの野郎」

慌てて近づいてきた中の神は、保土ケ谷の神を抱き起こした。

「大丈夫ですか、保土ケ谷！」

バットを杖代わりにして立ち上がった保土ケ谷の神は、やせ我慢をして笑みを浮かべる。

「お前もとんでもない神だよ、まったく。あんなのと三日三晩飲まず食わずで戦っていたんだから、横浜代表の土地神恐るべしといったところだ」

なんとか場を和ませようとする保土ケ谷の神の努力もむなしく、中の神は痛切な表情で言う。

「申し訳ありません。姉でありながら、西の気持ちをまるで知らずにいたのですから」

姿を消した西の神を目で探りながら、保土ケ谷の神は言う。

「端からあいつは、お前に腹の中を明かすつもりはなかっただろうよ。言えば反対されるのはわかりきっているからな」

肩に置かれた中の神の手を優しく引き剝がし、保土ケ谷の神はバットを握る。

「お前が責任を感じる必要はない。むしろ、ここまでよくあいつを押しとどめてくれた。俺はまだけじめを付けていない。後は俺に委ねてくれ」

中の神の返事を待たず、煙の中に突っ込んでいくと碇を振り回す西の神の姿があった。襲いかかってくる碇を避けながら、保土ケ谷の神はコンテナの陰から陰へと走っていくが、猛攻をしのぐのが精一杯で攻勢に回る隙を見つけられない。

磯子の神と金沢の神は、碇の直撃を食らって負傷。港南の神は爆風の衝撃で気絶。鶴見の神はオーバーヒートを起こして行動不能。中の神は消耗が激しく、戦力に換算するのは難しい。前線で近接戦を行うのに適した神器『硬球必打』を擁しながら、後方で指揮をしマクロな視点から戦局を動かすのに長けている保土ケ谷の神にとって、遠近どちらにも対応する戦法の西の神と一対一で戦うのはどう楽観的に考えても厳しい状況であった。

『神之碇』は重量があるので、振り回す際に大きな隙が生まれ、攻撃をうまく避けられれば攻勢に転じることも考えられるが、いざ近接戦に持ち込もうとすると鶴見の神や港南の神と互角にやりあうほどの格闘戦が待ち構えている。近接戦が封じられたならば遠距離で攻撃を仕掛けるしかないが、横浜の土地神で最も射程距離のある『銃王無尽』をもってしても、決着をつけられなかったことを考えると、西の神には遠近どちらかではなく、両方を駆使しなければ勝機を見出すことは難しかった。

保土ケ谷の神にとって、このまま戦い続けてもジリ貧になるのは明白である一方、今は西の神に一矢を報いる最後のチャンスでもあった。複数の神で対峙したからこそ足止めには成功しているが、ここで敗れ、西の神が個別に残りの神々へ戦いを挑んでいけばたちまち決着がついてしまう。

西の神が勝利を収め、『金港船』を手にし、復讐を遂げるために海外へ渡ろうとしても、横浜の大神や神奈川の巨神が計画を耳にして力尽くで阻止するかもしれない。だが、それでは西の神との問題を解決したとは言えず、なし崩し的な幕引きがやってくるだけであった。あくまで同じ地位の神として、この問題に向き合わない限り、永遠に解決は訪れないと保土ケ谷の神は考えていた。

横浜大戦争に決着がついてしまえば、二度と同格の神々で議論する機会は失われ、おそらく西の神は冥界へ送られることになる。自分だけでなく、他の神々も交えて、この問題について話し合いの場を設けるためには、ここで力に屈するわけにはいかない。それが、保土ケ谷の神の至った結論であった。

胸に手を当てて、保土ケ谷の神は小さく呟く。

「最後の手段に出るには、まだ早いな」

自分に言い聞かせるように言葉を放ち、保土ケ谷の神は西の神と対峙するためコンテナの陰から姿を現した。

*

港北の神の人差し指が、握ったハンドルを小刻みに叩いていた。フロントガラスの向こうには、赤いテールランプが無数に灯っており、その先に事故と書かれた表示板が点滅している。車の群れはまるで動き出す気配がなく、深夜という時間帯も相まってベイブリッジの上は疲れが滲み出た雰囲気に包まれている。

「ねえ、港北ちゃん、どうにかならないの？」

助手席に座っていた緑の神は、そわそわした様子で問いかける。

「ナビでは通行止めと出ていなかったんだ。高速に入った直後に事故ったんだろう。参ったな、かなりの玉突き事故らしい。下手をすると朝までかかるかもしれないな」

「それはまずいな」

頭に包帯を巻いてもらっていた旭の神は、じれったそうに体を動かして声を絞り出す。

「動かないで下さい、旭さん。まだ血は止まっていないんですよ」

後部座席で旭の神の傷を手当していた栄の神は、真剣な表情で言う。

「どうしてまずいの？」

窓から外の様子を窺いながら、緑の神は尋ねた。

「兄者を戦いに巻き込んでは危険なのだ」

包帯を巻き終えて、栄の神は笑みを浮かべる。

「そりゃそうですよ、保土ケ谷さんはどう見たって武闘派じゃありませんから、西さんとやりあったところでボコボコにされてしまうのがオチです。旭さんが急ぎたくなるのも無理はありません」

場を和ませるつもりで言ったのだったが、旭の神は本気だった。

「違うのだ。兄者が力を発揮すれば、横浜の大神様ですらその手にかけるのはたやすい」

「まさか！　あんなだらしない偏屈男が大神様に勝てるわけないじゃないですか」

暗闇に沈む海を見つめて、旭の神は言う。

「栄殿は長い間兄者の近くにいて、気付かなかっただろうか。兄者は横浜大戦争という大戦であるにもかかわらず、ここまで一度も神器を使っていないのだ」

戸塚の神の陣地に乗り込んだ時、金沢の神たちが大挙して押し寄せてきた時、鶴見の神と船上で交戦した時、思い返せば栄の神は保土ケ谷の神が神器を用いていなかったことを、今になって気付いたのであった。

「言われてみれば、確かにそうですね」

「戸塚殿との戦いでは戦局を読んで戦わずして拘束を解き、金沢殿との戦いでは拙者や泉殿を巧みに起用して交戦を避け、鶴見殿との戦いでは直前まで戦っていた磯子殿たちまで利用して、戦いの局面を有利に展開していった」

栄の神の頭に様々な場面が蘇える。

「保土ケ谷さんのずる賢さは横浜一と言っていいでしょうね。私たちをこき使うことだけは上手なんですから」

旭の神は胸に隠した『化鳥風月』を服の上から触れた。

「栄殿は、兄者の神器を見たことがあるか？　『硬球必打』という金属バットに似た棒で、球状のものを打てば必ずホームランになるという近接系の武器だ。戦いに用いればボールや石を銃弾のように打ち放つことができ、直接殴ればかなりのダメージを負わせることもできる。ただ、『硬球必打』は、兄者向きの神器ではないのだ。栄殿の言う通り、兄者はあまり体力がない。拙者や鶴見殿のように見境なく神器を用いていれば、たちまち体力が奪われて、最終局面で力を発揮できなくなる。だからこそ、立ちふさがるものは拙者が斬り払い、最も重要な場面で兄者が最大の力を出せるよう、連携した方がいいのだ」

向かいに見える山下埠頭に視線を送りながら、栄の神は言った。

「だったら、今保土ケ谷さんは西さんと戦っているでしょうから、力を最も発揮する場面ですし、作戦通りと言えるのではないですか？」

首を横に振った旭の神に、いつもの能天気さはなかった。

「本音を言えば、拙者は兄者に力を使わせたくない。拙者が兄者の露払いをしているのは、兄者に力を使わせるわけにはいかないと考えているからだ」

「保土ケ谷ちゃんの力はそんなに強力なの？」

緑の神は旭の神に問いかける。しばらく躊躇した後、旭の神は怖々と言葉を口にした。

「冥界に送られて、兄者は星を破壊できるほどの強い力を得たのだ」

「それはどういうことですか？」

この発言には栄の神だけでなく、緑の神や後部座席のヘッドレストに掴まりながら話を聞いていた青葉の神と都筑の神まで驚かせた。驚く一同を代表して、青葉の神が問いかけた。

「ねえ旭さん、先生が昔冥界に送られたというのは本当なの？　それがもし本当なら、冥界はどんなところで、先生は何をされて戻ってきたの？」

覚悟を決めたように小さく息を吐き、旭の神は言った。

「かつて兄者は、横浜大空襲を起こした人間たちに復讐をするため謀反《むほん》を起こそうとしたものの、その計画が失敗に終わって冥界に送られたのだ。そして、冥界に送られた時、兄者は冥界の主神から、星を破壊するほどの強い力を与えられた」

保土ケ谷の神が冥界へ送られた事実を耳にして、驚くよりは噂が真実だったと納得していた一同も、冥界に送られた時の措置には理解が及んでいなかった。都筑の神がその疑問を口にする。

「どうして罪を犯した神に、あえて刃物を与えるような真似をしたのでしょう？　普通ならば神器を取り上げ、あらゆる力を剝奪してしまうと思うのですが」

旭の神はこめかみに手を当てて答える。

「天界と冥界は、人間で言う正義と悪の対立ではなく、昼と夜の関係に似ていると、兄者は言っていた。どちらが正しくてどちらが悪いというものではなく、それぞれの性質に合った神が住んでいる、と。土地神になる候補生は大半が天界から下天《げてん》するので、冥界についてはよく知らない部分も多いが、人間が想像する地獄とは性質が異なっていると考えた方がいいだろう。兄者曰《いわ》く、天界や地上より住みやすさは良好だそうだ」

「……そのまま住み着いちゃえばよかったのに」

栄の神の呆れた声に、旭の神は笑みを浮かべる。

「兄者も冥界に送られて、どんな懲罰が待っているのかと覚悟していたそうだが、破格の力を授けられて驚いたと言っていた。そして、冥界から地上へ帰還する条件は一つ。兄者の監視役となった冥界の神を殺すことだった」

「星を破壊するほどの力があれば、簡単だったのではないのですか？」

都筑の神の考えに納得するように、旭の神は頷く。

「拙者もそう考えた。だが、兄者の監視役になった冥界の神は尋常ではない力と知恵を有し、まるで歯が立たなかったそうだ。当時の兄者は怒りで力が有り余っていたから、日がな一日監視役を殺そうと躍起になっていたものの、それは容易ではなかった。連戦連敗が続くうちに、兄者はあることに気付いたそうだ。どれほど他を圧倒する力を得ても、己がそれをコントロールできなければ無用の長物になってしまう。そこで兄者は己の力量と性質を分析し、自分の才を最も生かすためにはどういう戦術を立てればいいのか、論理的な思考を身につけるようになったそうだ」

「でも、冥界で戦う力を強めちゃったら、地上に戻った時にまた誤った道に進むとは考えなかったのかな？」

　青葉の神は制服の襟を正しながら言った。

「実際に兄者は冥界に送られてから、地上にいた時とは比べものにならないほど戦術に長け、他者の心を読み取ろうとする力をつけ、戦上手になっていった。監視役にも一矢を報いることができるようになり、地上へ戻るのも時間の問題と思える時期になって、兄者は自分に起こっていることにようやく気付いたそうだ。自分は確かに以前より力を得たが、それゆえに自分に与えられた力の強さを思い知り、きちんとコントロールしない限り、己も周りも破滅へ導いてしまうのだと。そこで、冥界に送られて無類の力を与えられたのは、己の思うままに破壊できる力を自覚し、律することができるようになるためだったのだと知り、事態の重さをついに理解したのだ」

「それで先生は、その冥界の監視役の神を殺したのですか？」

　都筑の神は真剣な眼差しで問いかける。

「監視役の神を、兄者はどうやらとても尊敬していたようなのだ。冥界という名からは考えられないほど自由で、大雑把《おおざっぱ》で、能天気で、今の兄者は少なからずその冥界の神に影響を受けているといっていい。いわば修行のような期間を経て、兄者はその師匠を殺せるほどの力を身につけてはいたが、力の行使は拒んだ。たとえ横浜の地に戻ることはできなくとも、保土ケ谷の名を冠した土地神として、神を殺すわけにはいかない。冥界とは、力を奪う場所ではなく、力の使い方を学ぶ場所であって、与えられた力を自覚した自分は力を行使しないという行使をすると宣言し、帰還を放棄した。それを耳にして、監視役の神も、冥界の主神も、兄者に地上へ戻る許可を出したそうだ」

車内で唯一、保土ケ谷の神が帰還した時の様子を知る港北の神は、黙ったまま頷いていた。

「もしも兄者が人間の刑務所のような場所に閉じ込められていたら、地上に戻った時、以前と同じような道に進んでいたかもしれない。兄者は冥界であえて今まで以上の力を与えられ、何度も暴走を繰り返すうちに、力とはなんなのか、己の中で確固たる考えが生まれていったのだろう。地上へ戻る際に、力ある限り己を律することからは逃れられないという考えのもと、冥界の主神は兄者から与えた力を奪わなかった。胸の御札を剝がせば今でも星を破壊する力が兄者に蘇る」

一呼吸置いてから旭の神は続ける。

「兄者は、ずっと西殿に責任を感じている。もしも、このまま西殿との戦いが長引けば、兄者もどのような手段を選ぶか、分からない。もう二度と兄者が力を使わなくて済むよう、拙者は兄者のそばにいてやりたいのだ」

車内は沈黙に包まれ、どこからともなく入り込んできた排気ガスの匂いが漂っていた。しばらくして口火を切ったのは青葉の神だった。

「どうして旭さんは、そのことをぼくたちに話してくれなかったの？」

「青葉、旭ちゃんにだって事情があるんだよ」

たしなめようとする緑の神を遮って青葉の神は強く言う。

「事情って、どんな事情？　旭さんは、先生の弟だからとても身近な存在で、辛いことがあったら助けになってあげたいと思う気持ちはよく分かる。ぼくだって、都筑が悩んでいたら、助けてあげたいと思うから」

「まあ、青葉！　こんなところで告白だなんて大胆！」

赤くなった頰に手を当てる都筑の神を無視して、青葉の神は咳払いをする。

「でも、先生や西さんの問題は、彼らだけの問題じゃなくて、横浜の土地神みんなの問題でもあるんじゃないのかな？　ぼくは、厳しく辛い時代を経験していないから、昔からいる神々と同じような気持ちになって理解してあげることはできないけど、それでも、内に籠もられちゃったら、なす術がないよ。今でも悩んでいる問題だから、ぼくたちが首を突っ込んだところですぐに解決できるとは思わないけど、新しい神も交えて話し合う機会を設けなければ、何も変わっていかないと思うんだ。横浜大戦争が起こって、ぼくはもう二度とパパやママと仲直りすることはできないと思った。それでも、ぼくもパパもママも、口にするのもみっともないような、幼稚でわがままな思いをぶつけたら、今までとは少し違うかもしれないけど、もう一度やり直せそうなところにまでたどり着くことができた。たぶん、もしあのままぼくが横浜大戦争に勝っていたら、こうはなっていない」

「ごめんなさい、青葉。わたくしにもっと力があれば誰にも邪魔されない二人だけの生活が待っていたというのに……」

都筑の神の両頬を右手で鷲掴《わしづか》みにして、青葉の神は叫ぶ。

「もう、話がややこしくなるからちょっと黙ってて！」

「うふ」

恍惚の表情を浮かべる都筑の神を無視して、青葉の神は気を取り直す。

「つまりね、ぼくらはいくら土地神だからといって、自分の司る地だけを守護していればいいんじゃなくて、自分のそばにいる神たちともまめに連絡を取らないとまずいんじゃないかかな。みんなに気配りができていたかというと、ぼくは自分のことで精一杯だった。みんな神なんだから大丈夫だろうと考えたこともあるけど、きっとこれは神である驕《おご》りだったのかもしれない。今になってようやく、ぼくは土地神もそれほど完璧な存在じゃないと分かってきたんだ。神がこんなことを言うのも変だけど、それぞれ妙な人間味があって、今回の騒動が起こる前より、みんなのことを、より知ることができたような気もする。だから、この横浜大戦争という騒動を、みんながバラバラになるためのものにはしたくない。大神様が決めたことだから、反対することはできないかもしれないけれど、一度もみんなで話し合いをしないまま、闇雲に争いあって誰かが傷付いて終わる、本当の戦争のようになるのは嫌だよ」

青葉の神の意見にしっかりと頷き、旭の神は頭を掻きながら申し訳なさそうに笑みを浮かべた。

「いやはや、面目ないとはこのことだ、青葉殿。おそらく、兄者は自分たちが生み出した問題は、自分たちだけで解決する責任があると考えている。拙者も拙者で、兄者が抱えきれない分を引き受けて、後の世代には何の負担も残すべきではないという考えがあったからこそ、青葉殿や栄殿といった若い神々に、昔の話をすることを躊躇してしまったのだろう。だが、過去をどう受け入れるかという問題は、当事者の世代や次の世代だけで簡単に解決できるようなものではないのかもしれない。答えのない問題に答えを見出そうと熟考の末に生まれたものを、後ろの世代にも背負ってもらいながら、より納得できる形に繋げていくという考えが今時の考えなのだとすると、拙者は若い神々に理解してもらうための機会を自ら失していたことになる。隠すつもりはなかったのだが、今までこのような話をしようともせず、申し訳なかった」

深々と頭を下げる旭の神の姿にいたたまれなくなり、場がしんみりとした空気になってしまう。長引く渋滞に痺れを切らした後続車両が、腹立ち紛れに大きくクラクションを鳴らした。まだ夜明けには遠く、深夜の重い空気が足止めを食った疲弊感を増していく。その空気を嫌った都筑の神は、澄ました調子で言った。

「わたくしには、皆さんがどうしてこうも頭を悩ませているのか分かりません。ゆかりのある誰かが困っていたら、手を差し伸べる。それだけのことじゃありませんか」

「そりゃそうだけど、事はそう単純じゃないんだよ」

いつもなら青葉の神が言ったことには無条件で賛成する都筑の神が、珍しく首を横に振って異を唱えた。

「いいえ、単純なことです。わたくしたちは土地神で、人ではありません。時の流れの速さに戸惑い、人と同じように時代に酔っていては土地神の名が廃《すた》るではありませんか。わたくしたちの本分は、民の繁栄を祈ること。それなのに、わたくしたち土地神が互いを理解せずに問題を抱えているようでは、本職に支障をきたすというもの。どんな問題だろうと、悩んでいるだけでは解決しません。話し合い、策を生み、行動に出れば、たとえつまずこうとも必ず活路は見出せるはずです」

その時激しい閃光《せんこう》が辺りを包み、神々は目を伏せた。直後に爆音が押し寄せ、渋滞に捕まっていた人々は窓から顔を出して周囲を確認している。

「何の音ですか？」

栄の神も人間に倣って窓の外をきょろきょろと見渡すが、ベイブリッジで爆発が起きたわけではないことしか分からなかった。

「パパ、ドアを開けてくださるかしら」

言われるがまま港北の神がロックを外すと、都筑の神は車から降りて高速道路の上に立った。毅然とした態度でガードレールに近づいていく都筑の神を見て、緑の神は慌てて言う。

「何やってるの、都筑！　危ないから戻ってきて！」

ガードレールをよじ登って手すりの上に立つと、振り向いて都筑の神は言った。

「皆さん、ここで反省会を続けるのも結構ですが、事態は急を要するようです。先生や西さんが様々な問題を抱えてらっしゃるのはよく分かりました。ですが、どのような理由があるにせよ、わたくしは横浜の土地神として、殺し合いを黙認するわけにはいきません。彼らに戦わせているだけで解決の目処が立たないのであれば、わたくしたちも手伝いに行くほか手はないと思いませんか？　というわけですので、お先に失礼致しますわ」

そう言うと、都筑の神はベイブリッジを勢いよく飛び降りていった。

「嘘でしょ、都筑！」

大急ぎで助手席から緑の神が飛び出し、青葉の神と港北の神も車から外へ出て、ガードレールの下を眺める。すると、無数に浮かんだ黒い雲の上を、とんとんと降りて山下埠頭へ向かっている都筑の神の姿が見えた。

いてもたってもいられなくなった青葉の神も、ガードレールをよじ登った。

「待って、都筑！　ぼくも行く！」

黒い雲に飛び込んでいく青葉の神を見て、意識を失いかけている緑の神とすっかり戸惑ってしまっている港北の神を見て、旭の神は笑ってしまった。

「わっはっは！　確かに、都筑殿の言う通りだ！　今はくよくよするよりも、兄者たちの戦いを止めなければならぬな！　拙者もまだ若い神に後れを取る齢《よわい》ではない！」

旭の神はおたおたする栄の神を脇に抱え込んで、指笛を鳴らした。

「ちょ、ちょっと、どうするつもりですか？」

「港北殿、ここは任せた！　拙者たちは先に兄者たちと合流する！　栄殿、しっかり摑まっておるのだぞ！　手を離したらお陀仏だからな、わっはっは！」

「えっ、まさかここから飛び降りるつもりですか？　ベイブリッジですよ？　こ、心の準備というものが……」

その言葉を最後に旭の神と栄の神は消えていき、東京湾に女神の悲鳴が響き渡った。

すっかり気を失ってしまった緑の神を抱きかかえたまま、取り残された港北の神は渋滞している車の群れを見ながら頭を掻いた。

「車、どうしようかな」

＊

とめどなく溢れる汗を腕でぬぐい、全身を襲う鈍痛に耐えながら、保土ケ谷の神はトタンの壁に寄りかかって呼吸を整えていた。陰から広場を覗くと、全身を焼き尽くさんばかりに炎を燃やしながら再起した鶴見の神が、闇雲に西の神へ襲いかかっている。勢いはあるものの、もはや熱を自分でコントロールできなくなっているせいか、予期せぬタイミングで爆発を起こし、鶴見の神は朦朧《もうろう》とした様子で戦っていた。突然目を覚ました鶴見の神が西の神に向かっていったおかげで、態勢を整える機会を得た保土ケ谷の神は、肩で息をしながら前へ出ようとする中の神を手で遮っている。

「保土ケ谷、もう一度わたしが援護します。その隙に」

返事をする前に離れようとした中の神の肩を摑んで、保土ケ谷の神は首を横に振る。

「やけになるな。命を捨てるのなら、もっといい機会を用意してやる。今は堪えろ」

そうは言ったものの、どれだけ思考を巡らせても解決策は見えてこない。鶴見の神を相手する西の神には未だに余裕が感じられ、底知れぬ体力が保土ケ谷の神に不安をつのらせる。『硬球必打』を強く握りしめることしかできずにいると、そっと人影が近づいてきた。

「あっひゃっひゃ！　保土ケ谷、生きていますか？」

立ちこめる煙を手で払いながら、磯子の神は小声で言った。腹に碇の直撃を食らった痛みが未だに続いているようで、青白い肌が黄色くなり、げっそりとしている。

「てっきりあの世に逝っちまったのかと思っていたが、お前も案外しぶといな」

苦笑を浮かべる磯子の神の横から、同じく満身創痍《まんしんそうい》の金沢の神と港南の神もゆっくりとした足取りで近づいてくる。金沢の神は憮然《ぶぜん》とした表情を浮かべていた。

「お前らも諦めが悪いな。姿が見えないから尻尾《しっぽ》を巻いて帰ったのかと思ったぜ」

保土ケ谷の神の挑発をぐっと抑え、金沢の神は目を背ける。

「このままでは埒があかない。盲滅法に争っても消耗するだけだ」

「よく分かってるじゃねえか。お前だけじゃ、どう足掻《あが》いたってあいつには勝てねえよ」

拳をぐっと握った金沢の神を見て、磯子の神はたしなめる。

「あっひゃっひゃ！　あまり愚弟をいぢめないで下さいよ、保土ケ谷。決め手に欠けるのはあなたも同じでしょう？　私たちはもうお手上げです。あなたなら、この劣勢をどう好転させますか？」

「個々に西とやりあおうとしても無駄だ。あの鶴見でさえ手こずってやがる。せめて一対一で戦うのが港南ならばやつの消耗にも繋がるが、あいにくここで巨大化するのはまずい。ただでさえ倉庫をいくつもぶっ壊してるんだから、巨人まで現れたらいよいよ自衛隊だってやってくるかもしれん。西と人間どもを相手にするなんて、考えたくもない」

「つまり、個人ではなく組織として、人間界に被害の及ばない場所で戦うことができれば勝機はある、と？」

「そうだ。ここにいる土地神がきちんと連携をして西を攻撃すれば、個別で戦うよりずっとやつを追い詰めることはできる。ただ、これは条件がいささか厳しい」

「構わん、ムシュー保土ケ谷。どういう作戦なのか話したまえ」

金沢の神を、保土ケ谷の神は真剣な眼差しで見つめた。

「金沢、お前への負担が一番激しいんだ。俺たちが神器の力を限界まで発揮するためには、ひとけのない場所へ移動する必要がある。それを行うためには、お前に戸塚の『夢見枕』をコピーして、固有の空間を作り出してもらわなければならない」

その案に驚いたのは磯子の神だった。

「あっひゃっひゃ！　戸塚の神器をコピーするのは困難ですよ！　空間構築系の神器は、特に消耗も激しいですし、何より経験が必要です。仮に構築に成功したとしても、途中で破壊されるようなことがあれば、使用者が夢から帰ってこられなくなるかもしれません」

保土ケ谷の神は、自分の案にうんざりするように笑いながら続ける。

「それで話は終わりじゃない。空間の形成に成功した後、金沢には『飛光亀』をコピーして、五秒だけやつの時間を止めてもらう。港南の力は横浜随一ではあるが、モーションの隙が大きくて、命中率に難がある。そこでやつの動きを一瞬でも止められれば、港南の完璧な一撃をお見舞いしてやることができる」

「『夢見枕』の特性を忘れたのですか？　あれは使用後、強制的に眠りに落ちてしまうのですよ。眠ってしまった金沢に、ただでさえ取り扱いの難しい『飛光亀』を、どうやって使わせるというのですか？　難局を迎えているのは理解できますが、出来もしない作戦を立案するのは、現場の士気を著しく下げるのですよ」

作戦を実行したい気持ちは誰よりも強いはずの金沢の神も、特級に扱いの難しい神器を同時に扱う無謀さは痛切に理解しており、すぐに首を縦に振ることができずにいた。

「保土ケ谷、わたしたちの神器だけで対処する他ないのかもしれません」

金沢の神の屈辱感を少しでも和らげようと中の神がそう切り出した時、頭上から声が聞こえてきた。

「あら、せっかく良さそうな作戦なのに諦めちゃうの？」

倉庫の屋上から軽やかに降り立ったのは、泉の神だった。

「泉！　よくここまで無事に！」

中の神を労るように、泉の神は抱擁しながら言う。

「姉さんに話を付けてきたわ。せっかく西と戦うのなら、思い切り暴れ回りたいでしょう？　じきにこの周囲が姉さんの空間に切り替わるはずだわ」

両手を広げた金沢の神は、鼻息を荒くして叫ぶ。

「マダム泉！　貴女はなんて機転が利くのだ！　この私にのしかかった試練を、いともたやすく取り除いてくれるその姿こそ、まさしく女神の中の女神！　貴女の助けさえあれば、ムシュー西に地を舐めさせるのもたやすいこと！　さあ、今は横浜中を飛び回っていた疲れを、私の胸で存分に癒やすといい！」

金沢の神を可憐にスルーして、泉の神は保土ケ谷の神に言った。

「私は何をすればいいかしら？」

以前にも増して頼もしくなったような泉の神に少しだけ驚きながら、満足そうな表情で保土ケ谷の神は言った。

「よし、今から作戦を説明するぞ。よおく聞いておけよ！」

作戦を伝達していると山下埠頭の景色がドリームランドへと変わっていき、拳を交えていた西の神と鶴見の神の攻撃が同時に止んだ。

「何をこそこそとやっている！」

不穏な動向に気が付いた西の神は倉庫の隙間に『神之碇』を投げつけ、保土ケ谷の神たちは一斉に散開した。

「始めるぞ！」

保土ケ谷の神の掛け声を耳にした金沢の神は『金技文庫』をめくり、『飛光亀』を呼び出した。カメが甲羅から光を放つと、西の神の動きが彫像のようにぴたりと止まる。それを見計らって、泉の神は投げつけた『絹ノ糸』で西の神を簀巻きにし、すかさず限界まで巨大化した港南の神が拳を高らかに掲げた。西の神の身体の動きが元に戻り、自分が拘束されていることに気付いた瞬間、港南の神に強烈なアッパーをぶちかまされ、激しい衝撃と共に空へ飛ばされた。

列車が衝突したと錯覚するほど重い一撃が、西の神から冷静な判断を奪う。何が起こったのかを把握するよりも先に、宙を舞う西の神に無数の『魔放瓶』が飛来し、そのすべてに狙いを定めた中の神が『銃王無尽』で撃ち抜くと、巨大な爆発が閃光を生み、周囲は白い光に包まれた。時間にして十秒ほどの出来事だったが、息のあった神々の連係攻撃に、さすがの西の神も太刀《たち》打ちすることはできなかった。

「これで死んでなきゃあいつはバケモンだぞ。どうだ？」

閃光を腕で遮りながら、保土ケ谷の神は小さく呟いた。その直後、爆発が起こった空から、碇が隼《はやぶさ》のように急降下してきて保土ケ谷の神を襲う。かろうじて『硬球必打』で打ち返しはしたものの、爆風の勢いに乗った西の神が拳を構えて迫ってきていた。

「小癪な真似を！　つまらぬ小細工など効かん！」

バットを振り切った体勢で殴打を受け流すことはできそうになく、歯と腹にぐっと力を入れて痛みを覚悟したが、代わりに優しくぽんと肩を叩かれていることに気付いた。

肉と肉がぶつかる音は響くが、痛みはない。

「わっはっは！　さすがは西殿！　これは骨折したかもしれんな！」

保土ケ谷の神の面前で、西の神の拳を左手で受け止めながら、旭の神が立っていた。

「旭！」

「遅れてすまぬ、兄者よ。さあ都筑殿、今だ！」

飛びかかってきた西の神の背後に黒い霧が現れ、そこから伸びてきた腕で身動きが取れなくなる。地面を踏み込んで無理に飛び上がろうとしても、金沢の神がコピーした『森林沃』で伸ばした枝に足首を搦《から》め取られて、完全に動きが封じられてしまった。

「みんなどいてくれえ！」

クラクションを鳴らしながら、一台の車が猛スピードで近づいてくる。運転席に座っているのは港北の神で、激突する直前にドアから飛び出し、車は勢いを殺すことなく西の神に衝突し、車体はひしゃげてフロントガラスが激しい音を立てて飛び散った。どんちゃん騒ぎに気を良くした鶴見の神は、ふらふらの体を燃え上がらせて、笑いながら言った。

「はっ、トドメだ、燃えろ！」

鶴見の神の一撃が決定打になり、車は大爆発を起こして炎上している。車から飛び出した港北の神を心配して、都筑の神と青葉の神が駆け寄ってくる。

「パパ、大丈夫？」

めらめらと燃える愛車を見ながら、港北の神は呆然と立ちつくしていた。

「どれだけ待ちに待った愛車でも、燃えるのは一瞬なんだね。先月納車してもらったばかりなのに」

港北の神の手を、緑の神はしっかりと握った。

「だ、大丈夫だよ！　港北ちゃん、かっこよかったもん！」

よくわからない慰めに肩をすくめ、都筑の神は炎上する車から目を離さなかった。

「さあ、どうなったかしら」

後半の連携をまるで想定していなかった保土ケ谷の神がぽかんとする中、旭の神は自信たっぷりに言う。

「せっかく北部の神々と合流したのだから、拙者も兄者の得意とする集団戦法を真似してみたのだ！　いささか急ごしらえではあったが、効果はあっただろう！」

炎の奥から鈍い光が現れ、保土ケ谷の神は反射的に叫び声を上げた。

「みんな、構えろ！」

その忠告が他の神々に届いたのとほぼ同じタイミングで、『神之碇』が集まっていた神々を次々となぎ倒していき、『夢見枕』で形成されたドリームランドの空間そのものまで破壊し始めた。空間の破片がガラスの雨のように降り注ぎ、その中心には西の神が立っていた。

「……誰も彼もみな私の邪魔をする」

西の神の頭上で旋回する『神之碇』は、速度があまりにも速すぎるせいで竜巻を発生させており、吹き飛ばされた神々は景色が元に戻った山下埠頭の倉庫に激しくぶち当たっていく。

「民の無念を晴らそうとする気持ちは、ここまで忌《い》み嫌われるものなのか。貴様たちは、あの日の痛みを忘れ、知ろうともせず、安穏を享受する怠惰に身を委ねていくのか」

神々の集中攻撃を受け、無傷でいられたわけではなく、西の神は全身から血を流して、それでもしっかりと二本足で立ちながら神々を睨み付けていた。

「私を邪神と思いたければ、勝手に呪えばいい。だが、民の痛みを理解できぬ神に、横浜の土地神は名乗らせん！　貴様らが何度牙を剥こうと、屈したりはしない！　私の覚悟を、民の意志を舐めるな！」

もはや西の神の叫びを耳にできている神はおらず、みな倒れたまま動けなくなっていた。左手が砕け、肋骨にもおそらくヒビが入っているのを感じていた旭の神は、目の前に見えていた影が遠ざかっていることに気付き、意識を取り戻した。旭の神の目には、保土ケ谷の神の背中がぼんやりと映っていた。

「……己の意志を貫くために、誰かを傷付けることを正当化する思い上がりなど、覚悟とは言わん」

『硬球必打』を握る保土ケ谷の神の顔には、禍々《まがまが》しさが浮かんでいる。

「お前は、これだけ傷付いているこいつらを見て、何も思わないのか？」

西の神は激しい怒りを込めて、保土ケ谷の神を睨み返すだけだった。

「なぜ、こいつらがここまでしてお前を止めようとするのか、考えたことはあるのか？」

一歩ずつ近づいてくる保土ケ谷の神に恐れることなく、西の神は『神之碇』を握る力を強めた。

「己の保身に走る神々に、微塵の同情もない」

「違う！」

保土ケ谷の神の咆哮は、熱に取り憑かれた西の神に寒気を思い出させる迫力が込められていた。

「こいつらがこんな姿になっても戦おうとするのは、お前に人殺しの神になって欲しくないからだろうが！」

「私がどうなろうと、貴様らには関係のないことだ」

さらに一歩近づいた保土ケ谷の神の瞳は、どす黒い闇に覆われていた。

「てめぇ一人で生きてるなどと思い込むんじゃねえぞ。お前がどれだけ甘ったれた野郎なのか、よく分かったぜ。こいつらは最大の譲歩をしたが、俺はそれほど過保護じゃねえ。これだけやってもわからねえなら、もうおしまいだ。お前を邪道に導いたけじめとして、この俺直々にてめぇを地獄へ送ってやる！」

ボロボロになった大洋ホエールズのベースボールシャツを脱ぎ捨て、保土ケ谷の神の胸に貼られた御札が露わになる。服を脱いだ兄を見て、旭の神は声を絞り上げた。

「兄者、いかん！」

『硬球必打』を放り投げ、保土ケ谷の神が右手で御札に触れたその時、背後から声が響いてきた。

「あー！　いた！」

あまりにも間の抜けた大声に緊張した空気が緩み、意識を取り戻した神々は声のする方に視線を移していた。

緑色の作業着に長靴を履いて麦わら帽子を被り、枝切りバサミを背負って大きな革のカバンを持った眼鏡の男が、目に涙を浮かべて近づいてくる。

「もう、みんな酷いよ！　どうして誰も僕に一言も連絡してくれないのさ！　仲間はずれなんてあんまりだよ！　あっ！」

怒りで我を忘れてしまった男は神々の近くに駆け寄ろうとすると、何もないはずの地面ですっ転び、その拍子に落としたカバンの蓋が開いて中の荷物が盛大に散らばっていく。薬品の入った小さな瓶や、大小様々なハサミが辺り一面に散乱し、見るも無惨な有様になっている。男は涙目になりながら擦《す》りむいた膝に息を吹きかけて、散らばった中身を片付けようと立ち上がった拍子に、今度はポケットからスマートフォンが落下した。パキッという不穏な音に、恐る恐るスマートフォンを取り上げ、男は悲鳴を上げた。

「うわあ！　画面が銃で撃たれたみたいにひび割れてるよ！　なんでいっつもこうなんだ、僕は！　ついてない、ツキに見放されすぎてるよ！」

一度も横浜の土地神と交戦することなくここまでたどり着いた男は、どんな大冒険をしてきたのか、傷こそ負っていないものの、身体中が泥だらけでゴム長靴の片方は先端に穴が空いており、ポケットからはみ出ている軍手は片方が行方不明になっている。数々の不運に見舞われながら格闘してきた痕跡がにじみ出ていた。

必死に中身をカバンに戻し、周囲を一切気にせず男は言う。

「それよりさ、みんな聞いた？　横浜大戦争だって、怖いよねえ。なんで僕らが戦わなきゃいけないんだろう。大神様の宣言を聞いた途端、僕なんかびびっちゃって普通にしてるだけで涙も鼻水もドバドバ出てくる始末だったから、とりあえず戸塚姉さんに会いに行こうとしたんだ。そうしたら途中で相鉄線が人身事故で止まっちゃってタクシーに乗ろうにも四時間待っても捕まらなくて、仕方がないから姉さんは諦めて緑ちゃんに会いに行こうとしたら途中の森で迷いに迷っちゃって出られなくなっちゃったんだ。僕は別に方向音痴じゃないんだよ？　でも、どういうわけか長津田辺りに行こうとすると森から奥に行けなくなっちゃって、みんなに連絡しようにもケータイの調子が悪くて繋がらないし、行くところ行くところみんな留守で、しかも誰も伝言すら残してくれなかったから、僕はずっと電車やバスで横浜中をぐるぐるしながらみんなを探してたんだよ！　ほんと、もう二度と会えないんじゃないかと思ってたんだから！　いやあ、ようやく会えてほっとしたよ。ところで、みんな地面に倒れて何やってるの？　ふふん、湯脈でも当てて一儲けしようって魂胆でしょ？　そういうのは僕にも一枚嚙ませてよ。保土ケ谷くんもせっかちだな、何も掘り当ててないんだから服を脱ぐには早いよ、まだ寒いんだから風邪ひいちゃうよ」

　とことん緊張感のない男の独り言に、神々は呆気に取られていたが、真っ先に気を取り直したのは保土ケ谷の神だった。

「何やってんだ、瀬谷[36]のアホ！　さっさと逃げろ！」

　再会を喜ぶどころかいきなり罵声《ばせい》を浴びせられて、おっとりとした瀬谷の神もムッとした様子で反論する。

「アホって何だよ、アホってぇ！　こんなにみんなで集まってるなら、少しくらい僕を探そうとしてくれたっていいのに！　一人で横浜大戦争について考えながら、とぼとぼとさ迷っていた僕の身になってくれたっていいじゃないか、って、えええええ！」

瀬谷の神が話し終わる前に、思わず油断していた保土ケ谷の神を『神之碇』が直撃した。完全に不意を突かれた保土ケ谷の神は白目を剝いて意識がぱったりと飛んでしまい、顔から地面に崩れ落ちる。倒れ込む保土ケ谷の神を見て、瀬谷の神は腰を抜かしながら言った。

「に、西くん、なんてことをするんだ！　いくら無神経な保土ケ谷くんだからって、神器で殴ったりしたら死んじゃうぞ！　二人が長いこと仲違《なかたが》いしてるのは僕ももちろん知ってはいるけど、暴力はよくないよ！」

目を閉じて両手をぶんぶん振り回しながら、瀬谷の神はにじり寄ってくる西の神に精一杯の抗議をする。一方の西の神は、前かがみになりながら、必死の形相で言う。

「あの死に損ないに隙を生んでくれたことは感謝するぞ、瀬谷。だが、これは戦争。情けなど無用。せめて苦しまずに逝くがいい！」

36　**瀬谷区**　横浜市の西部に位置する区。一九六九年に戸塚区から分区して区制施行。人口は約一三万人で市内一六位。面積は約一七㎢で市内一六位。泉区同様、明治期は養蚕で栄えた。区内にある海軍道路は春になると満開の桜を咲かせる。

西の神は頭上で振り回していた『神之碇』を瀬谷の神に焦点を定め、振り下ろした。

「うわああ！　そんなのぶつけられたらシャレになんないって！　なんでこんなことになってんのお？　やっぱりついてない！　いきなり巻き添えを食らってお陀仏なんてあんまりだ！　大体……、へくちゅ」

辺りに舞っていた粉塵が瀬谷の神の鼻に入り、調子外れなくしゃみが出た。予期せぬ回避行動に出た瀬谷の神に驚いた西の神は、思わず鎖を握る手元が狂い、『神之碇』の操作を誤ってしまった。巨大な碇が瀬谷の神の横をかすめていく。

「悪運の強いやつめ、しかし……」

度重なる戦いに加え、今まで戦ってきた神々とまるで異彩を放つ瀬谷の神にすっかり気持ちを乱された西の神は、次の一撃を加えることだけに思考を奪われていた。はやる気持ちが油断を生み、行き先が見えなくなっていた碇が旋回して、背後から自分に向かってきている事実に彼は気付くことができなかった。背中に気配を感じた時にはすでに遅く、『神之碇』が己の後頭部を襲い、保土ケ谷の神と同じく何の受け身も取れないまま倒れ込んでしまった。

ぴくりとも動かなくなった西の神に近づいて、瀬谷の神はあたふたしながら言う。

「ああ！　何やってるんだよ、西くん！　今、凄い音がしたよ？　げえっ、保土ケ谷くんも、西くんもよく見たら頭から血が出てるじゃないか！　きゅ、救急車呼ばないと、って、ケータイがひび割れてて何にも見えない！　みんなも湯脈探しはやめて電話貸してよ！　なんでそんなぼけっとしていられるのさ！」

図らずも一人で大捕物を演じている瀬谷の神を、呆然《ぼうぜん》として青葉の神は見つめていた。

「な、何なの、これは。あれだけみんなで戦ってもびくともしなかった西さんを、こうもたやすく鎮めちゃうなんて」

泉の神に肩を貸してもらって近づいてきた栄の神が、疑問を浮かべている神々に向かって口を開く。

「私たちの兄、瀬谷の神は横浜の運を司る神、のはずなんですが、本人の放浪癖のせいかどうにも幸運と不運のバランスが取れていないんですよ。待ち合わせをしても、必ず忘れ物をするか電車が遅れてまず会えないですし、レストランで注文したものが提供されることはおろか、頼んだことすら忘れられる始末。ケータイが充電されていないことに家を出る直前で気付いたり、人の連絡先はしょっちゅうなくしたりするのでまめに連絡も取れないし、なんというか、こう、私たちでも手に負えない、ちょっと残念な兄なんです」

そう言われても、瀬谷の神に注がれる青葉の神の視線には驚嘆の念が込められていた。

「でも、これって、瀬谷さんが勝ったということなの？」

額を拭いながら、泉の神はため息まじりに言う。

「瀬谷は確かにちょっとした不幸には見舞われがちだけれど、他の神々にはない超幸運に守られてもいる。まさに今がそうなのかもしれないわね。私たちはもう満身創痍で戦う気力もないし、今のを見ていて、瀬谷に向かって行こうという気になれる？」

「酷いインチキですわ」

憤然《ふんぜん》として都筑の神は言ったが、再戦を挑む気はもはや消え失せていた。わめく瀬谷の神に戸惑い、神々が携帯電話を貸してやることを忘れていると、地面を蹴るこつこつという革靴の乾いた音が近づいてきた。

ネイビーのストライプスーツを身にまとい、グレーのネクタイをきゅっと締め、黒い中折れ帽を被った白髪頭の男が、地面に横たわる神々には目もくれず、瀬谷の神だけを見つめながら歩いてくる。威厳ある男が近づいてくるのを見て、慌てふためいていた瀬谷の神は目に浮かびかけていた涙を拭って大きな声を上げた。

「あっ、大神様！」

今になっても誰も何も状況を説明してくれないことにいよいよ痺れを切らした瀬谷の神は、半べそをかきながらすがるように横浜の大神に駆け寄っていく。

「大神様！　一体これはどういうことなんです？　なんか湯脈を探している割にはみんなも随分傷付いているみたいだし、そもそもどうして僕が西くんに襲われなければならないんですかね？」

瀬谷の神の問い詰めにもまるで動じることなく、落ち着き払った横浜の大神は黒い革の手袋をした手で瀬谷の神の右手をそっと摑むと、天に掲げて言った。

「勝者、瀬谷！」

「へ？」

訳も分からず右手を持ち上げられた瀬谷の神は、周囲をキョロキョロしながら、なぜ他の神々に不服そうな顔で睨まれなければいけないのかさっぱり理解できずにいる。

「勝者って、何のことですか？　僕はまだどこにも温泉を掘り当てていませんよ？　あ、もしかして大神様がおっしゃった横浜大戦争ってやつですか？　その優勝が、僕ってこと？」

「いかにも」

はっきりと横浜の大神は頷く。長らく状況を理解できずにいた瀬谷の神であったが、横浜の大神の真剣な表情と、周りの戦意喪失した神々を見て、ようやく事態の大きさに気付いたのであった。

「ほ、ほんとですか？　うわあ、いやったあ！　優勝だあ！」

両手を挙げてきゃっきゃとジャンプする瀬谷の神に、ついに我慢できなくなった青葉の神が横浜の大神に抗議の声を上げた。

「ちょ、ちょっとストップ！　じゃあこれからは瀬谷さんが横浜を代表する土地神になるってことなんですか？　い、いくらなんでも地味すぎます！　大神様、横浜にもイメージというものがあるんですよ？　横浜の中心が、海も観光名所もない瀬谷っていうのはあんまりだよ！」

散々な青葉の神の物言いに、うっとりした表情で都筑の神は言う。

「ああ、やっぱり青葉はゲスい本音を口にしている時が、最も生き生きしていますわ」

終始優等生に徹していた青葉の神から嫌味たっぷりの批判を受けて、瀬谷の神はぷんぷんしながら反論する。

「酷いよ、青葉ちゃん！　僕が司る地をそんな風に思ってたんだね！　青葉ちゃんとこだって海はないじゃないか！」

目の据わった青葉の神は横浜の大神の面前であることも忘れドスを利かす。

「海はないけど、横浜の子供たちの知的水準を上げているのはぼくたち新興の地域だよ？　高所得者が市の税収を支えているし、青葉台やたまプラーザは横浜の住みたい街の中でも上位の常連なんだから」

「そ、そうかもしれないけどさ……」

たじろぐ瀬谷の神にさらに追い討ちがかかる。

「私も納得していないぞ、パピー横浜！」

ボロボロになった金髪をかき上げながら、近づいてきた金沢の神は大きな身振りで言う。

「瀬谷区を横浜の中心にするなど、まさしく狂気の沙汰！　町田[37]だか大和[38]だか分からないところを横浜の中心と言われて、誰が納得するというのです？　やはり、その名の通り、横浜といえば海！　そして、ハマのぴりりとしたやんちゃスパイスを感じさせることができるのは、この私をおいて他にいない！　断固として抗議する！」

「あっ、今言っちゃいけないことを言ったね、金沢くん！　みんな酷いよ、寄ってたかって僕の悪口ばっかり！」

「あっひゃっひゃ！　なんと醜い！」

やんややんやと土地神が横浜の大神に抗議する様を、磯子の神は腹を抱えて大笑いしていた。

「それに、私はムシュー西には深手を負わされたものの、ムシュー瀬谷にはまだ負けたつもりはない。最後の力を使えば、もう一戦くらい造作もない！」

「それもそうだね、ぼくだって充分に休んだし、またみんなを子供に変えちゃうぞ。いけるよね、都筑？」

「無論、この世の果てまでもお付き合いしますわ」

やけにぎらついた視線で神々から見つめられる瀬谷の神は、後ずさりをしながら両手を前に出して言う。

「ど、どうしたんだよ、みんな、満員電車で空いた席を見つけた時みたいな獣じみた瞳

37　**町田市**　東京都の南西部に位置する市。一九五八年市制施行。人口は約四三万人。神奈川県に深く入り込む形状をしており、東京都で唯一横浜市と隣接する。

38　**大和市**　神奈川県の中央部に位置する市。一九五九年市制施行。人口は約二三万人。市の面積は都筑区とほぼ同じ。横浜駅を始発とする相模鉄道本線は大和市を抜けて海老名市へ向かう。

は！　ぼ、暴力反対！」

「はっ、もう一発かますってんなら俺も混ぜろや」

消し炭のようになっていた鶴見の神は、戦いの気配を感じ取ると目を覚まし、地面を這いながら近づいてくる。

「げえっ、鶴見くん！　なんてタイミングで目を覚ますんだ、君は寝てていいから！」

いつのまにか横浜の大神は、遠くから事態を見守っている。

「大神様もなんでそんな遠くにいるんですか！　優勝が決まったのなら、トロフィーとか賞状でも持ってきて、早いところ場を閉めちゃってくださいよ！　早く！　いや、助けてくださぁあい！」

　運を司る神の命運もついに尽きかけようかという時、どしんという鈍い音が鳴り響いた。瀬谷の神の目の前に、巨大な碇が沈んでいる。

「……認めん。認めぬぞ！　貴様のような戦いもせず、ふらふらしていただけの男が、どうして横浜一の神を名乗れる？」

　そう叫んだ西の神は威勢は良かったものの、すでに限界を超えており、立っているのもままならない。遠くで見ていた横浜の大神に向かって、西の神は唇を震わせる。

「大神よ、貴君は盲《めし》いたのか。こんな茶番で横浜一の土地神を決めて、誰が納得する。この男には、横浜を背負う覚悟も、度量もない。何より、横浜の歴史に対して、責任を負えるものか！　私は、認めん！」

気力だけで叫ぶ西の神だが迫力は未だに健在で、瀬谷の神だけでなく他の神々も沈黙せざるを得なかった。言葉を失う神々をよそに、一人の女神が足早に西の神へ近づくや、ぱちんという乾いた音が緊張した空気を切り裂いた。中の神の右手が西の神の頬をはたき、中空で止まったその手は小さく震えていた。

「いい加減になさい、西。あなたも、そしてわたしも敗れたのです。これ以上惨めな姿を晒《さら》して、あなたの司る西の民に泥を塗り続けるつもりですか？」

最愛の姉にはたかれたのは、西の神にとって初めてだった。銃と碇で戦っていた時の方がはるかに命の危機に迫っていたはずなのに、今ほど胸が張り裂けそうな痛みに襲われたことはなかった。痛みを噛み締めて、西の神は語気を荒らげる。

「姉上は納得できるのですか？　私や、姉上の方が横浜を代表する神にふさわしいはずだ！　横浜というイメージを保ち、生活する民には過ごしやすさを、訪れる旅人たちにはよき思い出を持ってもらえるよう、何よりも努力をしていたのは私たちです！　それを、他の連中になどどうして託せるというのですか！」

中の神は目を逸らさずに答えた。

「ならば、どうしてあなたは勝たなかったのですか？　力があると思うのなら、我こそが横浜の土地神にふさわしいと自負するのなら、なぜわたしを破り、他の神々を討ち滅ぼして、天下をその手にしなかったのですか？　瀬谷が勝ちを収めたのは偶然ではなく、まぎれもない彼の実力です。そうできなかったのは、あなたに力がなかったからに他なりません」

「私は、まだやれる!」

叫び声を上げたが、『神之碇』は西の神に応えることはなく、地面に沈んだままだった。ふらふらになりながらも碇を持ち上げようとする姿に雄々しさはなく、もがき喘ぐ姿に土地神たちはもはや恐れより哀れみを感じていた。

横浜の大神は西の神を見ようとはせず、一同に背を向けて言った。

「じきに辞令が下る。下知《げち》を待て」

それだけを言い残し、その場を去ろうとする横浜の大神を呼び止める声が上がった。

「待てや、ジジイ。このまま帰すと思ってんのか」

『硬球必打』を右手に握った保土ケ谷の神が、鋭い眼光を横浜の大神に向けていた。

「このクソふざけた茶番をおっぱじめておいて、俺たちが散々ボロボロになったあげく勝者が決まったらハイおしまい、なんてことが許されると思うなよ。どうしてこんな馬鹿げた争いをしかけた? 返答次第で、俺はてめぇをぶっ殺す」

「兄者! 大神殿の面前であるぞ! 過激な言動は慎むのだ!」

「うるせえ!」

バットで地面を強く叩いた保土ケ谷の神は、今までになく怒気を露わにして叫ぶ。

「何が横浜大戦争だ。仮にも大神の立場でありながら配下の神々に殺し合いをさせるなど、冥界の神ですらそんな暴虐に手を染めることはない。いかなる説明があろうと、てめぇのやったことは土地神の歴史に汚点を残す大罪だ」

激しく詰問された横浜の大神は歩みを止めることなく、その場から離れようとしていた。

「負け犬はこれ以上恥をさらす前に、横浜を去るがいい」

その一言が横浜の大神から発された瞬間、旭の神の前に立っていた保土ケ谷の神の姿が消えた。直後、視界に映し出されたのは『硬球必打』を思い切りスイングして横浜の大神に殴りかかろうとしている保土ケ谷の神の姿だった。

「兄者！」

氷川丸を沈められそうなほど強烈なスイングも、横浜の大神は軽く手を払っただけでいなしてしまった。払われた反動で保土ケ谷の神は吹き飛ばされるが、すかさず立ち上がり胸の御札に触れた。

「どうせ横浜を去るのなら、てめぇの首をあの世への土産にしてやるよ。道を誤った神を消し去るためにこの力を使うのなら、俺も後悔はない」

旭の神は禁忌の札を剝がそうとしている兄の固い決意を感じ取ってしまった。もはや保土ケ谷の神の怒りは蛮行を肯定する確信へと変わり、抑えられていた力が解放されようとしている。二度と兄が力を使わなくて済むよう露払いを買って出たにもかかわらず、旭の神は横浜の大神と本気で対峙する兄を見て足が震えていた。

今は、命と引き替えにしても兄を止めなければならない。こんな形で兄が長い時間をかけて保ってきた誓いを破ってしまったら、兄自身が取り返しのつかない傷を負うことになる。ただ、これだけ決意を固めてしまった兄に向かって、力で立ち向かうことはもはやできず、どんな言葉をかけたらいいのか思い及ばない無力さが、誰よりも猪突猛進なはずの旭の神に躊躇を生んでいた。

保土ケ谷の神の気迫に神々は沈黙するしかなく、誰もが息を呑み、中の神や西の神でさえ近づくことができずにいた。『硬球必打』を投げ捨て、御札を剝がしかけた保土ケ谷の神の前に、一人の小さな神が立ちはだかった。

「やめて下さい、保土ケ谷さん」

横浜の大神と保土ケ谷の神の間に立ちふさがったのは、栄の神だった。神器は持たず、両手を広げて保土ケ谷の神と対峙している。

「そこをどけ」

いつもふざけて軽口を叩いていた保土ケ谷の神の姿でないことに驚き、栄の神の足は自然に震えてくる。唇は紫色になり、鼻の奥がつんとして瞳もにじみ始めた。それでもここを離れてしまおうという弱気に襲われることはなかった。

「どきません」

「邪魔をするならお前も殺す」

首を横に振って栄の神は言う。

「また同じことを繰り返すつもりですか、保土ケ谷さん。いい加減にして下さい。あなたは、自分が力を解放して、大神様をその手にかければ問題が解決すると思っていませんか？　そうやって今度は西さんだけでなく、私たちまで裏切るつもりですか？」

「なんだと？」

「どうしてあなたほど想像力のある神が、自分のやろうとしていることの罪深さに気付かないのですか？　あなたは戦争をたきつけた大神様を殺めて、自分も死ぬことになって何もかも無に帰してすっきりするかもしれません。けれど、この横浜の地に残された私たちの気持ちはどうなるんですか？　尊敬する大神様と保土ケ谷さんを、殺し合いという形で失ってしまった時の、私たちの無力さや後悔は、今後どれだけ歴史を重ねたとしても、私たちの深い心の傷として永遠に痛み続けます。あなたが自分を傷付けようとすることは、私たちを傷付けることと同じです。あなたが罪を犯すのなら私たちだって一緒に背負います。あなたが追放されるなら私たちだって旅行鞄を準備します。大神様に怒っているのは、何もあなただけではないんですよ？」

広げた両手の指先は小さく震え、鼻の頭が赤くなっているのを栄の神は感じていた。それでも、その場を動く気にはなれず、どれだけ怖くとも保土ケ谷の神の目を瞳にしっかりと焼き付けようという意思が、栄の神の足を支えていた。

「私たちには私たちの思いがあるのに、それを一人で代弁しようとするのは、独り善がりにもほどがあります。一人で何でもかんでも背負おうとするのは、あなたからすれば責任を取っているつもりなのでしょうが、私たちからすれば、お前たちは未熟で、責任を取れるほどの立場にないと言われているのと同じです。自分が未熟なのは嫌と言うほど分かっています。それでも、私たちは同じ横浜の土地神なんです。あなたの問題は、もうあなただけの問題ではありません。あなたに置いてけぼりを食らって、傷付く神をこれ以上増やしてどうするんですか。私たちを信用して、あなたの人生に私たちをもっともっと巻き込んで下さいよ！」

　決然と言い放った栄の神は、保土ケ谷の神の目をじっと見つめる。

「もしも私があなたにとって信用に足る神でないのなら、大神様より先に私を殺して下さい。あなたに殺されるような神なら、遅かれ早かれ横浜の地にいても役に立たないでしょうから」

　その必死の表情は保土ケ谷の神の胸に貼られた禁忌の札から、指を離すだけの充分な力があった。御札から指が離れたことで、保土ケ谷の神を覆っていた冷たい気配が消えていく。

　ようやく振り向いた横浜の大神は、すべての土地神を見渡しながら口を開いた。

「横浜の地で土地神の戦が始まる。もしも連携が取れている神々ならば、すぐに合議を行い、我に抗議するなり、あるいは戦争を行わないという選択ができたはずだ。ところが、お前たちはどうだ。あるものは初めから話し合いすら放棄し、あるものは内に籠もり、あるものは野心をむき出しにして戦いに参じ、あるものは我の命令を盲信し己で考えることをやめ、あるものは復讐心に駆られ、あるものは争いを起こそうとする神を説得すらできずにいる。お前たちの誰一人として、適切な行動を取れた者はいない」

「俺たちの連携が取れていないことが不満だったならば、そう指摘すればよかっただけじゃねえか。どうして殺し合いなんて物騒なやり方をした」

ぎろりと保土ケ谷の神を睨み付けて、横浜の大神は言う。

「甘えるな！　土地神も階級制が敷かれてはいるものの、遣わされた地を守護する責任も権利も、お前たちが全権を持つ。我は横浜全体を司る神ではあるが、我がいるからと言って、お前たちが己のことにばかりかまけて他には目も向けず、困ったことがあったら我に頼るなど、土地神としての本分を怠っていると言う他ない」

はっきりとした物言いに、横浜の神々たちは口を閉ざしてしまう。しかし、保土ケ谷の神は諦めずに抗議した。

「だからといって戦争をふっかけるなんてあんまりだ。俺たちの命を何だと思ってやがる」

「何を勘違いしている。戦争を始めたのは他ならぬお前たちだ」

「何だと？　てめぇが恐喝じみた命令をしておいて、そんなことをぬかすのは詭弁《きべん》だ！」

「いくら我が争えと言ったところで戦は始まらん。結局は、誰かが弓を引き、剣を取るから戦が始まるのだ。もしも戦争をしたくなかったのならば話し合いに持ち込むべきだった。その機会などいくらでもあったはずだ。成し得なかったということは、お前たちが信頼し合えていなかった何よりの証左だ」

「ふざけるな！　命に背けば追放などとぬかしていたんだぞ？」

きっぱりと首を振って、横浜の大神は言った。

「もしも我の命令が道理に背いていると判断したのなら、思う存分背けばいい。お前たちが合議の末、争いを放棄して横浜を去るのならよし。あるいは、全員で我を斃しにいくと判断するのもまたよし。問題なのは、まとまりもないままぐずぐずと意見も出ず、中途半端に傷付け合ったこの醜い結果だ。お前たちは、横浜の土地神、という集団の一部ではない。それぞれ異なった横浜の地を司る使命を持った神が集まって初めて、横浜の土地神という集団が生まれているのだ。己が責任のある個だという事実から目を逸らし、己の意識を集団に従属させようとすることなど、まるで弱き人間が陥るような愚行。土地神ともあろうものがこんな有様になって情けないとは思わんのか」

横浜の大神の言い分に理不尽さを覚えながらも、筋が通っていないわけではないことを感じていた保土ケ谷の神は、反論の気勢を殺がれてしまう。俯く神々を見ながら横浜の大神は言う。

「これで終《しま》いだ。引き継ぎを瀬谷に託したらすぐに横浜を去れ」

言うべきことを言い終えた横浜の大神は、再びその場を去ろうとするが、やりとりをずっと見ていた瀬谷の神が緊張した面持ちで口を開いた。

「あ、あの、大神様！」

横浜の大神の鋭い目つきに圧倒されながらも、瀬谷の神は口を開いた。

「僕、やっぱり優勝じゃなくていいです」

神々の間からどよめきの声が上がる。横浜の大神は黙っていた。

「みんながこんなにボロボロのまま、僕が横浜の新しい神になったところで、全然嬉しくないですよ。僕は確かに瀬谷を司る土地神ですが、横に、緑ちゃんとか泉とか、旭くんがいて、海に近い神や、鎌倉に近い神、東京に近い神がみんないる横浜の瀬谷が好きなんです。もしもみんなを追い出して、新しい神になったとしたら、僕はひとりぼっちになってしまいます。たとえどれだけ偉い神様に選ばれたとしても、みんなのいない横浜は嫌です。そもそも、僕が横浜のすべてを司ることなんてできません」

瀬谷の神が横浜の大神に面と向かって意見するのは、初めてのことだった。意識しなくとも足は震えてきて、背中から冷たい汗が滑り落ちていく。

「最近の僕らは人間社会に深く関わるようになって、みんなと会うのも忘年会くらいになってしまいました。ですが、僕らはただ遊んでいたわけではなく、人間の生き方が複雑になっていくのを、常にそばで見ていたからで、人の営みを見守るという信条を忘れた神は一人もいません。ただ、僕らは民の観察に没頭するあまり、他の神々と交流を持つのを怠ってしまいました。もしかしたら、あまり連絡をしなくてもみんな上手にやっているだろうと思い込んでいたのは、信頼ではなく慢心だったのかもしれません」

頭を掻きながら、瀬谷の神は苦笑いする。

「僕らは土地神だから、人間みたいな悩みや不安を抱えることはない。こう思っている土地神は多いはずです。僕は普段樹木医をやっているので、街路樹や庭木の健康診断をするのですが、老夫婦が花を咲かせた古い桜を観賞する仲むつまじい姿を見ると、伴侶がいる人間を少しだけ羨ましいと思うことがあります。僕らは人間に近づく生活をすることによって、彼らの精神に近づいてしまっているのでしょう。うらやんだり寂しいと思ったりする気持ちが土地神に宿ってしまい、大神様は僕らが土地神として退化したとお考えになるかもしれません」

横浜の大神を前にして緊張しているにもかかわらず、人間について語ろうとすると瀬谷の神は穏やかな表情になっていった。

「けれど、誰かと共にいる喜びを感じる心というのは、たとえ曖昧で不完全だとしても居心地の悪いものではないんです。それは、僕らが人間に近づくことによって得た成果と言えると思います。今、みんなが追放されると知って、僕が感じた寂しさというのは、きっと人間に近づかなければ感じられなかった想いのような気もするんです。ここまで必死に戦ったみんなも、同じような気持ちを持っているはずです。より横浜や民を知れる力が身についてきた矢先に、みんなを追放してしまうのはあまりにも惜しいことです。大神様が指摘された点はみんなで反省しますから、もう一度チャンスを下さい。お願いします」

「雌雄《しゆう》は決した。結果は変えられん」

にべもない返事に、瀬谷の神はがっくりとうなだれてしまう。渋い顔をしていた瀬谷の神であったが、はっとして顔を上げ、横浜の大神に問いかける。

「なら、僕には今、横浜を統治する権利があるんですよね？」

「いかにも」

ぽんと手を叩いて、瀬谷の神は笑みを浮かべた。

「だったら、新しい横浜の土地神として新しい命令を発しても構いませんか？」

瀬谷の神をしっかりと見て、横浜の大神は言う。

「お前は独立した神だ。我にお前の意思を曲げる権利はない」

「ありがとうございます、大神様！　では、新しい横浜の土地神として命じます！　僕が横浜の旧十八区の地を守護するのはあまりにも荷が重く、とても手が回りそうにありません。幸いにも、今、僕の目の前には土地神の任を解かれ、路頭に迷っている古き神々がいます。そこで、僕は新しい土地神として、彼らに瀬谷の地以外の土地を守護するよう、任を命じたいと思います。皆さんは、自分の名前がついた土地を守護するよう、土地神として精一杯働いて下さい。……だめですかね？」

一生にも思えるほど長い沈黙の後、横浜の大神は静かに口を開いた。

「二度はないと思え」

はにかんで、瀬谷の神はすっかりボロボロになった神々に視線を移した。無傷の神は一人もおらず、彼らの傷付き疲弊しきった姿に、瀬谷の神は思わず笑ってしまった。みんなが唖然《あぜん》とする中、栄の神が腰を抜かしながら言った。

「じゃ、じゃあ、私たちは横浜を離れなくて済むということですか？」

栄の神の手を握り、泉の神は笑みを浮かべながら言う。

「そうみたいね」

その言葉を耳にして、歓声が上がる。すると二人の娘と港北の神を激しく抱き寄せながら緑の神は叫んだ。

「よかったあああ！」

強く抱きしめられたどさくさに紛れて都筑の神は青葉の神の身体をまさぐっている。

「ちょっと！　どこ触ってるの！」

「うふふ」

金沢の神と磯子の神を脇に抱えて、港南の神が楽しそうにジャンプをしている。

「くっ、離すのだ、ムシュー港南！　私はまだ納得していないぞ！」

「あっひゃっひゃ！」

「よかったよかった！」

煤だらけになった身体を払いながら、喜びに沸く神々を見つめていると、鶴見の神は背後に気配を感じた。振り向かずに鶴見の神はため息をつく。

「はっ、来るのが遅ぇんだよ、お前は」

のそのそと動くカメの甲羅を撫でながら、神奈川の神は言った。

「僕は今日で休暇が明けるんだ。本当ならあと二時間三十七分後に仕事へ行けばいいのに、わざわざ早朝勤務してあげてるんだから少しは感謝してもらいたいものだよ」

「お前がいたら西の野郎はどう立ち回ったんだろうな。見られなかったのは残念だぜ」

「君が望むなら、二時間三十六分後に協力してても構わないよ？」

鶴見の神は鼻で笑って、それ以上何も言わなかった。

保土ケ谷の神は大の字に寝そべって天を見上げていた。空は夜明けが近づいていて、薄紫色に染まっている。体中を襲う痛みがむなしく、大きなため息を吐き出しながら言った。

「もう怒る気力もねえ」

腰に両手を当てて旭の神は胸を張り、大声で笑う。

「わっはっは！　何はともあれ丸く収まったということではないか！　拙者も兄者も、横浜の地を追放されずに済んだのだから、今は素直に喜ぼうぞ！」

神々が安堵に包まれている姿を見て、自分も安心していた中の神だったが、横で伏せていた西の神が突然立ち上がった。

「私は、固辞させてもらう」

西の神はそう瀬谷の神に告げていた。

「えっ、でも」

「保身に走るくらいなら、私は追放を選ぶ」

一同が黙ったのは、西の神の瞳から涙が流れているのを見たからであった。中の神が口を開きかけた時、横浜の大神は静かに言った。

「西よ。お前が涙を流す瞳には今、何が見えている?」

西の神は唇を噛んで何も言わなかった。ステッキでホテルニューグランドの方角を指しながら横浜の大神は言う。

「あの一帯は、二度滅んでおる。一度目は関東大震災。二度目は横浜大空襲。二度も更地になり、民は横浜を離れ、もはやこの地に人の営みが戻ってくることはないと思うほど、辺りは灰燼《かいじん》に帰した。ところが、今の景色はどうだ」

朝靄に包まれた山下公園には、ジョギングする人々がちらほらと見える。みなとみらいの方角には灯の消えた観覧車が見え、ランドマークタワーや高層ビル群には早くも灯がつき始めている。

「お前が今もなお復讐の念を絶やさずにいることは、我も承知しておる。だが、街を見よ。人は悲しみに暮れるだけでなく、再び生きようとする強い力も持っておる。もう一度横浜で生きようと願い続けた民たちの記憶が、ここに残っているではないか。土地神は、民を見守るのが本分。それはただ庇護することを意味しない。彼らの生きようとする力を信じてやることなのだ。西、お前ももっと民たちを信じてやれ」

そう言い残すと、横浜の大神はその場から去って行った。朝の光に照らされた山下公園を、西の神は見続けることができなかった。己のとげとげした復讐心を、街を照らす穏やかな日の光が優しく包む。許しを与えてくれるように感じた西の神は地面に伏せ、肩を震わせながら声を出さずに涙を流していた。

誰もが涙する西の神に声をかけられずに見守っていると気だるそうに歩いてきた神がいた。

「おい、顔を上げろ」

保土ケ谷の神がそう西の神に話しかけて、一度は収まった緊張感が再び生み出された。顔を上げて西の神が何か言おうとすると、保土ケ谷の神が遮るように続ける。

「そんなところで寝てないで、とっとと飲みに行くぞ」

今度は周りの神々に向かって、保土ケ谷の神は叫んだ。

「よし、これから打ち上げだ！ おい、港南、今からやってる店は知っているか？」

「え、え？ 今、朝の五時過ぎなんだけど……」

巨大化した体が戻らなくなっている港南の神は戸惑いの声を上げる。

「時間なんて関係あるか！ こんなふざけた騒動に巻き込まれて、お前らはシラフでいられるのか？ 俺はもう耐えられん！ 今日は飲みまくってやるからな！」

「あっひゃっひゃ！ まったくもってその通り！ そうと決まればうちの研究所でこっそり密造した日本酒を……」

「はっ、どんぱちは終わっちまったかもしれねえが、次は誰が一番酒を飲めるか第二ラウンドと行こうじゃねえか！」

宴会の話が出た途端、横浜の神々は再度沸き立ち、今度こそ本当に騒動が終わりを迎えたことを知った。がやがやと騒ぐ神々を見ながら西の神は俯いて言う。

「だが私は……」

「おら、ぶつぶつ言ってないで行くぞ」

保土ケ谷の神は西の神と肩を組んで歩き出した。空は快晴とはいえず、薄い雲に覆われていたものの、透き通った朝の光が神々の背を優しく照らしていた。

終幕

港から、汽笛の音が響いてくる。新緑を告げる暖かな日差しを浴びようと、野毛山公園[39]はピクニックや散歩を楽しむ人々で賑わっていた。ベンチに座り、背もたれに首を乗せて天を仰ぎながら保土ケ谷の神は小さく嘆息を漏らす。

「あー、かったりぃ」

「わっはっは！　兄者よ、そんなところでサボっていないで手伝ってくれ！」

両肩に大きく膨らんだゴミ袋を担いで、旭の神がやってきた。その元気すぎる声に余計うんざりして保土ケ谷の神は力なくうなだれる。

「なんで俺たちがこんなことしなきゃいけねえんだ」

ゴミ袋の口をしっかりと縛りながら旭の神は言う。

「何を言っておるのだ。横浜大戦争という騒動を巻き起こしながら、市内のゴミ掃除の処罰で済んだのだからこれはむしろ僥倖と言うべきだろう。本当なら拙者たちは、全員追放されていてもおかしくはないのだ」

「俺たちは巻き込まれたんだぞ。説教を食らうのはハマ神だけで充分だったはずだ」

にやりと下品な笑みを浮かべて、保土ケ谷の神は言った。

「それにしてもほんとに瀬谷はついてねえよな。あんなごっつぁんゴールで優勝したと思ったら、今回の騒動の主犯格としてハマ神と一緒に天界へ連行されたんだから笑うなという方が無理な話だ。しかもハマ神が謹慎を食らっている間、あいつが瀬谷の守護だけでなく、横浜全体の業務まで代行させられるんだから割に合わないにも程がある。まあ、あいつも天界旅行ができて楽しかっただろうよ」

旭の神は呆れたように咳払いをする。

「瀬谷殿が再び拙者たちを起用すると言ってくれたからこそ、横浜に留まることができたのだ。もっと感謝せねばならぬ」

旭の神の忠告に聞く耳を持たず、保土ケ谷の神はへらへらと続ける。

「神奈川の巨神に説教されるハマ神を見られなかったのが、唯一の心残りだな。一年の謹慎ってんだから、相当こってり搾《しぼ》られたんだろうよ。ざまあねえや」

「そう喜んでもいられぬのだぞ。大神様が謹慎を食らっている間、すべてを瀬谷殿に任

39 野毛山公園　西区に位置する公園。一九二六年開園。一八八七年に日本初の近代水道である横浜水道の浄水場が設置されたが、関東大震災後、その跡地に公園が開設された。併設する野毛山動物園は旭区のよこはま動物園ズーラシア、金沢区の金沢動物園とならぶ市内を代表する動物園である。入場無料。

せるのはあまりに酷だ。大神様の業務を拙者たちで分担して、なんとかこの一年を乗り切らねばならぬ。やらなければならないことは山積みなのだ」

公園の入口から清掃に励む神々を呼ぶ、大きな声が聞こえてきた。

「みんな！　お昼ご飯持ってきたよ！」

重箱を抱えた南の神が大きく手を振っている。

「おっ、南だ！　今日の弁当は何かな。昨日は唐揚げだったから今日は魚が食べたいぜ。紅鮭、鯖《さば》の塩焼き、アジフライでもいいな」

軍手を放り投げて、保土ケ谷の神は南の神の元へ駆け寄っていく。

「あっ、待つのだ兄者！　せめてほうきとちりとりくらいは片付けていけ！」

すっかりお昼ご飯を食べる気になってしまった保土ケ谷の神を見て、旭の神は鼻から息を漏らす。

「まったく、兄者には困ったものだ」

その独り言を耳にした戸塚の神は、頭に巻いた手ぬぐいをほどきながら声をかけた。

「わらわはむしろほっとしておるぞ。いつもの調子に戻っているようじゃからな」

「おお、戸塚殿。恥ずかしいことを聞かれてしまったようだ」

自分の背丈ほどあるほうきを両手で握りしめながら、戸塚の神は笑っていた。

「先日は力が及ばなくてすまなかった。本当ならわらわもみながいるところに駆けつけたかったのじゃが」

戸塚の神がゴミ袋を持とうとしたので、旭の神が代わりに軽々と持ち上げて言う。

「戸塚殿があの場面で西殿に全力で攻撃する空間を作ってくれなければ、拙者たちが合流する前に兄者たちはやられていたかもしれないのだ。むしろ、二度も神器を使わせてしまい、こちらこそふがいなさに恥じ入るばかりだ」

すでに食いしん坊の神々は、紙皿に目一杯おかずを載せ、おにぎりを腕で抱えながら、芝生に敷いたビニールシートの上で昼食をむさぼっている。自分の皿に載せた沢山のおかずを保土ケ谷の神が盗もうとしたので、栄の神はおかずをリスのように詰め込んだ口で抗議の声を上げた。

「ちょっとほろがやさん！　わらひのお皿から取らないでくらさいよ！　自分の分があるれしょう！」

「うるへえ！　まずは敵の兵糧《ひょうろう》を奪うのが戦術の基本だろうが！」

「大神様の代わりにこの邪神を謹慎させて下さい！」

あまりにも幼稚なやりとりに、旭の神と戸塚の神は同時にため息をつく。南の神が乗ってきた軽自動車の横で煙が上がっていたので、近づいてみると、Tシャツの袖をまくって真剣に焼き鳥を焼く鶴見の神の姿があった。戸塚の神と旭の神がやってきたのに気が付くと、鶴見の神は香ばしい匂いを放つ熱々の焼き鳥を差し出して言った。

「おう、お前ら！　ちょうどいいタイミングだ、これは食べ頃だぜ」

「今日は鶴見殿も料理をしておるのか。では、一本失礼しよう」

「うむ、おいしいぞ！」

はもはもと焼き鳥を頬張る戸塚の神を見て、鶴見の神は腕を組んで満足そうに何度も頷いている。

「そうだろうそうだろう。毎度南に食事当番をさせるのは悪いからな。俺様の得意料理と言えば何と言っても炎を使ったものだ。焼き鳥、焼肉、シュラスコにグリルドチキン、タンドールがあればナンも焼いてやるぞ、俺様のカレーは評判なんだ」

「明日はカレーを食べたいぞ！」

戸塚の神のリクエストを、待ってましたとばかりに鶴見の神は手を叩いた。

「ようし分かった！　んじゃあ帰ったら早速明日の仕込みをやるとするか」

神々が談笑していると、焼き鳥の屋台と勘違いした男の子が、不思議そうに神々を見つめていた。

「おっ、なんだ坊主、食いたいのか？」

そう言うと鶴見の神は焼き鳥を一本、男の子に渡した。

「あっちいからな。よくふーふーして食えよ」

両手で串を掴みながら恐る恐る焼き鳥を口にすると、男の子は熱さに顔を歪めてから満面の笑みを浮かべた。勝手に焼き鳥をもらってしまったことに気付いた母親が慌てて飛んできて、鞄から財布を取り出そうとしたが鶴見の神は首を振って言った。

「俺様たちは出店じゃない。お母ちゃんも一本食いな。串は後ろの缶に入れといてくれればいいからよ」

お礼を言うと、母親は子供を連れて歩いていった。

「ほほ、優しいではないか。その優しさをわらわたちにもお裾分けして欲しいものじゃ」

顔を赤くして、鶴見の神は串に集中し始める。

「はっ、うっせえよ。他にも食い物はあるんだから、さっさとどっかへ行け」

けらけらと笑って戸塚の神と旭の神は、その場を離れた。南の神からおかずを受け取り、座る場所を物色していると、公園の入口近くで二人の女性に話しかけている金沢の神と神奈川の神が目に入った。その様子を遠くから磯子の神が眺めている。

金沢の神は胸に手を当てて身体をくねくねしながら叫んだ。

「なんということだ！　横浜に顕現して幾星霜、私は自分だけに光を照らす一番星を求め続けてきた！　それがなんと今、目の前に！　しかも二つの輝きが、私の目を盲いようとしているではないか！　ようこそマドモワゼル、野毛山へ。出会いの挨拶としてはいささか庶民的ではあるが、このコロッケを是非食べて頂きたい。横浜を代表する商店街の惣菜屋が今、あそこで出張しているところなのだ。マドモワゼルたちのような稀代《きだい》の美女にとっては粗末なもので恐縮だが、ご賞味あれ」

「……あの男、懲りもせずまたナンパをしておるのか。ろくに掃除をしているのを見たことがない」

「拙者、お惣菜をダシにナンパを試みる殿方を初めて見たぞ」

呆れたように旭の神が呟くと、笑いを堪えきれず磯子の神が近づいてくる。弟の愚行に注意する気などさらさらない磯子の神に、戸塚の神は苦言を呈する。

「笑っている場合ではないぞ。あのおなごたち、完全にヒイているではないか。一緒にいる神奈川も何をぼけっとしておるのじゃ。そろそろ助けに行った方がいいかもしれぬ」

「あっひゃっひゃ！　見ていれば分かりますよ」

怒濤の美辞麗句を並べられてうんざりしていた二人の女性たちは、頃合いを見計らってさっと金沢の神を避けると、神奈川の神に声をかけていた。あっけらかんとした様子で、神奈川の神は問いかけに応じる。

「ん？　なんだい、君たちは観光客なのかな？　なるほど、おすすめの観光地があったら教えて欲しい、か。そうだなあ」

石となった金沢の神を見て、戸塚の神は腹を抱えて笑う。

「人間のおなごたちも正直者じゃ。神奈川も、見てくれは悪くないからのう」

女性たちが持っていたガイドマップを指差していた神奈川の神だったが、突然アラームの音が鳴り響く。ポケットからスマートフォンを取り出して画面を見ると、神奈川の神は女性たちから離れて言った。

「申し訳ない。十三時十五分から三十分まで僕は昼寝をすることにしているんだ。君たちを案内してあげたいのは山々なんだけれど、残念なことに僕はもう時間がない。君たちの横浜観光が楽しいものになることを祈っているよ。それでは、失礼する」

芝生まで歩いて横になると神奈川の神は、瞬時に熟睡し始めた。女性たちは唖然とした表情を浮かべて、野毛山動物園へ消えていった。

「……あの性格さえなければ、の話なのじゃがな」

惨憺《さんたん》たる結果に終わったにもかかわらず、金沢の神は堂々とした様子で戻ってきた。

「実に可憐な娘たちだった。どうやらかなりの恥ずかしがり屋さんらしい。私の甘い言葉に頬を染め、一言も返事ができずにいた。身分不相応だと思ったのか、しずしずと下がってしまったが、その謙虚な心の何と愛おしいことよ！　娘たちよ！　臆することはない！　この金沢、小鳥のように怯える貴女たちを、赤子を包《くる》む毛布のようなぬくもりで満たしてやろう！」

「あっひゃっひゃ！」

「……とっとと昼飯を済ませてしまうかの」

野毛山公園に集まった横浜の土地神たちは、休日を楽しむ人間たちに紛れて思い思いの昼休みを満喫していた。芝生に寝転び、すっかりお腹を満たした旭の神は青空を見ながら言った。

「今日もいい天気だ！　兄者は掃除など面倒くさいとぼやいていたが、みなが守護する土地の公園を掃除しながら巡って、こうやって食事を共にできるのだから、そう悪い罰でもないような気がするな」

デザートのさくらんぼを食べながら、戸塚の神は言う。

「旭よ、妹たちが世話になった。此度の件を経て、泉も栄も、以前より少し頼もしくなったような気がするのじゃ」

二人の視線の先には、ほとんどの神々が食事を終える中、未だに料理を奪い合う保土ケ谷の神と栄の神、そして黙々と食事を続けている泉の神の姿があった。

「……気のせいかもしれんな」

旭の神は大声で笑った。

「わっはっは！　気のせいではない。泉殿は、膠着していた北部との戦いに活路を開いてくれたし、栄殿は何度も兄者を助けてくれた。二人とも誠に見事な働きであった」

さくらんぼの種を飛ばして、戸塚の神は腕を組む。

「保土ケ谷は札を剝がそうとしたそうじゃな。それを止めようとしたのが、お主ではなく栄だったと聞いて、どれだけわらわが驚いたことか」

旭の神は首の後ろに両手を回した。

「拙者は兄者の右腕。兄者が力を用いなくても済むよう、拙者が矢面に立つ。そう固く誓っていたはずなのに、大神様に向かって札を剝がそうとした時、何もすることができなかった。あの時の兄者を恐れていたのもある。だが、兄者を止めるためにしなければならないことを考えた途端、勇気が引っ込んでしまった。おそらく、兄者の命を奪うくらいの気持ちで行かなければ止められなかったのだろうが、拙者にはそれほどの覚悟が備わっていなかったのだ。まったく、兄者の右腕を自称しておきながら呆れてしまう」

「無理もないことじゃ」

流れていく雲を目で追いながら、旭の神は晴れやかな声で言った。

「腕っ節だけで言えば、栄殿が兄者に相対するのはあまりに無謀だ。それにもかかわらず、あの時栄殿は毅然と立ち上がって兄者を止めてくれた。しかも、力ではなく、言葉によって。もう一人前の土地神なのだと、思い知らされたのだ」

しばらく時をおいてから、戸塚の神は組んだ腕を離した。

「わらわもお主も、いささか過保護だったのかもしれん。大神様が仰っていたことは、何も人間たちにだけ当てはまることでもない。信じて道を歩ませることが、必要なのかもしれぬ」

戸塚の神は深いため息をつく。

「まったく、きかん坊の妹たちを育てるのは骨が折れ、こちらが何を言っても成長しないと思っていたら、何も言わないと急に大人のようになっておるのだから、つくづく育てるということがいかに難しいか痛感するのう」

二人は広場でいつの間にか集まってきていた子供たちと遊んでいる港南の神を見つめていた。寡黙な港南の神が言葉に頼らずとも、すぐに子供と打ち解けてしまう様子を見ていると、己のきょうだいに対する接し方は未熟だと旭の神も戸塚の神も自問自答するのであった。

広場の横を、何かを探すように歩き回っていた港北の神が、二人に気付くとぱっと笑みを浮かべて近づいてくる。

「やあ、二人とも。緑たちを見かけなかったかな？」

「さっきまでそこに……」

身体を起こして旭の神がそう言いかけると、戸塚の神は唇に人差し指を当てて言った。

「さあのう。わらわたちは見かけておらんぞ」

「参ったなあ。どこを探しても全然見つからないんだ」

唇に手を当てた意味を理解した旭の神はなるほどと呟き、戸塚の神は小さく笑った。

「港北、お主も此度はご苦労であった。車があなったのは誠に気の毒じゃがな」

露骨に肩を落として、港北の神は目を閉じる。

「ああいう奇っ怪な壊れ方をした事情を、保険会社に説明するのにどれだけ骨を折ったことか。また加入することはできたけど、とんでもない額の保険料になってるから先が思いやられるよ」

ポケットに手を突っ込みながら、港北の神は戸塚の神の横に腰を下ろして空を見た。

その表情は高額の保険料に絶望しているとは思えないほど爽やかだった。

「そろそろ転職をしようと思うんだ」

「ほう、今の仕事はお主の性に合っていたと思うのじゃがな」

「やりがいはあったよ。いささか出世をしすぎたからこのあたりが潮時だ。けど、その理由はあくまでこじつけのようなもので、実際はもう少し忙しくない仕事をして、緑や娘たちと一緒に過ごす時間を作ろうと思うんだ」

港北の神は身体から疲労感が滲み出ていたものの、未来を語る姿は嬉しそうだった。

「私は、青葉があれほど寂しい思いをしているとは思わなかったんだ。今思えば、せっかく家族になったというのに、私は仕事に明け暮れて、彼女たちを邪魔者扱いしてしまっていたかもしれない。そもそも人間が抱える家族の問題をより理解できるようになるために、私たちは人間の家族を模した生活をしていたのに、私たちも人間と同じような問題を抱えてしまった」

「みんながみんなお主のようなペースで物事を理解し、進められるわけではないからな」

反省するように港北の神は苦笑いを浮かべる。

「土地神なら、人間の家族に似た生活をしたとしても、寂しさや物足りなさを感じることなく、客観的に家族という集団を理解できると、私は考えていた。ある種の実験のようなものなのだ、と。けれど、緑や青葉や都筑にとって、私たちの家族というのは実験台でも何でもなく、一つの帰れる場所だったのだ。それに気付いた途端、私がどれだけ無自覚に彼女たちを傷付けてしまっていたか、思い知らされたよ」

腕を組んで話に耳を傾けていた旭の神は、納得するように頷く。

「拙者は思うのだが、無傷の家族など存在しないのだ。家族であろうと考え方は異なるし、衝突は避けられない。他人には言えないようなわがままで過激な言葉も、家族になら言えてしまうし、そのせいで言った方も言われた方も傷付いてしまう。そうやって身近な人を傷付け、傷付けられていくうちに、きっと、痛みを理解するようになって、思いやりが生まれるのだろう。港北殿からすればショックだったとは思うが、これも家族がより強固になるための避けられない出来事だったと思うべきではないか。おたふくや水疱瘡《みずぼうそう》のようなもので、一度罹患《りかん》すれば免疫ができるように、港北殿の一家も何をすればどういう問題が起きるのか、身をもって学んだのだ」

降参したと言わんばかりに笑みを浮かべて、港北の神は言った。

「ありがとう、旭。頭では分かってるけど、やっぱり落ち込んでしまうね、あんな喧嘩をすると。仕事を減らすのはいいとしても、これからどうすればいいものか、途方に暮れる毎日を過ごしているよ」

悩む港北の神を見て、戸塚の神はにやりとする。

「何を悩むことがある。明確な解決策が一つあるではないか」

「どんな案だい？」

本気で港北の神は尋ねた。

「緑にプロポーズをすればよいのだ」

「へ？」

「おお！　さすが戸塚殿！　みんな言わずにいたことをこうもあっさり言ってしまうとは！」

狼狽《ろうばい》した様子などまず見せない港北の神の顔が、見る見るうちに赤くなっていく。

「な、何を言っているんだ、戸塚！　私は土地神だぞ？　結婚など、天界が許可するわけないじゃないか。それに、緑は、君で言うところの栄や泉のような存在であって……、とにかく！　私はもういい歳だし、そもそも結婚なんて人間のしきたりであって」

慌てふためく港北の神を制するように、戸塚の神は指を突きつけた。

「お主はバカか？　家族としてやっていきたいのであれば、これほどわかりやすい契約もないじゃろうに。それに、土地神に年齢など関係ないぞ。わらわなど、こんな見た目をしておるからいつまで経っても三姉妹の末っ子だと思われてしまうし、お主は働き盛りにしか見えぬのだから、結婚していれば新しい職を探すならむしろ好都合じゃろうに」

「だ、だけど向こうの気持ちも考えなければ」

眉をひそめて、戸塚の神は怒ったように口を曲げる。

「お主はアホか？　自分が気に食わぬ男と家族になろうとする女神がどこにおる？」

「いや、でも」

わたわたする港北の神を見つけて、遠くから青葉の神たちがやってきた。

「ちょっと、パパ！　何でこんなところでおしゃべりしているの？　鬼がマジメに探さなかったらかくれんぼが成立しないじゃない！」

ぷんすか怒っている青葉の神の横に、緑の神もいた。

「もう、戸塚っち、港北ちゃんを独り占めするなんてずるいぞー」

緑の神はふざけて戸塚の神から奪うように、港北の神の腕を摑んだ。いつもなら落ち着いた反応を見せる港北の神だったのだが、今は緑の神に触れられただけで全身がこわばってしまい、額から妙な汗が流れ出ている。

「ん？　どったの？」

下から顔を覗き込んでくる緑の神を、港北の神はまともに見ることができなかった。その不可思議な振る舞いを見て、勘のいい都筑の神は緑の神と港北の神の手を握って言った。

「戸塚さん、申し訳ありませんが、大事な用事を思い出してしまいました。パパとママをお借りしていきますね。さあ、青葉！　わたくしと一緒にきて下さい！　とうとう年貢の納め時が来たのですよ！」

「かくれんぼの続きやらないの？」

まだ恋の匂いに鈍感な青葉の神は、きょとんとした表情を浮かべている。

「さあ、こっちに来るのです、パパ！」

「うむ、さっさと済ませてこい」

女神たちにずるずると連行されていく港北の神にひらひらと手ぬぐいを振りながら、戸塚の神は言った。

「午後の掃除に戻るとするかの」

日が暮れる頃になると、神々が集めたゴミやむしった雑草などをまとめた袋は、かなりの数に膨れあがっていた。ほとんどの神が帰りの準備を始めている一方、中の神は未だにせっせとゴミを探し、夕日が沈もうとしているのにも気付いていない様子であった。

戸塚の神はさりげなく近づいて言う。

「ほどほどにしておけ。あんまり綺麗にし過ぎて人間の仕事を奪ってしまうのも可哀想じゃ」

「ええ、もう少しで終わりますから。先に帰っても構いませんよ」

「先へ帰ろうにも、お主がそう一生懸命仕事を続けていては、わらわたちも帰りにくいというものじゃ」

手を止めて、中の神が顔を上げると戸塚の神は労るように肩にぽんと手を置いた。

「中よ、そんなに頑張らずとも、誰もお主を責めようというものなどおらぬ」

休むことなく草むしりをしていたせいで、中の神の手は土で汚れ、汗をかいた首筋に髪の毛が張り付いている。苦笑いを浮かべながら中の神は戸塚の神に言った。

「皆さんに気を使わせてしまってすみません。わたしは、あまり器用ではありませんから、このくらいしか手伝えることがなくて」

中の神の汚れた手をそっと握り、戸塚の神は語りかける。

「本当にお主たちはよく似ておるの。何も、騒ぎを起こしたのはお主の弟だけではない。わらわも金沢も、鶴見も、青葉も保土ケ谷も、みーんなそれぞれ等しく巨神様からおしかりを受けた。むしろ、お主のその反省心を他の連中に分けてやった方がいいくらいじゃ」

「ありがとうございます、戸塚。けれど、西は本気で人間たちへの復讐を試みようとしていたのです。わたしや西の司る地は、横浜の名に強く影響を与えているのは事実で、その名に恥じぬよう、民への思いやりのある土地神としてあの子に道徳心を説いてきたつもりでした。それがあのような形で露呈してしまうと、わたしが西に対して伝えていたことはあまりにも窮屈で、あの子にそぐわないことを言い続けてきたのだと思い、自分が情けないのです」

戸塚の神は中の神を引っ張っていってベンチに座らせた。

「少し待っておれ」

そう言うと、戸塚の神は南の神のところに行き、湯気の立つ紙コップを二つ受け取った。戻ってきた戸塚の神は、一つを中の神に渡して言う。

「ほれ、飲め」

「すみません」

紙コップに口を付け、コーヒーを喉に流したが戸塚の神はすぐに舌を出した。

「うう、やっぱり苦いのう」

「砂糖を入れてこなかったんですか?」

「お主はずっとブラックじゃからな。わらわも真似をしてみたのじゃが。よくこんなものが飲めるのう」

中の神が小さく笑ったので、戸塚の神は少し安堵して言った。

「お主は、西が復讐を試みようとしたことを、とても罪深く思っているようじゃが、わらわはお主が西に対して説いてきたことが間違っていたとは思えぬ」

　中の神は黙っていた。

「復讐とは、所詮暴力を都合よく解釈したもので、わらわとしてはやはり認めるわけにはいかぬ。ただ、復讐心そのものが残酷かと言われると、それは違うと思うのじゃ」

「なぜです？」

「復讐心とは、大切なものが奪われることによって生まれる怒りの感情じゃ。翻ってみれば、何かを大切に思う気持ちがなければ、復讐しようと思うことはない。誠に残酷なのは、大切なものが失われても、なんの気持ちもわき上がってこないことじゃ。それを鑑みれば、西が復讐に駆られたのは、お主が常に民を愛し、民の自由を祈れと伝えて、民を何よりも大切に思うようになっていたからじゃろう。無論、それを実行に移すとなれば話は別じゃが、民を失って怒りに駆られるということは、それだけ西が民を大事に思っていたということ。すなわち思いやりのある何よりの証拠ではないか」

「とは言え西はそれを実行に移しかけていました。未遂に終わったものの、やはり看過できないことです」

　賑わっていた公園もいつしかひとけが少なくなり、眼下に広がる関内の街並みがぽんやりと輝き始めていた。

「それはきっとのう、お主が西に良心を育てていたからじゃ。あやつが本気になれば、お主やわらわを手にかけるのは造作もない。もしも西に良心がなければ、実際にそうなっていたかもしれぬ。じゃが、復讐心が良心に敗れて初めて、救いが訪れるのじゃ。その葛藤を経たものは、きっと以前よりずっと心配りのできる神になるのではないかと、わらわは思う。じゃからこそ、お主が西に対して行っていたことは、何一つとして無駄ではなかったのじゃ」

紙コップを握りながら中の神は静かに俯いていた。

「もう自分を責めるのはおしまいじゃ。お主はずっと正しいことをしてきたし、西も救い、ひいてはわらわたちも助けてくれた。お主がそうめそめそしておっては、いつまで経っても西の肩身も狭いままじゃ。見よ、金沢なんぞ大戦争のことなどすっかり忘れておなごを追いかけておるし、港北と緑も仲むつまじくしておる。みんな元に戻ってきておるのじゃ」

どんと背中を叩かれたせいで、中の神の瞳から留めていた涙が零《こぼ》れ落ちてしまった。

「お主は何と言っても横浜の華じゃ。その土地神がしんみりしておったら、遊びに来た民たちも暗い気持ちになってしまうぞ。美神は美神らしく、朗らかに笑う！　そうじゃろう？　ほほ」

涙を拭ってから、中の神はふうと呼吸を正して笑みを浮かべた。

「うむ、そうでなければのう」

思わずうらやんでしまいそうになるほど美しく、生き生きとした中の神の表情を見て、戸塚の神は満足そうに頷いた。

「ありがとう、戸塚。あなたと同じ横浜の土地神でよかったと、わたしは心から思います」

その言葉を残し、中の神は神々が集まっている場所へ戻っていった。中の神の後ろ姿を目で追いながら、戸塚の神は呟くように言った。

「女同士の会話を盗み聞きするのは、覗きより罪深いぞ、保土ケ谷よ」

ベンチの後ろの木陰からひょっこりと保土ケ谷の神が姿を現す。

「勘違いはよくないな。俺は生い茂った藪の奥で、せっせと草むしりをしていたんだ」

「その割に、お主の軍手は随分と綺麗なようじゃが」

呆れた口調を元に戻して戸塚の神は言った。

「お主には横浜中を駆けずり回ってもらい、すまなかった」

木に寄りかかりながら、保土ケ谷の神は肩をすくめて返事をする。

「俺も眠るだけで力を使える神器があればよかったんだがな」

「そう責めてくれるな。お主の戦略は誠に見事であった。こうも丸く収まると、すべてはお主の手の上で踊らされていたようにも思えるぞ。もしや大神様と結託していたわけではあるまいな?」

「冗談でも怒るぞ」

「ほほ、怖い怖い。ただ、さすがのお主もよもや栄に説教を食らうとは思っていなかったのではないか？」

保土ケ谷の神は何も言わなかった。

「他人を信じるとは、難しいものじゃ。頼りすぎては相手の重荷になってしまうし、頼らなすぎれば信じられていないと思われる。お主が独断専行なのはわらわも承知しておるが、栄や若い神々はお主にとってもっと大切な存在になりたいと思っているのじゃ。わお主もお主で朴念仁じゃから他の神々をいかに愛しておるかを伝えられずにいるが、わらわは、お主がきちんと横浜の神々を信頼しておることが分かっておる。わらわが『夢見枕』を使ったのも、きっとお主がやってきて、金沢たちと対峙してくれると分かっていたからこそ、ああ判断したのじゃ。こういう信頼関係を、妹たちとも結んでやってくれ」

突然保土ケ谷の神は戸塚の神の髪を、両手でかき乱しながら叫んだ。

「黙って聞いてりゃさっきから偉そうなことばかり言いやがって！　言っておくがな、俺はお前の先輩なんだぞ！　それを俺にも中にも、まるで最古参みたいな調子で好き放題ぺらぺらと！　俺に説教を垂れるなら、そのたーっぷり残ったコーヒーを飲み干せるようになってからにしろってんだ！」

「ぬおお！　何をする！　やめんか！」

ぐしゃぐしゃになった髪を直しながら戸塚の神は言う。

「まったく、素直じゃないのう」

すっかり気分を害した保土ケ谷の神はその場を去ろうとするが、その背中に向かって戸塚の神は声をかけた。

「保土ケ谷よ、西を頼んだぞ」

広場を離れ、公園の端へやってくると展望台が見えた。横浜の街並みがゆっくりと夜を迎えようとしている姿が一望できる。展望台の柵に手をかけ、街の灯に視線を送っている男に、保土ケ谷の神は声をかけた。

「仕事をサボって街を眺めるなんざ、随分と優雅じゃねえか」

西の神は振り向くことなく左手で背後を指差した。そこにはゴミをたっぷりと詰め込んだ袋が山積みにされている。

「私は貴様とは違う」

その圧倒的な仕事量に、保土ケ谷の神は啞然としてしまった。

「ほんと、クソがつくほどマジメだなお前は」

売り言葉を買うことなく、西の神は静かに街を眺めている。長身の西の神が柵に手を乗せて街を眺める姿は絵になるものの、そこはかとない寂しさが滲み出ていた。保土ケ谷の神は西の神の横に立って同じく横浜の景色に目をやった。

「お前のバー、なかなか評判らしいじゃないか。静けさが売りの店なら、お前みたいな仏頂面《ぶっちょうづら》も、むしろセールスポイントになるんだろう。今度俺にも一杯、何か作ってくれよ」

「貴様のような酒癖の悪い客は、お引き取り願っている」

「左様でございますか」

深々とため息をついて保土ケ谷の神は言う。

「なあ、いつまでヘソ曲げてるつもりだよ。今日だって、誰とも喋らないで黙々と草ばっかむしってやがったし」

「それが私たちに科せられた罰なのだ。仕方あるまい」

「掃除なんてのは口実だよ。土地神が一堂に会することも滅多にない。久々に集まったんだから、仕事なんざほったらかしてみんなでダべろう、っていう集まりだってことにどうしてお前は気付かないかね」

「馴れ合うつもりはない」

保土ケ谷の神は大げさに肩をすくめた。

「あーあ、つまんねーの。みんな俺が変わったと言うが、お前だってそうだ。昔のお前は可愛げがあったぞ。うるさいくらいに何でもかんでも質問してきて、横浜のことを一日でも早く知ろうと、躍起になっていた。きらきらだったよ。中の言うことだってちゃんと聞いていたし。はあ、時の流れは残酷だ」

「みな変わっていくのだ」

伊勢佐木町の賑やかな光が、今はどこか寂しく思えたのは保土ケ谷の神だけではなかった。

「そもそも、俺とお前ってろくな思い出がないよな。お前が顕現した時は、太平洋戦争の末期で、しかも空襲と終戦が重なり、しばらくしたら俺は冥界に送られて、地上に戻ってきてからはほとんど疎遠。どこかへ遊びに行ったり、一緒に酒を飲みに行ったりした記憶がほとんどねえや。実は俺もお前も、お互いのこと、よく分かってないのかもな」

昼の暖かさはどこかへ消え、海から吹き付けてくる風はいささか肌寒い。

「縁がないと分かったのなら帰れ。他の連中が待っているだろう」

下手に出ていた保土ケ谷の神にも、限界が訪れようとしていた。

「随分な言いようじゃねえか。友達のできない生徒に気を使う先生みたいな気分でやってきたが、こうも反抗的だと教育的指導も辞さないぞコラ」

「貴様はここへ何しに来たのだ。邪魔をするつもりならとっとと消え失せろ」

「んだとコラ、心配してきてやったってのに俺の善意を踏みにじるたあいい度胸じゃねえか」

西の神と保土ケ谷の神は鋭い視線で睨み合い、緊張が訪れる。しばらく膠着状態が続いた後、突然頭を押さえて保土ケ谷の神はうずくまった。

「ううっ、痛え！　どっかの誰かに鉄球のようなもので殴打された時の傷がこんな時に疼《うず》いてきやがった！　とても立ってはいられねえ！」

「貴様！」

西の神は思わず保土ケ谷の神の胸ぐらを摑んだ。摑まれた方は激昂するかと思いきや、両手を挙げて疲れたように笑った。

「やめやめ、俺にもうそんな元気は残っちゃいねえよ。降参だ、降参」

柱に寄りかかりながら保土ケ谷の神はため息をつく。

「お前は若いよ」

「貴様が過剰に老け込もうとしているだけだ」

「そうだな、俺はもうお前みたいに、行き場のない鬱憤《うつぷん》を当たり散らすような若さは失われちまったかもしれない」

またしても西の神は軽蔑の表情を浮かべたが、保土ケ谷の神は手をひらひらさせて言った。

「お前が今でもつかみどころがない怒りに駆られているのは、分かる。その怒りの原因が、ある時期は俺だったのも事実だろう。でも、今はどういうわけかお前は俺に怒っているようには思えないんだ。俺は八つ当たりされているだけで、お前を怒らせている本当の理由が別にあるような気がしてならない」

西の神は再び柵を摑んで街を眺めている。

「そういう時こそ、お前の姉ちゃんの出番じゃないのか。中は、人間の懺悔《ざんげ》に耳を傾ける仕事をしているんだからお前の打ち明け話だってきっと聞いてくれる」

「姉上には分からない。優しい方だから」

腕を組んで保土ケ谷の神は眉をひそめる。

「お前、中を誤解しちゃいないか？　あいつはお前の思っているようなやつじゃないぞ」

「どういう意味だ？」

「中は眉目秀麗で、気立てもいいし、地面深くに下水が流れていることなんて知らないような箱入り娘のように見えるかもしれない。だが、あいつは強いんだ。お前の言う中の優しさとは、血生臭さや陰湿さ、意地汚さや卑小さとは無縁の世界でしか通用しない、脆い優しさだと思っていないか？　それは違う。あいつは、どれほど惨めで、淫猥で、下卑た気持ちを持ったとしても、それを一つの個性として受け入れてくれる。復讐心を打ち明けて中が失神するとでも思ったら大間違いだ。あいつが自分に失望することはあっても、他人に失望することはない。中は、そういう道理から外れそうな時こそ、真の力を発揮する」

　そのことを気付いていない西の神ではなかった。保土ケ谷の神には反論せず、西の神は沈黙を保つ。

「まあ、とは言えやはり実の姉に対して言いにくいことがあるのは当然だ。なら、せめて俺相手に話してしまった方がいいと思うぞ。悪巧《わるだく》みを試みた同士として、話を聞く義理はあるだろうからな」

　いい加減怒ることにも疲れた西の神は、街に語りかけるように口を開いた。

「大戦争の命を受け、姉上に刃を向けた時点で、勝つにせよ負けるにせよ、私はもう貴様たちの元に戻るつもりはないという覚悟で戦いに挑んだ。他の神々を説得して、復讐の意義を理解させることなど無理だと分かっていた。貴様が言ったように、今の時代に古い戦争の復讐を企てるなど浮世離れしている。私は死んでいった民たちに報いる術を思い浮かべることはできなかった。私には何より力が足りなかったのだ。民への鎮魂に失敗し、貴様たちと反目した私がなぜ横浜に居続けることができる。私は貴様たちを信頼する道より、己の信じる道を進み、敗北した。たとえ不問に付されたとしても、今の私は、この西区という場所を司る神として、あまりに弱い。見よ、この景色を」

空に浮かぶ星に負けないよう、鮮やかな光を放ち続ける街は、そこに人が生きているという何よりの証《あかし》だった。

「覚えているか、保土ケ谷。かつてここから見た関内の辺りは、廃墟だったのだ。それがこのように生き生きとした街に蘇っている。民は、なんと力強いのだ。それに比べれば、私の強さなど」

それ以上言葉が続くことはなかった。複数の土地神と同時に戦いながら覇気に満ちていた西の神が、今やどの神よりも怯えていた。

保土ケ谷の神は西の神を見なかった。かすかに肩を揺らし、洟をすっている音が聞こえる。

「おい、見てみろよ」

西の神が首だけ動かすと、腕を組んだ保土ケ谷の神は穏やかな笑みを浮かべながら、下の広場に親指を向けていた。恐る恐る西の神も下に目をやると、広場には展望台を心配そうに見上げている横浜の神々の姿があった。

泉の神と栄の神は、また喧嘩になっていないかはらはらした様子で見つめていたが、戸塚の神は保土ケ谷の神の笑顔を見て何かを悟ったようだった。港北の神と緑の神が手を繋いでいる姿を知らせるように都筑の神は保土ケ谷の神へ目配せしながら、青葉の神の手を握っている。しきりに時計を眺めながら広場を離れようとする神奈川の神の肩を摑んで、展望台に手を振っている鶴見の神の姿も見える。女性の尻を追いかけていた金沢の神は港南の神に引っ張られて南の神に説教をされ、その様子を見て磯子の神は楽しそうに笑っている。兄の穏やかな表情を見て安堵した旭の神は、腕を組みながら一度だけ大きな親指で目頭を拭っていた。

すっかり帰路についていたと思っていた神々が集まっていることに気付き、西の神は激しくも、不快ではない胸の高鳴りを感じた。いつも表情を崩そうとしない西の神が、ようやく心の奥から抜け出せずにいた感情を露わにしようとしたのを見て、中の神はすべてを許すかのようにはっきりと頷いたのであった。

「お前はもう、あいつらから否応なしに信頼されているんだ。今度は、俺もお前も、もっとあいつらを頼ってやろうじゃねえか」

神々の視線を受けながら、保土ケ谷の神は言う。

「相手のいいところしか知らない関係ってのは、信頼じゃない。それは、思い込みだ。本当の信頼ってのは、馬鹿なところとかダメなところとかを知った上で、それでもまあ、こいつとは付き合ってもいいだろって思う、ゆるい妥協みたいなもんなんだ。お前がどれだけ周りを失望させたとしても、横浜の土地神はそれで見限るほど辛抱のないやつらじゃない」

傍若無人に振る舞ったあげく、戦いには敗れ、その上滅多に見せることのない姿を晒してしまい、誰よりも気位の高い西の神は普通ならこの場からすぐにでも去ってしまいたいと思うはずだった。ところが、今はこの醜態を屈辱とは思えず、それでもなお温かい視線を送ってくれる同胞たちに、感謝する気持ちが芽生えていた。神々に対してその気持ちを素直に伝えられるようになるには、もう少し時間がかかるかもしれない。ただ、戦いが終わって以降、ずっと脳裏をよぎっていた横浜の地を離れようという考えは、あまりに安易なものだったと強く戒めるのであった。

西の神が目を拭った姿を見て、保土ケ谷の神は展望台を下り、集まっていた一同に向かって言った。

「よし、今日は西も飲み会に来るみたいだから、とっとと繰り出すとするか！」

またしても宴会が決まり、神々の間から歓声が湧き上がる。

「おーい、みんなー！」

公園の入口から声が聞こえてきた。駆け寄ってきたのは瀬谷の神で、神々の前にやってくると膝に手をついて息を切らしながら言う。

「よかったあ、今度はちゃんと合流できたよ。みんな掃除ご苦労様、僕も大神様の仕事を片付けてきたから今日は飲み会に参加できそうだよ」

　鶴見の神と話しながら、少しずつ輪に溶け込んできている西の神を見て、瀬谷の神は笑みを浮かべて声をかける。

「今日は西くんも来るんだね！　よーし、どんなカクテルをお願いしよっかなあ」

　つれなく西の神は言う。

「作るとは言っていないぞ」

「そんなあ」

　露骨にがっかりした瀬谷の神に、周囲が笑いに包まれる。瀬谷の神が、何かを握っていることに保土ケ谷の神は気付いた。

「お前が手に持ってるのは何だ？」

　そう言われてはっとした瀬谷の神は握っていた封筒を、保土ケ谷の神に渡して言った。

「そうだ、天界から渡されたものがあったのをすっかり忘れていたよ、保土ケ谷くん宛てなんだ」

　乱暴に封を開き、読み進めるうち、飲み会が決まってうきうきしていた保土ケ谷の神の顔が見る見るうちに青ざめていく。他の神々が談笑し合う中、手紙を捨ててそっとその場を離れようとしていることに気付いた旭の神は、保土ケ谷の神に声をかけた。

「一人でどこに行くつもりだ、兄者よ？　せっかく瀬谷殿が持ってきてくれた手紙を落としてしまっているぞ」

兄が捨てた手紙を拾い上げ、文面に目をやると、旭の神は思わず大きな声を上げてしまった。

「なんと！」

驚きの声を上げた旭の神の周りに、神々が集まってくる。旭の神が手にしている手紙を覗き込みながら、戸塚の神が読み上げた。

「なんじゃ、けったいな声を上げて。何々、召喚状送付のお知らせ？　神奈川県横浜市保土ケ谷区の守護を司る保土ケ谷の神（以下甲）が、冥界の神より封印されし札を二度も剝がそうとした事実を確認致しました。封印の札を地上に顕現する土地神が許可なく剝がそうとする行為は天界刑法第五十八条に反するものであり、甲には至急天界への出頭が命じられています。二十四時間以内に出頭が認められない場合は、当局による強制検挙を実行するものとします……」

そこまで読み上げると神々は寂しそうな視線を保土ケ谷の神に向けていた。その場を後にしようとしていた保土ケ谷の神は慌てて振り返り、旭の神にすがりついて言う。

「お、お前ならなんとかごまかしてくれるよな？　あの状況ならああするしかなかったことくらい分かるだろう？」

涙目になった保土ケ谷の神は、真っ青な顔から滝のような汗を流し、周囲の神々に情けを乞う目で見つめるが、どの神々も諦めの表情を浮かべるだけで手を差し伸べようとはしない。

　旭の神は涙を流しながら、保土ケ谷の神を身体から剝がして言う。

「……すまぬ、兄者。それに関しては何の言い訳もできぬ」

「は、薄情者！」

「保土ケ谷よ、世話になったのう。冥界でも達者に暮らせ」

　手ぬぐいで目を押さえながら同情を示す戸塚の神の横で、栄の神も悔しそうに目を閉じていたが涙は一滴も流れておらず、口元には笑みさえ浮かんでいた。

「私が誰よりも尊敬する保土ケ谷さんがこんなことになるなんてほんとにざんねんです」

「気持ちがこもってねえんだよ！」

　マッスルポーズをした泉の神は、はきはきした調子で言った。

「向こうでも筋トレはしておいた方がいいわ、筋肉はすぐに衰えてしまうから」

「冥界生活のアドバイスは必要ないっての！　他に言うことはないのか、お前ら！」

　すると本当に涙を流している金沢の神が近づいてきて、彼にしては優しく保土ケ谷の神の肩に手を置いて言う。

「ムシュー保土ケ谷、貴兄のことは忘れない。賢《さか》しい神ではあったが、いざいなくなると思うと一抹の寂しさを覚える。後のことは任せておけ。貴兄の守護していた保土ケ谷のすべての女性は、私が責任を持って寵愛しよう」

「あっひゃっひゃ！　棚からぼた餅とはこのことですね」

「今すぐ避難してくれ、我が民よ！」

誰もまともに取り合ってくれないことに失望した保土ケ谷の神は、険しい表情を浮かべていた南の神にすり寄っていった。

「お前なら俺を擁護してくれるよな？」

期待通りに南の神は地面に膝をついて保土ケ谷の神の手をぎゅっと握りしめてくれる。

「あんたが帰ってくるまで、うちのお惣菜は絶やさずにいるよ。安心して、お勤めしてらっしゃい」

「が、頑張ってきてね、保土ケ谷」

港南の神に優しく肩を叩かれたその手を払い、保土ケ谷の神は言う。

「冥界送りを既定事項にするんじゃねえよ！」

「そうですわ、皆さん。今回は先生の活躍があってこその大団円ではありませんか」

そう言ってうちひしがれる保土ケ谷の神に手を差し伸べたのは都筑の神だった。天使と見紛うほど慈愛に満ちた都筑の神に、保土ケ谷の神の頬を清らかな涙が伝う。

「おお、都筑！　お前はなんて思いやりのある女神なんだ！　さすがは自慢の教え子だ！」

『狐狗狸傘』を広げて都筑の神は優しい笑みを浮かべている。

「先生のおかげで、パパとママが一歩前に進み、青葉も悲しまずに済む結末を迎えることができて本当に感謝しますわ。これほど尽力してくださった先生が冥界に送られるなど、あってはなりません。この都筑、先生のためならどんな協力も惜しみません。幸いにも、わたくしには天界や冥界、この地上とも異なる世界とコネクションがありますの。そちらにお逃げになれば、天界の裁判所といえどもそう簡単には手を出せませんわ。さあ、もっと近づいて下さいまし」

都筑の神が広げた傘の奥から、魑魅魍魎《ちみもうりょう》が顔を出している。後ずさりをしながら保土ケ谷の神は、別の冷や汗をかいて言った。

「い、いや、よく考えたらお前に逃亡の幇助《ほうじょ》の罪を背負わせるわけにはいかないだろ。じ、自分で何とかするよ」

「まあ、何を仰るんですか、先生。ここなら安心ですわ」

いつの間にか公園の入口から黒服姿の男たちが大挙して押しかけてきていた。それに気付いた保土ケ谷の神は瀬谷の神に向かって叫び声を上げる。

「このアホ！　とんでもないもん持ち帰ってきやがって！」

「酷いよ！　僕は手紙を届けただけなのに！」

すでに走り出していた保土ケ谷の神は、神々にも恨み節をぶつける。

「お前らも覚えておけよ！　今回の功労者が不当逮捕されるのを見殺しにしやがって、化けて出てやるからな！」

「なぜ逃げるのですか？　先生、早くこちらへ来て下さい！」

都筑の神と黒服姿の男たちに追いかけられながら、保土ケ谷の神は広場から姿を消していった。無残に走り去る保土ケ谷の神の姿を、横浜の神々はみんなで笑いあっている。

大きな笑い声に包まれながら中の神は、西の神も他の神と同様に笑みを浮かべているのを見てはっとした。

そして、保土ケ谷の神を気の毒に思いながらも、さすがの中の神も我慢できず、みなにつられてくすりと笑みをこぼしてしまうのであった。

神々名鑑

旭の神

【生年】一九六九年（保土ケ谷区から分区）
【身長】一九五㎝
【職業】動物園職員
【人口】約二五万人（市内五位）
【面積】約三三㎢（市内三位）
【名所】よこはま動物園ズーラシア、二俣川免許センターなど
【神器】『化鳥風月《かちょうふうげつ》』（刀）
動物と感覚（視覚、嗅覚など）を共有することができる

【主な特徴】
●同期の神は、港南の神、緑の神、瀬谷の神。
●保土ケ谷の神は兄。
●横浜の獣を司る神。
●引きこもりがちの兄とは対照的に、社交性に溢れ、気さくで頼りがいがある。
●尊敬する人はムツゴロウさん。
●三日くらい何も食べなくても死にはしないタイプ。

旭区…P.25

保土ケ谷の神

【生年】一九二七年
【身長】一七三㎝
【職業】無職（名目上は大学生）
【人口】約二〇万人（市内九位）
【面積】約二二㎢（市内一一位）
【名所】横浜国立大学、保土ケ谷球場、旧程ケ谷宿など
【神器】『硬球必打《こうきゅうひつだ》』（金属バット）
どんな悪球もホームランにする魔法のバット

【主な特徴】
●横浜最古参の土地神の一人。
●同期の神は、鶴見の神、神奈川の神、中の神、磯子の神。
●旭の神は弟。
●横浜の学問を司る神。
●いつも昼頃に目を覚まして大学の講義をさぼっている。
●飲み会の参加率は九割。
●土地神の人間界への干渉に消極的。
●偏屈ではあるが、人心掌握に長け、軍師としての才に秀でている。
●カナヅチ。

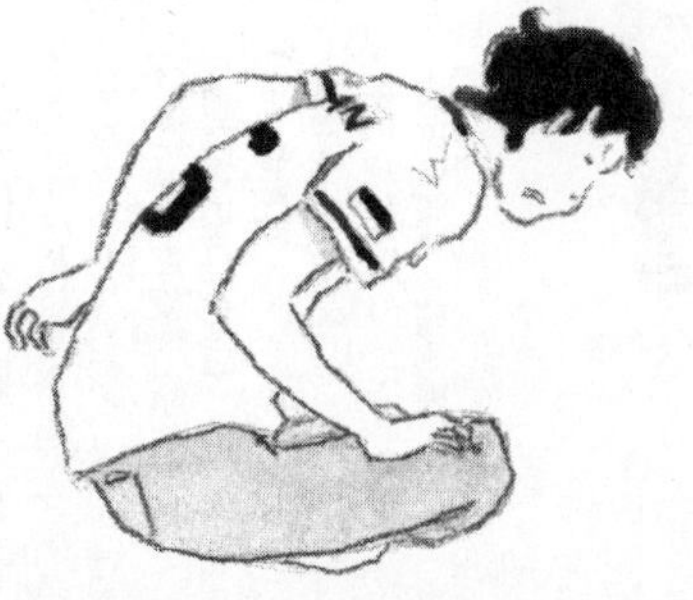

保土ケ谷区…P.27

西の神

【生年】一九四四年（中区から分区）
【身長】一八〇cm
【職業】バーテンダー
【人口】約一〇万人（市内一八位）
【面積】約七㎢（市内一八位）

【名所】横浜駅、横浜ランドマークタワー、横浜美術館、マークイズみなとみらいなど
【神器】『神之碇《かみのいかり》』（碇）伸縮自在の巨大な鎖
【主な特徴】
- 戦中生まれの神。
- 中の神は姉。
- 横浜の海運を司る神。
- 寡黙で感情を表に出さないが、姉である中の神を敬愛している。
- 生真面目な性格で、あまり社交を好まない。
- やや自暴自棄な傾向。

西区…P.34

中の神

【生年】一九二七年
【身長】一七〇㎝
【職業】シスター
【人口】約一五万人（市内一五位）
【面積】約二一㎢（市内一二位）
【名所】横浜赤レンガ倉庫、横浜中華街、山下公園、元町、伊勢佐木町、関内、山手など
【神器】『銃王無尽《じゅうおうむじん》』（銃）
命中率の高い銃
【主な特徴】
●横浜最古参の土地神の一人。
●同期の神は、鶴見の神、神奈川の神、保土ケ谷の神、磯子の神。
●西の神は弟。
●横浜の慈愛を司る神。
●思いやりがあり、横浜の土地神の精神的支柱。
●他者への愛を優先するあまり、自分をおろそかにしがち。
●本気で怒るととっても怖い。

中区…P.34

港北の神

【生年】一九三九年（神奈川区と都筑郡から分区）
【身長】一八二㎝
【職業】商社マン
【人口】約三四万人（市内一位）
【面積】約三一㎢（市内五位）

【名所】新幹線新横浜駅、日産スタジアム、横浜アリーナ、新横浜ラーメン博物館など
【神器】『閃光一車《せんこういっしゃ》』（鍵）自動車の最大限のパフォーマンスを引き出すキー
【主な特徴】
●同期の神は、戸塚の神。
●緑の神は妻、都筑の神と青葉の神は娘。
●横浜の家内安全を司る神。
●ワーカホリックであり、人間界に紛れてバリバリ働く。
●働き過ぎるあまり出世も早すぎて重役になってしまうので、転職を繰り返している。
●趣味はドライブであり、愛車は日産スカイライン。

港北区…P.37

緑の神

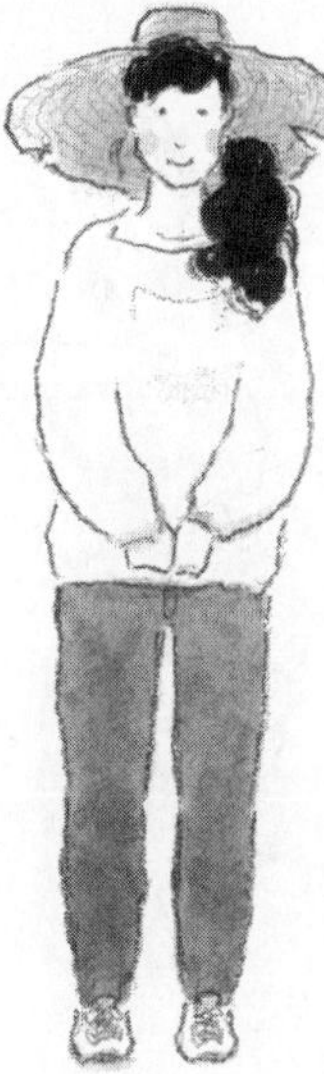

【生年】一九六九年（港北区から分区）
【身長】一五八㎝
【職業】農家
【人口】約一八万人（市内一二位）
【面積】約二五㎢（市内八位）
【名所】四季の森公園など
【神器】『森林沃《しんりんよく》』（帽子）
植物の成長を促す帽子

【主な特徴】
- 同期の神は、旭の神、港南の神、瀬谷の神。
- 港北の神は夫、都筑の神と青葉の神は娘。
- 横浜の豊穣を司る神。
- おっとりとして鈍くさく、それでいて憎めないタイプ。
- 料理上手であり、自宅の庭で沢山の野菜を育てている。
- 得意なスイーツはにんじんプリン。

緑区…P.37

栄の神

【生年】一九八六年（戸塚区から分区）
【身長】一四八㎝
【職業】考古学者
【人口】約一二万人（市内一七位）
【面積】約一九㎢（市内一五位）
【名所】田谷の洞窟、横穴墓群、横浜自然観察の森、大船駅（南側は鎌倉市）など
【神器】『匙《さじ》下《か》減《げん》』（スコップ）いっぱい掘れるスコップ
【主な特徴】
- 同期の神は、泉の神。
- 戸塚の神は姉、瀬谷の神は兄、泉の神は双子の姉。
- 横浜の地脈を司る神。
- 土地柄が地味なことをコンプレックスに思っており、勉強熱心。
- 感情に正直であり、裏表のない性格。
- 酒癖に難あり。

栄区…P.40

戸塚の神

【生年】一九三九年
【身長】一四〇㎝
【職業】手芸職人
【人口】約二七万人（市内四位）
【面積】約三六㎢（市内一位）

【名所】旧戸塚宿、東海道線戸塚駅、横浜薬科大学（横浜ドリームランド跡地）など
【神器】『夢《ゆめ》見《み》枕《まくら》』（枕）己の夢に土地神を引き込む枕
【主な特徴】
- 同期の神は、港北の神。
- 栄の神と泉の神は妹、瀬谷の神は弟。
- 横浜の眠りを司る神。
- 戸塚三姉妹の姉であり、他の神々に対しても面倒見がいい。
- 東海道の繋がりもあり、保土ケ谷の神とは縁が深い。
- かつてはドリームランドで着ぐるみの中に入って働いていたこともあった。
- 可愛いものに目がなく、自分で作ってしまうタイプ。
- お酒は苦手。

戸塚区…P.40

泉の神

【生年】一九八六年（戸塚区から分区）
【身長】一七二㎝
【職業】インストラクター
【人口】約一五万人（市内一四位）
【面積】約二四㎢（市内一〇位）
【名所】旧清水製糸場跡、相鉄線いずみ中央駅など
【神器】『絹《きぬ》ノ糸《いと》』（糸）七色に光る頑丈な糸
【主な特徴】
●同期の神は、栄の神。
●戸塚の神は姉、瀬谷の神は兄、栄の神は双子の妹。
●横浜の縁を司る神。
●筋トレマニアであり、大食漢。どれだけ食べても筋肉になる。
●身体能力の高さは女神随一であり、足の速さは横浜一。
●鳥の行水タイプ。

泉区…P.40

港南の神

【生年】一九六九年（南区から分区）
【身長】二〇五㎝
【職業】幼稚園の先生
【人口】約二二万人（市内七位）
【面積】約二〇㎢（市内一三位）
【名所】京急上大岡駅、神奈川県戦没者慰霊堂など

【神器】『大平星《だいだらぼし》』（ネックレス）自身を巨人化する
【主な特徴】
●同期の神は、旭の神、緑の神、瀬谷の神。
●横浜の子を司る神。
●南の神に息子のように教育を受ける。

●図体の割に気弱で、流されやすい。
●いつも金沢の神や磯子の神の悪事に巻き込まれる。
●グルメであり、市内の名店を熟知している。
●子供に懐かれる。

港南区…P.59

金沢の神

【生年】一九四八年（磯子区から分区）
【身長】一七九㎝
【職業】医者
【人口】約二〇万人（市内一〇位）
【面積】約三一㎢（市内六位）
【名所】金沢文庫、八景島シーパラダイス、金沢動物園など
【神器】『金技文庫《かなわざぶんこ》』（本）
すべての神器をコピーする本
【主な特徴】
●戦後初めて顕現した横浜の土地神。
●磯子の神は兄。
●横浜の医療を司る神。
●横浜きっての女好きであり、医者という立場を利用して日々合コンに明け暮れる。
●何でも一番でないと気が済まず、他の神々にちょっかいを出す。
●趣味はサーフィンと日サロ通い。

金沢区…P.60

磯子の神

【生年】一九二七年
【身長】一七八㎝
【職業】科学者
【人口】約一六万人（市内一三位）
【面積】約一九㎢（市内一四位）

【名所】横浜こども科学館、製紙工場、セメント工場、石油工場など

【神器】『魔放瓶《まほうびん》』（試験管）溶かしたり爆発させたり昏睡させたりする薬品が入っている

【主な特徴】
●横浜最古参の土地神の一人。
●同期の神は、鶴見の神、神奈川の神、保土ケ谷の神、中の神。
●金沢の神は弟。
●横浜の科学を司る神。
●享楽主義者であり、楽しくなるのであれば手段は選ばない。
●事情通でもあり、大体のスキャンダルは耳に入っている。
●どんな逆境でも笑い、プレッシャーという感覚とは無縁。
●主食はコーラとスニッカーズ。

磯子区…P.60

南の神

【生年】一九四三年（中区から分区）
【身長】一六〇㎝
【職業】惣菜屋
【人口】約一九万人（市内一一位）
【面積】約一三㎢（市内一七位）
【名所】横浜橋通商店街、弘明寺商店街など
【神器】『鮮客万来《せんきゃくばんらい》』（鍋）揚げ物から炒め物までなんでも可

【主な特徴】
- 戦中生まれの神。
- 横浜の食を司る神。
- 港南の神の母親代わり。
- 気っぷがよく、家庭的な料理は天下一品。
- 横浜橋通商店街で惣菜屋を営んでいる。
- 肝っ玉母ちゃん。

南区…P.91

鶴見の神

【生年】一九二七年
【身長】一八五cm
【職業】建設業
【人口】約二八万人（市内三位）
【面積】約三三㎢（市内四位）
【名所】キリンビール横浜工場、火力発電所、花月園前（元・競輪場）など
【神器】『百火繚乱《ひゃっかりょうらん》』（革の手袋）自在に炎を操る
【主な特徴】
●横浜最古参の土地神の一人。
●同期の神は、神奈川の神、保土ケ谷の神、中の神、磯子の神。
●横浜の火を司る神。
●直情径行型の神であり、嫌みのないタイプ。
●けんかっ早く、お祭り好き。
●女子受け高し。

鶴見区…P.112

神奈川の神

【生年】一九二七年
【身長】一七八cm
【職業】公務員
【人口】約二四万人（市内六位）
【面積】約二四km²（市内九位）
【名所】三ツ沢球技場、横浜市中央卸売市場、旧神奈川宿、浦島太郎伝説発祥の地
【神器】『飛光亀《ひこうき》』（光る亀）時の流れを操る
【主な特徴】
- 横浜最古参の土地神の一人。
- 同期の神は、鶴見の神、保土ケ谷の神、中の神、磯子の神。

- 横浜の時を司る神。
- 超弩級の面倒くさがり屋で、融通が利かない。
- お役所体質であり、時間外労働をこよなく憎む。
- 遊び上手。

神奈川区…P.158

青葉の神

【生年】一九九四年（港北区と緑区から分区）
【身長】一四五㎝
【職業】中学生
【人口】約三一万人（市内二位）
【面積】約三五㎢（市内二位）
【名所】東急青葉台駅、東急たまプラーザ駅、こどもの国など
【神器】『思《し》春《しゅん》旗《き》』（旗）
土地神を子供の姿に変える旗
【主な特徴】
●横浜で最も若い土地神の一人。
●同期の神は、都筑の神。
●港北の神は父、緑の神は母、都筑の神は双子の姉。
●横浜の開拓を司る神。
●都筑の神とは同い年ではあるが、容姿の幼さから、主に小学校や中学校に潜って子供たちを調査している。
●早く一人前に見られたい気持ちから、背伸びしがち。
●異性よりも同性にモテるタイプ。

青葉区…P.168

都筑の神

【生年】一九九四年（港北区と緑区から分区）
【身長】一五五㎝
【職業】高校生
【人口】約二一万人（市内八位）
【面積】約二八㎢（市内七位）
【名所】ららぽーと横浜、横浜市歴史博物館、大塚・歳勝土遺跡など
【神器】『狐狗《こっく》狸《り》傘《さん》』（傘）
この世ならざるものを呼び寄せる傘
【主な特徴】
●横浜で最も若い土地神の一人。
●同期の神は、青葉の神。
●港北の神は父、緑の神は母、青葉の神は双子の妹。
●横浜の安息を司る神。
●青葉の神より大人びていて、高校や大学に忍び込んで若者の調査を行っている。
●才色兼備であり、武道の心得もある。
●わりと男気がある。
●一途。

都筑区…P.168

瀬谷の神

【生年】一九六九年（戸塚区から分区）
【身長】一六五㎝
【職業】樹木医
【人口】約一三万人（市内一六位）
【面積】約一七㎢（市内一六位）
【名所】海軍道路の桜並木、相澤良牧場、相鉄線瀬谷駅、瀬谷八福神など
【神器】『内憂外管《ないゆうがいかん》』（聴診器）
樹木の体調を感知できる聴診器
【主な特徴】
- 同期の神は、港南の神、緑の神、旭の神。
- 戸塚の神は姉、栄の神と泉の神は妹。
- 横浜の運を司る神。
- 幸運と悪運の両方に愛され、肝心な時は悪運が作用し、後がないときに絶対の幸運に恵まれる、厄介な神。
- キワモノ揃いの神々の中では常識的な方。
- 趣味は数独。

瀬谷区…P.324

単行本　二〇一七年六月　文藝春秋刊
DTP制作　言語社

文春文庫

横《よこ》浜《はま》大《だい》戦《せん》争《そう》

定価はカバーに
表示してあります

2019年10月10日　第1刷

著　者　蜂《はち》須《す》賀《か》敬《たか》明《あき》
発行者　花田朋子
発行所　株式会社 文藝春秋

東京都千代田区紀尾井町 3-23　〒102-8008
TEL　03・3265・1211㈹
文藝春秋ホームページ　http://www.bunshun.co.jp
落丁、乱丁本は、お手数ですが小社製作部宛お送り下さい。送料小社負担でお取替致します。

印刷製本・大日本印刷

Printed in Japan
ISBN978-4-16-791367-0

（　）内は解説者。品切の節はご容赦下さい。

新野剛志
あぽやん
遠藤慶太は29歳。旅行会社の本社から成田空港所に「飛ばされて」きた。返り咲きを誓う遠藤だが、仕事に奮闘するうちに空港勤務のエキスパート「あぽやん」へと成長していく。（北上次郎）
し-45-2

新野剛志
恋する空港　あぽやん2
大航ツーリストの空港所勤務二年目の遠藤は、新人教育やテロリスト騒動に今日も右往左往。更に空港所閉鎖の噂が浮上する中、恋のライバル登場でまさに大ピンチ!?（池井戸　潤）
し-45-3

新野剛志
迷える空港　あぽやん3
航空業界に吹き荒れる逆風の中、大航ツーリストにリストラの圧力が。エリート本社出向社員の言動にも翻弄され、遠藤が出社拒否!?　空港スタッフ奮闘シリーズ第3弾！（大矢博子）
し-45-4

白石一文
どれくらいの愛情
結婚を目前に最愛の女性・晶に裏切られた正平は、苦しみの中、家業に打ち込み成功を収めていた。そんな彼に晶から電話が。再会した男と女。明らかにされる別離の理由。
し-48-1

白石一文
永遠のとなり
妻子と別れて故郷博多に戻った精一郎。癌に冒されながら結婚と離婚を繰り返す敦。小学校以来の親友同士、やるせない人生を助けあいながら生きていく二人の姿を描く感動の再生物語。
し-48-2

白石一文
幻影の星
見つかるはずのない場所で見つかった「僕のコート」の謎を追う武夫は、やがてこの世界の秘密に触れる。3・11後の白石文学の新境地を示す、時間と生命の物語。（榎本正樹）
し-48-3

小路幸也
蜂蜜秘密
〈奇跡の蜂蜜〉を作るポロウ村にレオが転校してきた。蜂蜜の秘密に関わる旧家の娘サリーは、それから次々と不思議な出来事に出会う。美しい山間の村を舞台に描く傑作ファンタジー。
し-52-3

（　）内は解説者。品切の節はご容赦下さい。

小路幸也
そこへ届くのは僕たちの声
多発する奇妙な誘拐事件と、不思議な能力を持つ者がいるという噂。謎を追ううちにいきついた存在「ハヤブサ」とはいったいなんなのか。優しき心をもつ子供たちを描く感動ファンタジー。

し-52-4

瀬尾まいこ
強運の持ち主
元OLが、〃ルイーズ吉田〃という名の占い師に転身！　ショッピングセンターの片隅で、小学生から大人まで、悩める背中をちょっとだけ押してくれる。ほっこり気分になる連作短篇。

せ-8-1

瀬尾まいこ
戸村飯店　青春１００連発
大阪下町の中華料理店で育った兄弟は見た目も違えば性格も全く違う。人生の岐路にたつ二人が東京と大阪で自分を見つめ直す。温かな笑いに満ちた坪田譲治文学賞受賞の傑作青春小説。

せ-8-2

高野和明
幽霊人命救助隊
神様から天国行きを条件に、自殺志願者百人の命を救えと命令された男女四人の幽霊たち。地上に戻った彼らが繰り広げる怒濤の救助作戦。タイムリミット迄あと四十九日――。（養老孟司）
た-65-1

高杉　良
炎の経営者
戦時中の大阪で町工場を興し、財界重鎮を口説き、旧満鉄技術者をスカウトするなど、持ち前の大胆さと粘り腰で世界的な石油化学工業会社を築いた伝説の経営者を描く実名経済小説。

た-72-1

高杉　良
広報室沈黙す
世紀火災海上保険の内部極秘資料が経済誌にスクープされた。対応に追われた広報課長の木戸は、社内の派閥抗争に巻き込まれながら、中間管理職としての生き方に悩む。（島谷泰彦）
た-72-2

高杉　良
勁草の人　中山素平
日本興業銀行頭取・会長などを歴任、戦後の経済を、そして国を支えた「財界の鞍馬天狗」。時代を画する案件の向こうには必ず彼がいた。勁く温かいリーダーを描く。（加藤正文）
た-72-4

（　）内は解説者。品切の節はご容赦下さい。

高杉 良
辞令
大手メーカー宣伝部副部長の広岡修平に、突然身に覚えのない左遷辞令が下る。背後に蠢く陰謀の影。敵は同期か、茶坊主幹部か、それとも……。広岡の戦いが始まる！ （加藤正文）
た-72-5

筒井康隆
壊れかた指南
猫が、タヌキが、妻が、編集者が壊れ続ける！ ラストが絶対読めない、天才作家の悪魔的なストーリーテリングが堪能できる短篇集。 （福田和也）
つ-1-15

筒井康隆
繁栄の昭和
迷宮殺人の現場にいた小人、人工臓器を体内に入れた科学探偵、ツツイヤスタカを想起させる俳優兼作家……。奇想あふれる妖しげな世界！ 文壇のマエストロ、最新短篇集。 （松浦寿輝）
つ-1-18

辻原 登
遊動亭円木
真打ちを目前に盲《もう》となった噺家の円木、池にはまって死んだはずが……。うつつと幻、おかしみと残酷さが交差する、軽妙で冷やりと怖い傑作人情噺十篇。谷崎潤一郎賞受賞。 （堀江敏幸）
つ-8-4

辻 仁成
TOKYOデシベル
騒音測定人、テレクラ嬢、レコード会社ディレクター……都会に潜む音・声、そして愛を追い求める人々。音をモチーフに、都市をさまよう青年の真情を描破した辻仁成・音の三部作完結。
つ-12-4

辻 仁成
永遠者
19世紀末パリ、若き日本人外交官コウヤは踊り子カミーユと激しい恋に落ちる。〈儀式〉を経て永遠の命を手にいれた二人は激動の歴史の渦に呑み込まれていく。渾身の長篇。 （野崎 歓）
つ-12-7

辻村深月
水底フェスタ
彼女は復讐のために村に帰って来た——過疎の村に帰郷した女優・由貴美。彼女との恋に溺れた少年は彼女の企みに引きずり込まれる。待ち受ける破滅を予感しながら…。 （千街晶之）
つ-18-2

（　）内は解説者。品切の節はご容赦下さい。

辻村深月
鍵のない夢を見る
どこにでもある町に住む女たち――盗癖のある母を持つ娘、婚期を逃した女の焦り、育児に悩む若い母親……私たちの心にさしこむ影と、ひと筋の希望の光を描く短編集。直木賞受賞作。
つ-18-3

津原泰水
たまさか人形堂それから
マーカーの汚れがついたリカちゃん人形はもとに戻る？　髪が伸びる市松人形？　盲目のコレクターが持ち込んだ人形の真贋は？　人形と人間の不思議を円熟の筆で描くシリーズ第二弾。
つ-19-2

堂場瞬一
虚報
有名教授が主宰するサイトとの関連が疑われる連続自殺事件。それを追う新聞記者がはまった思わぬ陥穽。新聞報道の最前線を活写した怒濤のエンターテインメント長編。（青木千恵）
と-24-4

中島らも
永遠《とわ》も半《なか》ばを過ぎて
ユーレイが小説を書いた？　三流詐欺師が写植技師と組み出版社に持ち込んだ謎の原稿。名作の誕生だ。これが文壇の大事件となって……。輪舞する喜劇。痛快らもワールド！（山内圭哉）
な-35-1

中島京子
小さいおうち
昭和初期の東京、女中タキは美しい奥様を心から慕う。戦争の影が濃くなる中での家庭の風景や人々の心情。回想録に秘めた思いと意外な結末が胸を衝く、直木賞受賞作。（対談・船曳由美）
な-68-1

中島京子
のろのろ歩け
台北、北京、上海。ふとした縁で航空券を手にし、忘れられぬ旅の光景を心に刻みこまれる三人の女たち。人生のターニングポイントにたつ彼女らをユーモア溢れる筆致で描く。（酒井充子）
な-68-2

七月隆文
天使は奇跡を希《こいねが》う
良史の通う今治の高校にある日、本物の天使が転校してきた。正体を知った彼は幼馴染たちと彼女を天国へかえそうとするが。天使の嘘を知った時、真実の物語が始まる。文庫オリジナル。
な-75-1

（　）内は解説者。品切の節はご容赦下さい。

額賀　澪
屋上のウインドノーツ
引っ込み思案の志音は、屋上で吹奏楽部の部長・大志と出会い、人と共に演奏する喜びを知る。目指すは「東日本大会」出場！圧倒的熱さで駆け抜ける物語。松本清張賞受賞作。（オザワ部長）
ぬ-2-1

乃南アサ
新釈　にっぽん昔話
大人も子どもも楽しめる、ユニークな昔話の誕生です。「さるかに合戦」「花咲かじじい」など、誰もが知る六つのお話が、誰も読んだことのない極上のエンタテインメントに大変身！
の-7-11

林　真理子
最終便に間に合えば
新進のフラワーデザイナーとして訪れた旅先で、7年ぶりに再会した昔の男。冷めた大人の孤独と狡猾さがお互いを探り合う会話に満ちた、直木賞受賞作を含むあざやかな傑作短編集。
は-3-38

林　真理子
下流の宴
中流家庭の主婦・由美子の悩みは、高校中退した息子が連れてきた下品な娘。「うちは〝下流〟になるの!?」現代の格差と人間模様を赤裸々に描ききった傑作長編。（桐野夏生）
は-3-39

林　真理子
最高のオバハン　中島ハルコの恋愛相談室
中島ハルコ、52歳。金持ちなのにドケチで口の悪さは天下一品。嫌われても仕方がないほど自分勝手な性格なのに、なぜか悩み事を抱えた人間が寄ってくる。痛快エンタテインメント！
は-3-51

馳　星周
生誕祭　（上下）
バブル絶頂期の東京。元ディスコの黒服の堤彰洋は地上げで大金を動かす快感を知るが、裏切られ、コカインとセックスに溺れていく。人間の果てなき欲望と破滅を描いた傑作。（鴨下信一）
は-25-4

馳　星周
復活祭
八〇年代バブルに絶頂と転落を味わった男たちが、ＩＴバブルに復活を賭ける。しかし、かつて裏切った女たちの復讐劇も進行していた。このコンゲームを勝ち抜くのは誰か？　（吉野　仁）
は-25-8

（　）内は解説者。品切の節はご容赦下さい。

原田マハ
キネマの神様
四十歳を前に突然会社を辞め無職になった娘と、借金が発覚したギャンブル依存のダメな父。ふたりに奇跡が舞い降りた！壊れかけた家族を映画が救う、感動の物語。（片桐はいり）
は-40-1

奥田英朗・窪　美澄・荻原　浩
原田マハ・中江有里
恋愛仮免中
結婚を焦るOL、大人の異性に心を震わせる少年と少女、残り時間の少ない夫婦……。人の数だけ、恋の形はある。実力と人気を兼ね備えた豪華執筆陣がつむいだ恋愛小説アンソロジー。
は-40-51

濱　嘉之
警視庁公安部・青山望
完全黙秘
財務大臣が刺殺された。犯人は完黙し身元不明のまま。捜査する青山望は政治家と暴力団・芸能界の闇に突き当たる。元公安マンが圧倒的なリアリティで描くインテリジェンス警察小説。
は-41-1

濱　嘉之
警視庁公安部・青山望
一網打尽
祇園祭に五発の銃声！　背後の中国・南北コリアン三つ巴のマフィア抗争、さらに半グレと芸能ヤクザ、北朝鮮サイバーテロの闇を、公安のエース・青山望が追いつめる。シリーズ第十弾！
は-41-10

濱　嘉之
内閣官房長官・小山内和博
電光石火
権力闘争、テロ、外交漂流……次々と官邸に起こる危機を警視庁公安部出身の著者が内閣官房長官を主人公に徹底的なリアリティーで描く。著者待望の新シリーズ、堂々登場！
は-41-30

橋本　紡
半分の月がのぼる空（全四冊）
高校生・裕一は入院先で難病の美少女・里香に出会う。読書好きで無類のワガママの彼女に振り回される日々。「聖地巡礼」を生んだ青春小説の金字塔、新イラストで登場。（飯田一史）
は-42-2

羽田圭介
ミート・ザ・ビート
東京から電車で一時間の街。受験勉強とバイトに明け暮れる予備校生の日常は、中古車ホンダ「ビート」を手に入れてから変わって行く。芥川賞作家の資質を鮮やかに示した青春群像小説。
は-48-1

（　）内は解説者。品切の節はご容赦下さい。

原　宏一
閉店屋五郎
「閉店屋」こと中古備品販売の五郎は、情に厚くて仕事熱心、惚れっぽいのが玉に瑕。猪突猛進バツイチ男が今日も町のお店のトラブルを救う！　涙と元気が出るほっこり小説。（永江　朗）
は-52-1

ビートたけし
漫才病棟
浅草の演芸場は売れない芸人の溜まり場だった。とんでもない奴らの、舞台より面白い毎日。若き下積み芸人達のおかしくも哀しい日々を自ら描く、自伝的長篇小説。（野坂昭如）
ひ-10-1

東野圭吾
手紙
兄は強盗殺人の罪で服役中。弟のもとには月に一度、獄中から手紙が届く。だが、弟が幸せを摑もうとするたび苛酷な運命が立ち塞がる。爆発的ヒットを記録したベストセラー。（井上夢人）
ひ-13-6

東山彰良・中田永一・柴崎友香・王城夕紀・佐藤友哉・遠藤　徹・前野健太・古川日出男・岩松　了・小林エリカ・恒川光太郎・服部文祥・町田　康・桜井鈴茂
走る？
人生は走ることに似て、走ることは人生に似ている――。芥川・直木賞作家から青春エンタメ小説の名手まで、十四人の多彩な作家が〝走る〟をテーマに競作した異色のアンソロジー。

ひ-27-51

藤田宜永
探偵・竹花　孤独の絆
窮屈な世の中で、恋人、夫婦、親子への幻想を抱きながら生きる現代人たち。還暦の私立探偵・竹花の元に、今日も救いを求める依頼が舞い込む。ハードボイルドの秀作。（香山二三郎）
ふ-14-10

藤田宜永
銀座　千と一の物語
誰もが憧れる日本一の街、銀座。その銀座を舞台に、出逢いと別れ、喜びや哀しみを描いたショートストーリーに、撮り下ろし写真を多数収録した宝石箱のような短編集。「銀座百点」連載。

ふ-14-11

藤原伊織
てのひらの闇
二十年前に起きたテレビCM事故が、二人の男の運命を変えた。男は、もう一人の男の自死の謎を解くべく孤独な戦いに身を投じる……。傑作長篇ハードボイルド。（逢坂　剛）
ふ-16-2

（　）内は解説者。品切の節はご容赦下さい。

藤原伊織
シリウスの道（上下）
広告代理店に勤める辰村には秘密があった。その過去が二十五年後の今、何者かに察知された。十八億円の広告コンペの内幕を主軸に展開するビジネス・ハードボイルド。（北上次郎）
ふ-16-3

藤原伊織
ダナエ
世界的な評価を得た画家・宇佐美の絵が、切り裂かれたうえ硫酸をかけられた。犯人は「これは予行演習だ」と告げるが――。著者の代表作ともいえる傑作。表題作ほか二篇収録。（小池真理子）
ふ-16-5

藤原伊織
名残り火 てのひらの闇Ⅱ
堀江の無二の親友・柿島がオヤジ狩りに遭い殺された。納得がいかない堀江は調査に乗り出し、事件そのものに疑問を覚える。著者最後の長篇ミステリー。（逢坂　剛・吉野　仁）
ふ-16-6

藤沢　周
武曲《むこく》
ヒップホップ命の高校生・羽田融は剣道部に入部。コーチの矢田部研吾は融の姿に「殺人刀」の遣い手として懼れられた父・将造と同じ天性の剣士を見た。新感覚の剣豪小説。（中村文則）
ふ-19-3

古川日出男
ベルカ、吠えないのか？
日本軍が撤収した後、キスカ島にとり残された四頭の軍用犬。彼らを始祖として交配と混血を繰り返し繁殖した無数のイヌが、あらゆる境界を越え、〝戦争の世紀＝二十世紀〟を駆け抜ける。
ふ-25-2

福澤徹三
Ｉターン
広告代理店の冴えない営業・狛江が単身赴任したのはリストラ寸前の弱小支店。待っていたのは借金地獄にヤクザの抗争。もんどりうって辿りつく、男の姿とは!?（木内　昇）
ふ-35-1

福澤徹三
俠飯《おとこめし》
就職活動中の大学生が暮らす1Ｋのマンションに転がり込んできたヤクザは、妙に「食」にウルサイ男だった！　まったく異質なふたつが交差して生まれた、新感覚の任俠グルメ小説。
ふ-35-2

（　）内は解説者。品切の節はご容赦下さい。

福澤徹三
侠飯2
ホット&スパイシー篇
リストラ間際の順平は、ある日ランチワゴンで実に旨い昼飯に出会う。店主は頬に傷を持つ、どう見てもカタギではない男。任侠×グルメという新ジャンルを切り拓いたシリーズ第二弾！
ふ-35-3

福澤徹三
侠飯3
怒濤の賄い篇
上層部の指令でやくざの組長宅に潜入したヤミ金業者の卓磨。そこに現れた頬に傷もつ男。客人なのに厨房に立ち、次々絶品料理をつくっていく――。シリーズ第三弾、おまちどおさま！
ふ-35-4

福澤徹三
侠飯4
魅惑の立ち呑み篇
代議士秘書の青年が足繁く通う立ち呑み屋。目当ては店を一人で切り盛りする女の子。しかしある日、怪しげな二人組が現れ……。好評シリーズ第四弾の舞台は陰謀渦巻く政界だ！
ふ-35-5

福澤徹三
おれたちに偏差値はない
堂南高校ゲッキョク部
十五歳の草食系・悠太は、アクシデントに見舞われて一九七九年にタイムスリップ。そしてヤンキーの巣窟・堂南高校に通うハメに……。超おバカで愛すべき、極上青春ファンタジー！
ふ-35-11

藤井太洋
ビッグデータ・コネクト
官民複合施設のシステムを開発するエンジニアが誘拐された。サイバー捜査官とはぐれ者ハッカーのコンビが個人情報の闇に挑む。今そこにある個人情報の危機を描く21世紀の警察小説。
ふ-40-1

誉田哲也
武士道セブンティーン
スポーツと剣道、暴力と剣道の狭間で揺れる17歳、柔の早苗と剛の香織。横浜と福岡に分かれた二人は、別々に武士道とは何かを追い求めてゆく。「武士道」シリーズ第二巻。（藤田香織）
ほ-15-3

誉田哲也
武士道エイティーン
福岡と神奈川で、互いに武士道を極めた早苗と香織が、最後のインターハイで、激突。その後に立ち塞がる進路問題。二人の女子高生が下した決断とは。武士道シリーズ、第三巻。（有川　浩）
ほ-15-4

（　）内は解説者。品切の節はご容赦下さい。

誉田哲也
レイジ
才能は普通だがコミュニケーション能力の高いワタル、高みを目指すがゆえ、周囲と妥協できない礼二。二人の少年の苦悩と成長を描くほろ苦く切ない青春ロック小説。（瀬木ヤコー）
ほ-15-6

誉田哲也
増山超能力師事務所
超能力が事業認定された日本で、能力も見た目も凸凹な所員たちが、浮気調査や人探しなど悩み解決に奔走。異端の苦悩や葛藤を時にコミカルに時にビターに描く連作短編集。（城戸朱理）
ほ-15-7

本城雅人
球界消滅
球団の経営難が続くなか、もし、日本のプロ野球に球界再編と、メジャーへの編入が同時に起きるとしたら……。日本球界へ警鐘を鳴らす、戦慄のシミュレーション小説。（小島圭市）
ほ-18-3

堀川アサコ
予言村の転校生
村長になった父とこよみ村に移り住んだ中学二年生の奈央は様々な不思議な体験をする。村には「予言暦」という秘密があった。ほんのり怖いけれど癒される青春ファンタジー。（沢村　凜）
ほ-19-1

堀川アサコ
予言村の同窓会
こよみ村中学同窓会で物騒な事件が出来。転校生・奈央と同級生・麒麟は心優しい犯人を前に戸惑う。ミステリとSFと恋愛がミックスした「ほのコワ」ファンタジー集。（藤田香織）
ほ-19-2

堀川アサコ
三人の大叔母と幽霊屋敷
不思議が当り前のこよみ村。村長の娘・奈央はBFの麒麟と今日も怪事件に首を突っ込む。予言暦盗難事件、三人の大叔母が村の古屋敷で暮らし始める話。予言村シリーズ第三弾！（東　えりか）
ほ-19-3

万城目　学
プリンセス・トヨトミ
東京から来た会計検査院調査官三人と大阪下町育ちの少年少女が、四百年にわたる歴史の封印を解く時、大阪が全停止する!?万城目ワールド真骨頂。大阪を巡るエッセイも巻末収録。
ま-24-2